LA CAPTIVE DES KRINARS

Anna Zaires

♠ Mozaika Publications ♠

Ceci est une œuvre de fiction. Les noms, personnages, lieux et incidents sont soit le produit de l'imagination de l'auteur, soit utilisés de façon fictive et toute ressemblance avec des personnes, vivantes ou décédées, des établissements commerciaux, des événements ou des lieux existants est purement une coïncidence.

Publié par Mozaika Publications, une mention légale de Mozaika LLC.
www.mozaikallc.com

Couverture : Okay Creations
www.okaycreations.com

Sous la direction de Valérie Dubar
Traduction : Sarah Morel

e-ISBN: 978-1-63142-227-0
Print ISBN: 978-1-63142-228-7

CHAPITRE 1

Je ne veux pas mourir. Je ne veux pas mourir. Je vous en prie, je ne veux pas mourir.

Elle répétait sans cesse ces mots dans sa tête, une prière désespérée qui resterait à jamais sans réponse. Ses doigts glissèrent un autre centimètre sur la planche en bois brut, ses ongles se brisant alors qu'elle tentait de raffermir sa prise.

Emily Ross s'accrochait par ses ongles, littéralement, à un vieux pont brisé. Des dizaines de mètres plus bas, l'eau se ruait contre les rochers, le torrent de montagne en crue après les dernières pluies.

Ces pluies étaient en partie la cause de sa situation actuelle. Si le bois du pont avait été sec, elle aurait pu éviter de glisser et de se fouler la cheville. Et elle ne se serait certainement pas écrasée contre la rambarde, celle-ci cédant sous son poids.

Seule une dernière tentative désespérée de s'agripper l'avait empêchée de chuter vers sa mort. En tombant, sa main droite avait agrippé une petite saillie sur le rebord du pont, la retenant dans les airs à des dizaines de mètres au-dessus de rocs durs.

Je ne veux pas mourir. Je ne veux pas mourir. Je vous en prie, je ne veux pas mourir.

Quelle injustice ! Ça ne devait pas se passer ainsi. Elle était en vacances, sa période de récupération. Comment pouvait-elle mourir maintenant ? Alors qu'elle n'avait pas encore commencé à vivre ?

Des images des deux dernières années s'imposèrent à son esprit, comme les présentations PowerPoint qu'elle avait passé tant de temps à réaliser. Chaque longue soirée, chaque week-end au bureau… ça n'avait rien changé. Elle avait perdu son emploi au cours des mises à pied et elle était maintenant sur le point de perdre la vie.

Non, non !

Emily battit des jambes, ses ongles s'enfonçant davantage dans le bois. Son autre bras s'étira vers le pont. Ça ne se passerait pas comme ça. Elle ne se laisserait pas faire. Elle avait travaillé trop durement pour se laisser vaincre par un stupide pont en pleine jungle.

Du sang coula le long de son bras alors que le bois dur arrachait la peau de ses doigts, mais elle ignora la douleur. Sa seule chance de survie était d'attraper le rebord du pont de son autre main, pour pouvoir se remonter. Personne ne viendrait l'aider, personne ne la sauverait si elle échouait.

La possibilité de mourir seule dans la forêt tropicale n'avait pas effleuré Emily lorsqu'elle s'était lancée dans cette randonnée. Elle était une habituée des randonnées et du camping. Et, même après l'enfer des deux dernières années, elle était encore en bonne forme, forte de la course à pied et des sports qu'elle avait pratiqués tout au long du lycée et de l'université. Le Costa Rica était considéré comme une destination sûre, avec un faible taux de criminalité et une population conviviale. C'était également un endroit bon marché, un facteur plus qu'important pour ses économies à la dérive.

Elle avait réservé ce voyage *avant*. Avant que le marché décline, avant une autre série de mises à pied qui avait touché des milliers de travailleurs de Wall Street. Avant qu'Emily ne retourne au bureau le lundi, l'œil hagard après un week-end à travailler, pour en ressortir le jour même avec toutes ses possessions dans une minuscule boîte de carton.

Avant que sa relation amoureuse de quatre ans ne s'effondre.

Ses premières vacances en deux ans, et elle allait mourir.

Non, ne pense pas ainsi. Ça n'arrivera pas.

Emily savait pourtant qu'elle se mentait. Elle pouvait sentir ses doigts glisser, la douleur cuisante de son bras et de son épaule droits forcés de soutenir le poids de tout son corps. Sa main gauche n'était qu'à quelques centimètres du rebord du pont, mais ces centimètres auraient tout aussi bien pu être des kilomètres. Sa poigne n'était jamais assez solide pour qu'elle puisse se soulever avec un seul bras.

Vas-y, Emily ! Ne pense pas, vas-y !

Rassemblant toutes ses forces, elle balança ses jambes dans le vide, utilisant son élan pour soulever son corps pendant une fraction de seconde. Sa main gauche agrippa la planche saillante, s'y accrochant… et le délicat morceau de bois se brisa, la faisant crier de terreur et de surprise.

La dernière pensée d'Emily avant que son corps ne percute les rochers fut l'espoir que sa mort serait instantanée.

***

L'odeur de la végétation, riche et âcre, taquinait l'odorat de Zaron. Il inspira profondément, laissant l'air humide emplir ses poumons. L'air était propre ici, dans ce coin reculé de la Terre, presque aussi propre que sa planète.

Il en avait besoin. Il avait besoin de l'air frais, de l'isolation. Au cours des six derniers mois, il avait tenté de fuir ses pensées, de vivre dans le moment présent, mais il avait échoué. Même le sang et le sexe ne lui suffisaient plus. Il pouvait se distraire en s'envoyant en l'air, mais la douleur revenait toujours après, aussi puissante.

Finalement, cela s'était révélé trop pour lui. La saleté, la foule, la puanteur de l'humanité. Lorsqu'il n'était pas perdu dans un brouillard d'extase, il était dégoûté, ses sens submergés par trop de temps passé dans les villes humaines. C'était mieux ici, où il pouvait respirer sans inhaler de poison, où il pouvait respirer la vie, et non des produits chimiques. Dans quelques années, tout serait différent, et il tenterait peut-être à nouveau de vivre dans une ville humaine, mais pas tout de suite.

Pas avant qu'ils ne soient établis ici.

C'était la tâche de Zaron : superviser les colonies. Après plusieurs décennies à étudier la faune et la flore sur Terre, il n'avait pas hésité lorsque le Conseil avait demandé son aide pour la prochaine colonisation. Tout était mieux que de rester chez lui, où la présence de Larita se faisait sentir partout.

Il n'y avait pas de souvenirs ici. Malgré toutes les similitudes avec Krina, cette planète était étrange et exotique. Sept milliards d'*Homo sapiens* sur Terre, un nombre inconcevable, et ils se multipliaient à une vitesse vertigineuse. Leur courte existence et leur manque de vision à long terme les amenaient à brûler les ressources de leur planète sans égard pour l'avenir. À certains égards, ils lui rappelaient une espèce de criquets, *Schistocerca gregaria*, qu'il avait étudiée plusieurs années plus tôt.

Bien sûr, les humains étaient plus intelligents que des insectes. Certains, comme Einstein, se rapprochaient même des Krinars dans certains aspects de leur raisonnement. Ça ne surprenait pas vraiment Zaron ; il avait toujours pensé que c'était possiblement l'objectif de la grande expérimentation des Anciens.

Marchant à travers la forêt costaricaine, il se prit à penser à sa tâche. Cette partie de la planète était prometteuse ; il était facile d'imaginer des plantes comestibles de Krina fleurir ici. Il avait mené des tests poussés sur le sol et il avait quelques idées sur la manière de le rendre encore plus hospitalier pour la flore Krinar.

Alentour, la forêt était luxuriante et verte, emplie de la fragrance des héliconies en floraison, du bruissement des feuilles et des cris des oiseaux natifs. Au loin, il pouvait entendre le cri d'un *Alouatta palliata*, un singe hurleur natif du Costa Rica, et autre chose.

Les sourcils froncés, Zaron écouta attentivement, mais le son ne se répéta pas.

Curieux, il se dirigea dans cette direction, ses instincts de chasseur en alerte. Pendant une seconde, le son lui avait semblé être un cri de femme.

Se déplaçant avec aise à travers la végétation dense, Zaron accéléra la cadence, sautant par-dessus une petite crique et les arbustes sur son chemin. Dans ce coin reculé, loin des humains, il pouvait se déplacer comme un Krinar sans devoir s'inquiéter d'être aperçu. En quelques minutes, il fut assez près pour détecter l'odeur. Âcre et cuivrée, l'odeur lui mit l'eau à la bouche et il sentit son sexe remuer.

Du sang.

Du sang humain.

Une fois à destination, Zaron s'arrêta, observant la scène devant lui.

Devant lui se trouvait une rivière, un ruisseau de montagne gonflé par les pluies récentes. Et sur les larges rochers noirs au milieu, sous un vieux pont de bois traversant la gorge, se trouvait un corps.

Le corps brisé et tordu d'une jeune humaine.

CHAPITRE 2

Jurant entre ses dents, Zaron sauta dans la rivière. S'il avait été humain, la puissance du courant l'aurait immédiatement entraîné au loin. Il lui fallut tout de même toute sa force pour traverser l'eau écumeuse. Ses jambes se cognèrent plusieurs fois contre les roches sous l'eau, mais il ignora la douleur. Des ecchymoses n'avaient aucun effet sur son peuple ; lorsqu'il atteindrait les rochers devant lui, les blessures seraient déjà pratiquement guéries.

Enfin, il y fut, se hissant sur les rochers glissants et s'accroupissant près de la jeune femme blessée. Elle était vivante ; il pouvait entendre le faible battement irrégulier de son cœur et les gargouillis de sa respiration.

Elle était vivante, mais avec ses blessures, elle ne le serait pas pour longtemps.

Le bas de son corps était tordu dans un angle impossible et ses membres fins étaient brisés en plusieurs endroits, des fragments osseux saillant de la peau pâle et déchirée. La moitié de son visage disparaissait sous le sang rouge foncé qui s'écoulait d'une profonde entaille sur le côté de son crâne. Son t-shirt cachait la plus grande partie de son torse, mais Zaron pressentait une hémorragie interne, sa cage thoracique possiblement broyée par sa chute.

Ses entrailles se serrèrent avec un mélange de pitié et d'étrange désespoir et Zaron fixa cette humaine brisée. Elle était jeune et, de ce qu'il pouvait voir, assez jolie. De longs cheveux blonds, une peau claire, un corps élancé et galbé… Si elle n'avait pas été à l'article de la mort, il aurait pu être attiré par elle.

Mais elle était pour ainsi dire morte. Au mieux, elle n'avait que quelques minutes à vivre. Avec de telles blessures, il était surprenant que son cœur batte toujours. Les humains étaient des créatures fragiles, facilement blessées et à la guérison lente. Il doutait que des médecins humains soient à même de la sauver, même s'ils arrivaient à temps. La médecine Krinar pourrait la sauver, bien sûr, mais Zaron n'avait rien avec lui et la jeune femme avait peu de chance de survivre le trajet jusqu'à sa demeure.

Levant une main, il toucha délicatement la partie indemne de son visage, laissant courir ses doigts le long de sa mâchoire. Sa peau était douce, comme celle d'un bébé. Une pointe de regret emplit sa poitrine ; en d'autres circonstances, il s'en serait délecté.

Soudainement, un petit bruit s'échappa de sa gorge, surprenant Zaron. Puis, sous son regard ébahi, ses yeux s'ouvrirent.

Sous de longs cils marron, ils étaient d'un bleu vert brillant et incroyablement beaux.

Pendant un moment, elle sembla désorientée, ses yeux de la couleur de l'océan assombris par la douleur, puis son regard se fixa sur le visage de Zaron.

Elle savait qu'elle était sur le point de mourir. Zaron pouvait le voir sur ses traits. Elle le savait et elle luttait avec chaque cellule de son être.

Ses lèvres remuèrent, ouvertes sur une supplication muette, et il sut ce qu'il devait faire.

Se penchant vers elle, Zaron la prit délicatement dans ses bras, la serrant contre lui.

Il était plus que probable qu'elle ne survivrait pas au trajet, mais il ne pouvait pas la laisser aller ainsi.

Quiconque s'accrochait aussi farouchement à la vie ne devrait pas mourir sans lutter.

Le trajet sembla éternel, bien que Zaron courut aussi vite qu'il put, attentif à ne pas trop secouer la jeune femme. Le plus dur avait été la rivière ; lutter contre le courant d'une main tout en tenant de l'autre main l'humaine au-dessus de l'eau avait été une épreuve, même pour lui.

Elle était à nouveau inconsciente. Il pouvait entendre le claquement pénible de ses poumons et il savait qu'elle n'en avait plus pour longtemps. Son visage était d'une extrême pâleur, sa peau était froide et moite après son passage dans l'eau.

Enfin, ils arrivèrent.

Une fois à l'intérieur de sa demeure, Zaron la déposa doucement sur son lit. Après un ordre lancé d'une voix ferme, l'un des murs s'ouvrit, permettant à son *jansha*, un petit tube de guérison, de flotter vers lui. L'attrapant d'une main, Zaron le plaça sur le lit avant de commencer à dévêtir la jeune femme. Elle ne portait pas grand-chose, un t-shirt et un jean coupé, et il l'en départit rapidement, son cœur se serrant à la vue des os saillants et de la chair déchirée.

Ramassant l'appareil, il le passa au-dessus de son corps nu, le laissant diagnostiquer ses blessures. Comme il le soupçonnait, les dommages étaient importants. Sans compter les dommages à ses organes internes, elle avait une lésion à la moelle épinière. Même si elle avait survécu, elle serait restée paralysée à partir de la taille.

Ses blessures ne s'arrêtaient pas là. Des os brisés, une entaille sur son crâne, des coupures et des ecchymoses… tout semblait le résultat de son accident. Toutefois, il y avait des signes de traumatismes plus anciens. Elle s'était cassé le poignet à un moment de sa vie, et sa cuisse montrait une cicatrice provenant d'une autre mésaventure. Elle avait également été soumise aux soins dentaires primitifs des hommes, certaines dents évidées et réparées par une sub-stance non organique.

Zaron hésita à peine avant d'activer le mode de guérison complet de *jansha*. S'il n'avait pas été aussi pressé et si ses blessures avaient été moins graves, il aurait calibré l'appareil pour qu'il se concentre sur des blessures précises. Mais, dans sa situation, une procédure complète était sa seule chance de survie.

L'appareil vibra pendant une seconde, relâchant les nanocytes de guérison, et Zaron observa la chair déchirée de la jeune femme se resserrer, chacune de ses cellules se régénérant d'elle-même.

CHAPITRE 3

S'éveillant lentement, Emily prit conscience qu'elle se sentait bien.

Vraiment très bien.

Elle n'avait ni froid ni chaud et le drap la couvrant avait juste le bon poids et la bonne épaisseur. Le matelas sous elle était également d'un confort incroyable ; comme si elle dormait sur quelque chose créé exclusivement pour son corps. Elle se sentait aussi étonnamment détendue. La tension omniprésente dans son cou était absente pour la première fois en bien des mois.

Un sourire de contentement étira ses lèvres et Emily se blottit davantage sous les draps. C'était sa meilleure nuit de sommeil en bien longtemps. Elle avait peine à croire qu'elle avait eu lieu dans une petite auberge bon marché dans un coin reculé du Costa Rica.

Ce devait être l'air frais et l'exercice, décida-t-elle, toujours peu disposée à ouvrir les yeux. Sa randonnée avait dû l'épuiser. *Sa randonnée…* Quelque chose sembla vouloir s'imposer à elle, quelque chose de troublant.

Sa chute du pont ! Haletante, Emily se releva d'un coup dans le lit, ses yeux s'ouvrant sous le choc.

Elle ne se trouvait pas à l'auberge.

Et elle n'était pas morte.

Pendant une seconde, ces deux faits lui semblèrent irréconciliables. Si elle avait rêvé toute cette horrible situation, n'aurait-elle pas dû se réveiller au dernier endroit où elle se rappelait s'être endormie ? Et si ce n'était pas un rêve, où se trouvait-elle ? Pourquoi n'était-elle pas morte ou, à tout le moins, gravement blessée ?

Le cœur battant, Emily observa les alentours, serrant avec force le drap contre sa poitrine. Elle pouvait sentir le doux matériel contre son corps… son corps *nu*… et la réalisation qu'elle ne portait aucun vêtement ne fit qu'accroître sa panique.

Dans quelle situation s'était-elle fourrée ?

Ce n'était pas un hôpital, elle en était certaine.

Elle était assise dans un immense lit rond, la texture étrange du matelas lui étant inconnue. Ce n'était ni des ressorts ni une mousse mémoire, et elle semblait se modeler à la forme de son corps. L'impression était telle qu'elle pouvait pratiquement sentir le matelas bouger sous elle.

À l'exception du lit, la pièce était pratiquement vide. Emily ne pouvait même pas percevoir la source de la lumière qui baignait la pièce d'une douce lueur. Les murs, le plancher et le plafond étaient d'une teinte crème, tout comme les draps de l'étrange lit.

Il n'y avait pas de fenêtre ou de porte.

Que se passait-il ?

Se sentant au bord de l'hyperventilation, Emily tenta de prendre de profondes inspirations pour se calmer. Il devait y avoir une explication, une explication rationnelle. Il lui fallait simplement la découvrir.

Se mouvant avec prudence, elle s'avança jusqu'au rebord du lit avant de déposer ses pieds au sol. Le fait qu'elle puisse se déplacer aussi aisément, sans douleur ou courbature, la déconcertait. Si elle n'avait pas imaginé sa chute, ne devrait-elle pas avoir, au bas mot, quelques os brisés ? L'autre explication, qu'elle avait fait un rêve très saisissant, n'avait pas beaucoup de sens, vu sa situation actuelle.

Se levant, Emily tira sur le drap et s'y enveloppa, tentant de résister à la panique qui semblait vouloir la submerger, lorsqu'une partie du mur devant elle se dissout.

Il se dissout, littéralement, laissant un homme entrer dans la pièce.

Grand et à la carrure imposante, il traversa l'ouverture aussi aisément que s'il s'était agi d'un cadre de porte, son corps se déplaçant d'une démarche fluide et athlétique.

— Bonjour, Emily, dit-il doucement, son regard sombre fixé sur elle. Je ne m'attendais pas à te trouver éveillée si tôt.

CHAPITRE 4

$\mathscr{S}$ans voix, Emily ne put que le fixer du regard.

L'homme devant elle était à couper le souffle.

Pas attirant. Pas beau. Pas même séduisant.

Simplement à couper le souffle.

Ses cheveux d'un noir brillant étaient plus longs sur le dessus et si épais qu'ils ajoutaient quelques centimètres à une taille déjà impressionnante. Son visage était nettement masculin et s'enorgueillissait des traits les plus parfaits qu'Emily ait jamais vus. Des pommettes saillantes, une mâchoire robuste, des lèvres pleines, c'était comme si un sculpteur avait décidé de créer un modèle pour un dieu grec. Même sa peau bronzée semblait sans défaut, comme une photo retouchée.

Il avait un air étranger, exotique… et absolument superbe. Emily ignorait totalement de quelle ethnie il était, mais elle n'avait jamais vu quelqu'un d'aussi magnifique. Elle ignorait même que des hommes comme lui existaient.

Et il connaissait son nom.

Dès qu'elle le réalisa, son rythme cardiaque se fit plus rapide et la réalité de sa situation la frappa. Peu importait à quoi il ressemblait. Emily devait savoir où elle se trouvait et ce qui s'était passé.

— Qui êtes-vous ? demanda-t-elle, serrant plus étroitement le drap contre elle. Quel est cet endroit ? Comment connaissez-vous mon nom ?

Il la fixa de son regard sombre et indéchiffrable.

— Ton permis de conduire se trouvait dans ton portefeuille, dit-il doucement, sa voix profonde la faisant frissonner. J'y ai trouvé des détails à ton sujet, Emily Ross de New York.

Emily cligna des yeux.

— Oui, bon. Et vous avez mon portefeuille, parce que… ?

— Parce qu'il se trouvait dans la poche de ton short, dit-il, s'avançant davantage dans la pièce.

Le mur derrière lui se solidifia à nouveau, l'entrée disparaissant comme si elle ne s'y était jamais même trouvée.

Emily en eut la chair de poule.

— Quel est cet endroit ? Où suis-je ?

Elle pouvait entendre la note hystérique dans sa voix et se força à prendre une profonde inspiration. D'une voix un peu plus calme, elle ajouta :

— Que m'est-il arrivé ?

— Assieds-toi, Emily.

L'homme lui montra d'un geste le lit.

— Tu dois te reposer. Ton corps a subi un traumatisme grave.

Emily recula d'un pas, ignorant son invitation.

— Voulez-vous dire que je suis réellement tombée du pont ?

Elle avait l'impression d'avoir été transportée dans un épisode de *La Quatrième Dimension*.

— Suis-je à l'hôpital ? Êtes-vous un médecin ?

Ses lèvres sensuelles esquissèrent un sourire.

— Pas vraiment, mais tu peux me considérer comme tel.

— Est-ce un genre de centre de recherche ?

— Non.

L'homme semblait vaguement amusé.

— Rien de tel.

— Alors, qu'est-ce que c'est ? demanda Emily avec frustration. Qui êtes-vous ?

— Tu peux m'appeler Zaron.

Se dirigeant vers le lit, il s'y assit, étirant ses longues jambes musclées. Pour la première fois, Emily remarqua qu'il était vêtu de façon décontractée, d'un jean et d'un t-shirt sans manche blanc qui laissait voir des bras basanés et bien musclés. Il portait des sandales grises et son seul accessoire était une étrange montre à son poignet gauche. S'il s'agissait d'un médecin, il n'en avait pas l'accoutrement.

— Zaron ? répéta-t-elle, en fronçant les sourcils. C'est votre prénom ou votre nom ?

Il continua de l'observer, son regard énigmatique, et Emily déglutit, réalisant qu'il n'avait pas l'intention de lui répondre.

— Bon, Zaron, dit-elle lentement, accentuant son étrange nom. Que m'est-il arrivé ? Pourquoi suis-je ici ?

— Tu es tombée du pont, Emily.

Sa voix était calme, son visage parfait, impénétrable.

— Je t'ai trouvée et amenée ici.

— Oui, bien sûr.

Elle lui lança un regard incrédule.

— Et comment est-ce possible que je sois en pleine forme ?

— As-tu faim ?

— Quoi ?

Emily cligna des yeux, surprise par le changement de sujet.

— Je t'ai demandé si tu as faim, répéta-t-il patiemment, la fixant de ses yeux sombres, magnifiquement exotiques. Tu n'as rien mangé depuis deux jours, alors que tu te rétablissais. Aimerais-tu manger ?

Il y avait quelque chose dans son regard qui lui rappelait son chat, George, une intensité qui la faisait se sentir comme une souris sur le point de servir de jouet.

Tout à coup, la comparaison lui parut très apte, et extrêmement menaçante.

— J'aimerais surtout pouvoir enfiler quelque chose, dit Emily avec calme, pleinement consciente qu'elle était nue sous le drap et enfermée dans une pièce avec un homme étrange.

Un homme aussi imposant que musclé.

Qui l'avait très possiblement dévêtue plus tôt.

Ses paumes se firent moites et les battements de son cœur s'intensifièrent. Pour la première fois, elle réalisa pleinement sa vulnérabilité. L'homme assis sur le lit n'était pas uniquement séduisant, il était également imposant. Plus imposant et, sans aucun doute, plus fort qu'Emily. Avec son mètre soixante-quatorze, elle était plus grande que la moyenne des femmes, mais Zaron avait au moins une tête de plus qu'elle, avec des muscles d'acier recouvrant chaque centimètre de sa carrure aux épaules larges.

S'il décidait de l'attaquer, elle ne pourrait rien y faire.

Une partie de son malaise avait dû transparaître, car il se leva, son corps puissant se déroulant dans un mouvement étonnamment gracieux.

— Bien sûr, dit-il doucement. Je reviens avec des vêtements dans un moment.

Et, sous le regard choqué d'Emily, le mur se dissout à nouveau, le laissant sortir de la pièce, avant de se resolidifier à nouveau, l'enfermant dans la pièce.

———

Dès que le mur se referma derrière lui, Zaron prit une profonde inspiration, en serrant les poings. Il pouvait sentir les battements effrénés de son cœur et son corps n'était que tension, son sexe dur et gonflé de désir. Il était soulagé qu'elle ait gardé ses yeux sur ses traits alors qu'il quittait la pièce. Si elle avait baissé le regard, sa méfiance naturelle de femme se serait changée en véritable peur, et avec raison.

La force de sa réaction physique en sa présence était déconcertante. Zaron pouvait encore sentir la touche sucrée de son odeur et ses mains n'avaient qu'une envie : la toucher à nouveau et sentir la douceur de sa peau crémeuse sous ses doigts. Toute sa volonté avait été nécessaire pour la laisser, pour s'éloigner d'elle au lieu de suivre les envies de son corps et de plonger au plus profond de sa chair satinée.

Il n'avait pas désiré une femme à ce point depuis des années.

Depuis huit ans, très précisément.

Ce constat lui fit l'effet d'un coup de poing. Pendant un moment, les souvenirs menacèrent de l'engloutir à nouveau, de le faire basculer dans un désespoir noir. Par sa seule volonté, il réussit à ramener ses pensées vers l'humaine, un sujet beaucoup plus sûr.

Au cours des deux derniers jours, il avait subvenu à chacun de ses besoins, s'assurant qu'elle était propre et à l'aise pendant sa guérison. Il l'avait lavée, avait savonné sa chevelure, et l'avait observée alors qu'elle dormait. À ce stade, il était plus intimement habitué à son corps qu'avec celui de toute autre femme qu'il avait possédée, pourtant il n'était qu'un inconnu pour elle.

Un inconnu qui pouvait à peine contenir son envie d'elle.

Il ignorait à quel moment son désir d'aider cette fille s'était changé en cette faim profonde et incontrôlable. Au début, il n'avait vu qu'une pauvre créature brisée, un humain fragile s'agrippant à la vie avec une détermination surprenante. Il avait voulu guérir ses blessures, mettre fin à sa souffrance et le sexe avait été le dernier de ses soucis.

À un moment au cours des deux derniers jours, toutefois, son attention s'était déplacée. Alors que le corps de la jeune femme se rétablissait, il avait commencé à remarquer la plénitude de sa poitrine, la douceur de ses lèvres, les fossettes sensuelles au bas de son dos… Bien qu'élancée, sa silhouette était délicieusement féminine et, après un moment, tout ce qu'il avait eu en tête était son besoin de la toucher, de la goûter… de la posséder.

C'était insensé. Même si elle était belle, la jeune femme était loin de son type habituel. Depuis son arrivée sur Terre, Zaron avait découvert qu'il appréciait les grandes brunettes élancées qui lui rappelaient les femmes de Krina, pas les blondes délicates au teint indubitablement humain. Aucun Krinar n'avait les cheveux pâles ou les yeux de cette insolite teinte bleuâtre, mais sur elle, sur Emily, la combinaison semblait étrangement attirante, lui rappelant les illustrations angéliques qu'il avait admirées dans la littérature humaine. À l'échelle de son espèce, sa petite invitée était plus que jolie.

Elle était franchement exquise.

C'était du moins ce dont son membre semblait convaincu.

Prenant une autre inspiration, Zaron se força à desserrer les poings, déterminé à retrouver son équilibre. Il ignorait pourquoi il désirait autant cette humaine, mais la patience était cruciale. La patience et le contrôle de soi. Il ne voulait pas l'effrayer. Elle était déjà troublée et anxieuse après s'être réveillée dans un endroit inconnu, dans un état que peu d'humains pouvaient aisément concevoir. Il allait devoir se montrer prudent avec elle. Il devrait lui révéler la vérité graduellement, pour éviter toute crise de panique.

Il ne voulait pas qu'elle le craigne lorsqu'elle viendrait dans son lit.

Et elle viendrait vers lui. Zaron en était certain. Une rapide vérification de son invitée avait révélé qu'elle n'était pas mariée et qu'elle n'avait pas d'enfants. Elle vivait seule dans un petit studio de Manhattan. Elle était libre et Zaron la voulait plus qu'aucune autre femme depuis Larita.

Il la voulait et il l'aurait.

Il n'avait qu'à faire preuve d'un peu de patience.

CHAPITRE 5

*E*mily attendit le retour de Zaron, son pied frappant le sol avec impatience.

Après son départ, elle s'était dirigée vers le même mur et l'avait touché, tentant de comprendre son fonctionnement. Il devait bien y avoir un genre de mécanisme coulissant, et le mur donnait seulement l'*impression* de disparaître.

À son grand dépit, elle n'avait rien appris, sinon que le mur avait une étrange texture. Il était chaud sous ses doigts, chaud et lisse, comme une substance vivante. Elle s'était distraite un moment en le caressant, mais elle s'était vite lassée de cette activité et s'était assise sur le lit en attendant le retour de son étrange « médecin ».

Pour la première fois de sa vie adulte, Emily ignorait totalement quoi faire. Elle était toujours calme et dégourdie, celle qui pouvait prendre en charge n'importe quel problème d'une façon ordonnée et analytique et y trouver une solution réaliste. Cette situation, néanmoins, avait quelque chose d'absolument nouveau. Elle ignorait où elle se trouvait ou comment elle était arrivée ici, ou même comment elle pouvait être encore vivante. Tout lui semblait surréaliste, de l'homme magnifiquement exotique dont le nom avait des inflexions étrangères à la pièce qui lui semblait tout droit sortie d'une scène de science-fiction.

S'agissait-il après tout d'un centre de recherche gouvernemental secret ? Zaron l'avait nié, mais rien ne le forçait à lui révéler la vérité. Cet endroit, peu importe ce que c'était, était peut-être classé secret défense et il pourrait s'attirer des ennuis en lui révélant quoi que ce soit.

De se voir envisager des théories du complot au sujet de laboratoires gouvernementaux secrets amusait Emily à un certain degré. Elle avait toujours été une personne rationnelle, pas du genre à se laisser aller à des chimères. Même enfant, elle n'avait jamais cru au père Noël ou aux monstres dans le placard ; ces possibilités ne lui avaient jamais paru logiques, pas plus que des labos gouvernementaux secrets au Costa Rica en ce moment.

Mais quelle autre solution y avait-il ? La question tarauda Emily, n'améliorant pas son impatience. Rien ne semblait pouvoir expliquer sa situation actuelle, sauf le fait que toute cette histoire n'était que le fruit de son imagination. Était-ce possible ? S'était-elle cogné la tête et se trouvait-elle maintenant dans un lit d'hôpital avec un traumatisme crânien ?

Avant de pouvoir continuer sur cette lancée, le mur s'ouvrit à nouveau et Zaron entra, se déplaçant avec cette même grâce étonnante qu'elle avait remarquée plus tôt.

— Voilà, dit-il en lui tendant une robe d'un rose pâle et des sandales blanches. Tu peux enfiler ceci si tu le souhaites.

— Euh, merci, dit Emily, incertaine, en lui prenant les vêtements. Puis-je utiliser la salle de bain ?

— Bien sûr.

Il traversa la pièce, jusqu'au mur opposé.

— Laisse-moi te montrer.

Emily le suivit, se demandant où pouvait bien se cacher la salle de bain. En s'approchant du mur, ce dernier se dissout, créant une entrée vers une petite pièce. Zaron y entra, lui faisant signe de le suivre.

— Voici la cuvette, dit-il lorsqu'elle fut à ses côtés, en lui pointant un objet cylindrique blanc dans le coin.

— Tu n'as qu'à t'y asseoir et elle s'occupera du reste. Puis, tu peux te rafraîchir dans ce coin.

Il pointa une petite saillie rappelant un lavabo.

— Si tu as besoin d'une douche plus tard, je pourrai te montrer comment elle fonctionne.

Emily se sentit rougir.

— C'est bon, merci. Je devrais pouvoir m'en tirer seule. Pouvez-vous me laisser ? Je n'en ai que pour une minute.

Un petit sourire aux coins des lèvres, il acquiesça :

— Bien sûr.

En un mouvement fluide, il sortit, laissant Emily seule.

Dès que le mur se referma, elle laissa tomber le drap sur le plancher et prit la robe que l'homme lui avait apportée. C'était une robe d'été aux minces courroies. À sa grande surprise, elle lui allait comme un gant, épousant doucement chaque courbe de son corps. Même sa poitrine lui semblait confortablement soutenue par la doublure mince, mais robuste du corsage. Le matériau lui sembla encore une fois inhabituel. La texture lui rappelait le molleton, mais avec la légèreté du coton. Les sandales lui allaient également à la perfection, comme si elles avaient été faites sur mesure pour son pied. Il n'y avait pas de sous-vêtements, mais Emily décida de ne pas s'y attarder pour l'instant. Avoir quelques vêtements était déjà un bon début.

Ensuite, elle tourna son attention vers la cuvette insolite. Il s'agissait d'un cylindre vertical creux, aux rebords arrondis. Il n'y avait aucune eau à l'intérieur ni aucun mécanisme visible de vidange. Zaron avait affirmé qu'elle devait simplement s'y asseoir. Emily hésita un moment, y réfléchissant, avant de relever sa robe et de s'installer sur le cylindre avec un haussement d'épaules intérieur.

Quand il fallait y aller, il fallait y aller.

Lorsqu'elle eut terminé, elle sentit une brise tiède sur sa peau exposée. Sa peau picota une seconde et Emily hoqueta, se relevant à la hâte. Le picotement cessa aussitôt. Lorsqu'elle jeta un coup d'œil sur le cylindre, elle vit qu'il était impeccable, aussi propre qu'auparavant. Au même moment, elle réalisa qu'elle se sentait tout aussi propre, même si elle n'avait pas utilisé de papier hygiénique, une autre chose qui manquait dans cette étrange salle de bain.

Fronçant les sourcils, troublée, Emily se dirigea vers ce qui ressemblait à un lavabo dans l'autre coin. Il n'y avait ni robinet ni bouton, alors elle agita les mains, espérant qu'il était activé par des capteurs de mouvement. Presque instantanément, un jet tiède de liquide en sortit, couvrant ses mains d'une substance à la fragrance agréable qui ressemblait vaguement à du savon. Avant qu'Emily ne puisse frotter ses paumes l'une contre l'autre, la substance s'évapora, laissant ses mains propres et sèches.

Intéressant désinfectant pour les mains.

Tous ses besoins pressants réglés, Emily marcha vers le mur où s'était trouvée l'entrée. À son approche, l'entrée apparut à nouveau, comme si elle avait capté sa présence.

— D'accord, murmura-t-elle, en se faufilant par l'entrée avant qu'elle n'ait la chance de se refermer.

Dès qu'elle sortit de la pièce, l'entrée de la salle de bain disparut.

Emily la fixa pendant quelques secondes, avant de secouer la tête. Elle devait parler avec Zaron et obtenir des réponses rapidement. Cela devenait ridicule.

Détectant un mouvement du coin de son œil, elle se tourna et vit l'entrée de la chambre s'ouvrir à nouveau. Zaron se trouvait de l'autre côté.

— Viens, dit-il en lui faisant signe de le rejoindre. J'aimerais que tu te joignes à moi pour le petit-déjeuner.

— D'accord.

Emily sortit prudemment de la pièce, cette fois observant les côtés du mur pour tenter d'en comprendre le fonctionnement. À son grand dépit, il n'y avait pas plus de mécanismes visibles de ce côté. Les rebords de l'ouverture étaient lisses et polis, sans rainure ou crête indiquant la présence de portes coulissantes.

Dès qu'elle fut de l'autre côté, le mur se forma à nouveau, se solidifiant devant les yeux d'Emily.

Incroyable.

Se tournant vers Zaron, Emily le fixa avec frustration.

— Comment fonctionne-t-il ? demanda-t-elle en ta-potant le mur. De quel genre de matériau s'agit-il ?

Zaron la regarda calmement.

— Je pourrais te donner le nom, mais ça n'aurait aucune signification pour toi. Pour ce qui est de son fonctionnement, je ne suis pas un concepteur, et je ne serais donc pas en mesure de te donner une explication claire.

Pas un concepteur ? Que voulait-il dire par là ?

— Qu'es-tu, alors ?

Un léger sourire étira ses lèvres sensuelles.

— Je suis un biologiste, avec une spécialisation pour l'édaphologie. J'étudie tous les genres de créatures vivantes en plus du sol qui les nourrit.

Emily cligna des yeux.

— Je vois.

Il était donc *bien* un chercheur.

— Et ceci est ton labo ?

— Non, dit-il en secouant la tête. C'est ma demeure temporaire.

Sa demeure ? Emily lança un regard incrédule alentour. Comme pour la chambre qu'elle venait de quitter, tout était dans les teintes d'ivoire et de crème, avec une douce lueur provenant d'un point indéterminé. Il n'y avait pas de fenêtre ou de porte et l'ameublement était minimaliste. À l'exception d'une longue planche blanche au milieu qui ressemblait à un banc plat, et quelques plantes en floraison dans les coins, la pièce était essentiellement vide.

Fronçant les sourcils, Emily fit un pas vers la planche. Elle était sûre que ses yeux lui jouaient des tours, car…

— Est-ce qu'elle flotte dans les airs ? demanda-t-elle avec incrédulité, s'agenouillant pour jeter un œil sous la planche. Est-elle retenue par un genre d'aimants ?

— Bien sûr que non, dit Zaron, en s'arrêtant à ses côtés. Elle utilise la technologie de champ de force.

Toujours à quatre pattes, Emily lui jeta un regard. Debout près d'elle, il semblait encore plus imposant… et si mâle. Un frisson de peur courut le long de sa colonne à nouveau.

— Une technologie de champ de force ? répéta-t-elle lentement, ayant l'impression d'être tombée dans un monde parallèle de science-fiction. Qu'est-ce que ça veut dire ?

Il l'observa de son regard sombre et calme.

— Mangeons un morceau et je t'expliquerai, proposa-t-il gentiment.

Son ton était doux, mais Emily pouvait entendre la touche acérée sous-jacente. Il n'avait aucune intention de lui répondre pour l'instant.

— D'accord, dit-elle prudemment, faisant mine de se relever. Je veux…

Elle hoqueta presque au contact de sa main contre son coude, l'aidant à se relever. Sa main était légère et pleine de sollicitude, mais il y avait quelque chose de possessif dans sa poigne, dans la façon dont ses doigts s'attardèrent sur son bras quelques secondes de plus avant de la relâcher.

Son cœur battant la chamade, Emily recula d'un pas, le fixant du regard. Réaction illogique, elle se sentait marquée par son contact, sa peau picotant là où il l'avait touchée. Il la regardait aussi, ses yeux brillant d'une émotion étrange.

Pour la première fois, Emily remarqua que ses yeux n'étaient pas marron foncé comme elle l'avait cru, mais noirs.

Se sentant complètement déstabilisée, Emily réagit comme elle l'avait toujours fait dans les moments difficiles de sa vie.

Elle afficha un masque enjoué.

— Entendu, dit-elle, rayonnante. Mangeons et discutons.

Amusé par le soudain enthousiasme de la jeune femme pour le repas, Zaron la précéda dans la cuisine.

Il était heureux d'avoir eu l'occasion de la toucher dans un contexte décontracté et non sexuel. Il était important qu'elle s'habitue à son contact. Sur plusieurs points, séduire Emily serait comme domestiquer une créature sauvage. Il devait l'approcher lentement et gagner sa confiance. Elle devait croire qu'il ne la blesserait pas, sinon, elle paniquerait au premier signe d'intention sexuelle de sa part.

Point positif, elle réagissait à sa présence. S'était la réponse primitive d'une femelle en présence d'un mâle sain et attirant. Elle avait peut-être été surprise à son contact, mais elle avait également été subtilement excitée. Il l'avait vu dans la légère dilatation de ses pupilles et le rythme effréné de son cœur. Sa fragrance féminine s'était elle aussi approfondie. Si Zaron avait caressé le sillon délicat entre ses cuisses, il l'aurait sans conteste trouvée accueillante et moite, son corps se préparant instinctivement à l'acte.

Son peuple avait découvert sa compatibilité sexuelle avec les *Homo sapiens* il y a bien longtemps. Bien que l'ADN des deux espèces soit assez différent pour éviter tout métissage, les efforts des Anciens avaient rendu les humains assez semblables aux Krinars dans leur apparence et leur structure corporelle. Personne ne connaissait les raisons sous-jacentes des Anciens pour cette ressemblance, mais le résultat était une espèce que de nombreux Krinars trouvaient désirable comme partenaires sexuels, surtout avec les qualités aphrodisiaques du sang humain.

Et cette humaine était plus désirable que la plupart, pensa Zaron, en observant Emily qui fixait avec choc la table et les chaises de cuisine. Comme le canapé du salon, ils étaient maintenus en place par un champ de force, donnant l'impression de flotter. Pour un humain typique du vingt et unième siècle, une telle technologie pouvait sembler magique, bien que la majorité des humains fût maintenant assez cultivée pour ne pas tout attribuer au surnaturel.

Zaron réfléchissait encore à ce qu'il devait dévoiler à la jeune femme. Au cours des deux derniers jours, alors qu'il s'occupait d'elle, il avait réfléchi à la possibilité de ne rien révéler, de prétendre être humain. Il avait même considéré la ramener au pont avant son réveil, la laissant ainsi attribuer sa survie à un miracle ou sa chute à un rêve, peu importe ce qui serait plus facile d'accepter pour son esprit. Il avait pourtant hésité, son désir croissant pour elle luttant contre son désir d'éviter une situation potentiellement délicate, mais elle s'était éveillée quelques heures plus tôt qu'il ne l'aurait cru.

Il avait maintenant une humaine troublée et méfiante sur les bras… une humaine qui le fixait avec une lueur de frustration dans son regard aigue-marine.

— Laisse-moi deviner, dit-elle, avec un geste vers la table. Un autre exemple de technologie de champ de force ?

L'amusement de Zaron s'intensifia devant le sarcasme à peine voilé dont elle faisait preuve.

— Oui, c'est bien ça, dit-il, en se dirigeant vers l'une des chaises flottantes et en s'y installant.

Le matériau intelligent s'ajusta immédiatement à son corps, évaluant sa posture pour lui offrir le meilleur confort possible.

— Je dois m'asseoir là-dessus ?

Sa voix se fit aiguë.

— Sur une planche qui flotte dans les airs ?

— Tu ne tomberas pas, je te le promets, dit Zaron, refoulant son sourire alors qu'elle s'approchait de la table avec tout l'enthousiasme de quelqu'un sur le point d'être condamné pour meurtre.

— C'est même très confortable, ajouta-t-il.

— Ouais, murmura-t-elle, en s'installant prudemment sur la planche.

Puis, ses yeux s'écarquillèrent. Elle avait probablement senti la chaise bouger alors qu'elle s'ajustait à son corps. En quelques secondes, elle se retrouva assise, son dos entièrement soutenu, un air choqué sur ses traits.

Cette fois, Zaron ne put réprimer un ricanement. Il n'aurait pas pensé apprécier cette partie, mais c'était le cas. Présenter à cette petite humaine son monde se révélerait peut-être agréable sur plus d'un plan, pensa-t-il, la regardant se retourner pour tenter de voir le dossier de sa chaise. Bien sûr, la chaise intelligente bougea avec elle, le dossier disparaissant au moment où Emily tentait de l'étudier.

Lorsqu'elle se tourna à nouveau vers lui, l'expression de son visage était indescriptible.

— Allons, quel est ce truc ? demanda-t-elle, ses mains agrippant le rebord de la table. Où suis-je ?

Zaron rit doucement.

— Tu es dans ma demeure, Emily, dit-il, répétant patiemment ce qu'il lui avait déjà dit. Et ce *truc* est mon ameublement.

— Quel genre de meuble fait ça ? Il a *bougé*. Et il a disparu devant moi.

— Oui, il a disparu, acquiesça Zaron. Le matériau est conçu pour s'ajuster à ton corps afin d'offrir le meilleur confort qui soit. Lorsque tu t'es tournée, il n'était plus confortable, alors il s'est à nouveau ajusté.

— Oui, bien sûr.

Fermant ses yeux, elle se frotta les tempes, une expression douloureuse sur les traits.

Immédiatement soucieux, Zaron se pencha sur la table et appuya le dos de sa main contre son front.

— Tu te sens bien ?

Les humains étaient incroyablement frêles, leurs corps faibles et sujets à toutes sortes de maladies entièrement inconnues de son peuple. Les maux de tête, par exemple. Sauf pour quelques fois suivant une blessure à la tête, Zaron n'avait jamais souffert de maux de tête, mais il savait qu'il s'agissait d'un trouble fréquent chez l'espèce humaine.

À son contact, elle se recula d'un bond et ses yeux s'ouvrirent d'un coup.

— Bien sûr, dit-elle avec cette même fausse gaîté. Je suis au top.

Comme Zaron continuait de la regarder, sceptique, elle ajouta :

— Non, vraiment, tout va bien. Je suis sûre d'avoir chuté sur plusieurs dizaines de mètres, mais je vais super bien.

Zaron décida d'ignorer la dernière partie de sa remarque.

— Bien, dit-il en se reculant. Mais si tu as mal à la tête, dis-le-moi. Je peux le soigner.

Elle prit une longue inspiration profonde, attirant le regard de Zaron vers le doux renflement de sa poitrine.

— Le soigner comment ? demanda-t-elle.

Zaron se força à ramener son attention vers son visage.

Ce n'était pas le moment de céder à son attirance.

— M'as-tu soignée avant ? persista-t-elle lorsque Zaron ne répondit pas immédiatement. Comment est-ce possible que je sois en pleine forme après une telle chute ? ajouta-t-elle.

Ses yeux s'écarquillèrent comme sous l'effet d'une révélation.

— Attends un peu, quel jour sommes-nous ? Étais-je dans le coma ?

— Non, tu n'étais pas dans le coma, dit Zaron, comprenant son désarroi. Nous sommes le jeudi six juin.

— Alors, j'ai été inconsciente pendant deux jours.

Zaron acquiesça.

— Oui, c'est bien ça.

Il commençait à avoir faim et il était sûr que c'était son cas aussi. Les explications pouvaient attendre. Dans la langue Krinar, il leur commanda rapidement une salade.

Emily fronça les sourcils.

— Qu'as-tu dit ?

— Je nous ai commandé à manger, expliqua Zaron. Malheureusement, ma demeure n'est pas programmée pour répondre aux directives dans ta langue.

— Oui, bien sûr.

Elle le regardait comme s'il était fou.

— Mais ta demeure est programmée pour répondre aux directives dans la langue que tu viens d'utiliser, peu importe ce que c'était ?

— La langue est le Krinar, dit Zaron, prenant finalement une décision.

Il pouvait continuer de la laisser dans l'ignorance, mais ce n'était pas vraiment nécessaire. Avec tout ce qu'elle avait déjà vu, il ne pouvait pas la laisser partir et elle apprendrait la vérité assez tôt.

— Krinar ?

Elle semblait troublée alors qu'elle répétait le mot avec un léger accent.

— Où parle-t-on cette langue ?

— Krinar est la langue parlée sur Krina, dit calmement Zaron, observant sa réaction. Ma planète.

CHAPITRE 6

$\mathcal{E}$mily fixa l'homme séduisant devant elle, n'en croyant pas ses oreilles.

— Attends… *quoi* ? Tu as bien dit ta *planète* ?

Il acquiesça, son expression calme.

— Oui, Emily. Je sais que ça va contre ce que ta société croit pour l'instant. Si tu décides de ne pas me croire, c'est ton choix. Tu voulais comprendre pourquoi tu es vivante et pourquoi ma demeure te semble si curieuse et je t'offre l'explication. Si ce n'est pas ce que tu veux entendre, tu peux croire ce que tu veux.

Emily déglutit, son cœur battant avec frénésie. Il ne semblait pas se moquer d'elle. Il la regardait de ses yeux sombres et il n'y avait aucune trace de moquerie sur ses traits.

Il était soit dément, soit elle était réellement atterrie dans un monde parallèle.

— Tu es réellement en train de me dire que tu es un extraterrestre ?

— De ton point de vue, je suppose que oui, dit-il pensivement. Je préfère le terme *Krinar*, toutefois.

— Un extraterrestre ? Réellement ?

Emily avait peine à croire qu'elle prononçait ces mots. Ce ne pouvait être qu'un rêve hautement conscient. Il le fallait. C'était la seule explication raisonnable pour toute cette histoire. Elle avait rêvé toute la chose, même la chute du pont, et se trouvait maintenant endormie dans sa chambre d'hôtel.

— Oui, répondit-il avec patience. Je suis de Krina, et non de la Terre, alors ça fait de moi un extraterrestre, selon ton point de vue.

Voilà, c'était officiel. Emily rêvait. Quelle autre raison plausible expliquait qu'elle était assise sur une chaise flottante à une table flottante, en face d'un homme trop beau pour être vrai ?

Ou trop beau pour être humain, murmura une petite voix dans sa tête, la faisant frissonner.

— Bon, dit-elle lentement. Supposons un moment que c'est vrai. Si tu viens d'une autre planète, comment es-tu arrivé ici et pourquoi ressembles-tu à un humain ?

Voyons voir comment l'homme de son rêve allait répondre à *ça*, pensa-t-elle. Il devait y avoir une limite à la capacité de son esprit de former des explications rationnelles alors qu'elle dormait. À tout moment, Emily se réveillerait, se demandant comment elle avait bien pu rêver quelque chose d'aussi insolite.

Consternée, elle vit que sa question semblait amuser l'homme.

— Comme tu le soupçonnes probablement, je suis arrivé en vaisseau, dit-il, ses lèvres sensuelles s'étirant en un léger sourire. Un vaisseau spatial, si tu préfères. Et pour ce qui est de mon apparence, ce n'est pas la bonne question, Emily. Je ne ressemble pas à un humain.

Il prit une pause, la fixant intensément.

— C'est toi qui ressembles à une Krinar.

Emily ouvrit la bouche pour demander ce qu'il voulait insinuer, mais au même moment, un mur à sa droite s'ouvrit et un bol au contenu coloré en sortit en flottant. Une fois au-dessus de la table, il se déposa devant Emily. Un deuxième bol suivit aussitôt, atterrissant devant Zaron.

Emily fixa la table, refoulant l'envie de se frotter les yeux. *Un rêve*, se répéta-t-elle. *Ce n'est qu'un rêve.*

Les bols étaient emplis de ce qui ressemblait à une salade, un mélange inusité de fruits et de légumes couvert d'une sauce vert pâle. Au milieu du bol se trouvait un ustensile, rappelant de minuscules pinces.

Prenant prudemment l'ustensile, Emily piqua un morceau de tomate.

— Ça ne semble pas très extraterrestre, dit-elle en lançant un coup d'œil dubitatif à Zaron.

— Ça ne l'est pas. Ce sont toutes des espèces terrestres, comme ce *Citrus sinensis.*

Prenant un morceau d'orange avec son propre ustensile, il le mangea avec un plaisir évident.

Emily le fixa du regard.

— Alors, tu peux manger notre nourriture ?

Il déglutit et acquiesça.

— Oui. Certains aliments sont même excellents, à vrai dire, dit-il avant de se remettre à manger avec appétit.

Son ustensile toujours en main, Emily l'observa un moment. Elle sentait que son monde parallèle s'élargissait, tentant de l'engloutir totalement. Pourquoi ne s'éveillait-elle pas ? En général, était-ce normal pour quelqu'un dans un rêve de savoir qu'il s'agissait d'un rêve sans toutefois pouvoir en sortir ?

Ne sachant que faire d'autre, elle commença à manger la salade. Les arômes explosèrent contre ses papilles, l'association des légumes piquants et des fruits sucrés était inhabituelle, mais délicieuse. La sauce était à la fois acidulée et riche. Emily ne se rappelait pas avoir jamais dégusté un tel plat. Elle aimait les salades et celle-ci était l'une de ses meilleures expériences culinaires.

Ce rêve était de loin beaucoup trop réaliste.

Avalant la bouchée qu'elle dégustait, Emily déposa son ustensile.

— Je ne rêve pas, n'est-ce pas ? demanda-t-elle à voix basse, ses yeux rivés sur Zaron.

— Le croyais-tu ?

Il pencha la tête sur le côté.

— Est-ce la raison de ton calme ? Je m'interrogeais justement à ce propos. Toutes mes connaissances sur ton espèce suggèrent que ta réaction aurait dû être beaucoup plus intense.

Emily sentit le désir d'avoir cette réaction « beaucoup plus intense » à l'instant.

Se levant lentement, elle s'éloigna de la table, fixant Zaron. Elle pouvait entendre le battement effréné de son propre cœur et sa respiration était rapide et superficielle. Elle avait l'impression qu'il n'y avait pas assez d'air dans la pièce.

Si tout ceci était réel, si son esprit ne lui jouait pas un tour cruel, il n'y avait aucun moyen d'expliquer ce qu'elle avait vu sans entrer dans le royaume de l'improbable.

— Peux-tu le prouver ?

Sa voix était basse et tremblante.

— Peux-tu me prouver que tu viens d'une autre planète ?

Il s'adossa à sa chaise, un demi-sourire sur ses lèvres.

— Comment veux-tu que je te le prouve, Emily ? N'est-ce pas suffisant de savoir que tu es vivante et en forme lorsque tu aurais dû mourir de tes blessures ? Connais-tu une médecine humaine qui peut soigner des blessures aussi graves ?

Emily s'humecta les lèvres.

— À quel point étais-je blessée ?

Les mots furent prononcés dans un murmure à peine audible. Elle se remémora le pont et les roches au bas, et ses entrailles se serrèrent. Pour la première fois, le fait qu'elle était en vie s'imposa à elle.

Elle était en vie… alors qu'elle aurait dû être morte.

— Tu avais de multiples fractures, en plus de graves dommages aux organes internes, dit Zaron, en repoussant une mèche de son front. Ta colonne était également fracturée.

Avec l'impression qu'une bande d'acier compressait sa cage thoracique, Emily tenta d'inspirer. Elle se le rappelait maintenant, le moment horrible où son corps s'était fracassé contre les rochers. Elle se rappela avoir souhaité une mort instantanée et n'avoir ressenti qu'une lente agonie.

Les yeux brûlants, elle souleva ses bras, les étudiant comme si elle ne les avait jamais vus avant. Sa peau était lisse et pâle, irréprochable. Il n'y avait aucune trace de blessure, pas même une ecchymose ou une éraflure.

Elle était vivante.

Elle. Était. Vivante.

Réalisant enfin ce que cela signifiait, Emily se mit à trembler. Elle aurait pu mourir. Elle aurait dû mourir. Elle avait été certaine de mourir.

Et, sans l'aide de l'homme assis à la table, elle serait morte.

Levant les yeux, elle le vit l'observer avec cette même expression froidement amusée.

— Tu m'as sauvée…

Sa voix était voilée par le choc.

— Tu m'as sauvé la vie.

Il acquiesça, se levant avec aisance.

— Oui, dit-il, en s'approchant avec la grâce d'un prédateur. Je t'ai sauvée.

S'arrêtant à quelques centimètres d'elle, il leva une main et frôla sa mâchoire du revers de la main.

Emily hoqueta, stupéfaite par la caresse étonnamment possessive. Sa proximité était bouleversante, ajoutant à son trouble intérieur. Sa peau picota à son contact et des frissons parcoururent sa colonne, son corps tremblant sous le choc.

L'homme qui venait de la toucher, l'homme qui lui avait sauvé la vie, prétendait venir d'une autre planète.

Son cœur battant la chamade, Emily recula d'un pas.

— Pourquoi m'avoir sauvée ? murmura-t-elle, levant les yeux vers lui. Qu'attends-tu de moi ?

— N'aie pas peur, Emily.

Sa voix était douce, rassurante, mais elle eut à nouveau l'impression d'un félin jouant avec sa proie.

— Je ne te veux aucun mal, ajouta-t-il.

Elle déglutit avec peine, reculant d'un autre pas. Elle ne savait pas si elle le croyait… si elle croyait quoi que ce soit qu'il lui avait dit. Comment pouvait-il exister des extraterrestres humanoïdes ? L'idée était aussi improbable que le yéti ou les sirènes. Un centre de recherche gouvernemental secret était un scénario beaucoup plus plausible, mais il n'expliquait pas le rétablissement éclair d'Emily. Ce type de technologie médicale ne serait pas resté un secret bien longtemps.

Elle n'avait d'autre choix que d'accepter la possibilité qu'il disait vrai et, si c'était le cas, qu'elle était en présence d'un réel extraterrestre.

Un extraterrestre qui lui avait sauvé la vie.

Un être venant d'une autre planète qui l'observait comme un lion affamé observe une gazelle.

CHAPITRE 7

$\mathcal{Z}$aron observa Emily s'éloigner doucement de lui, ses yeux énormes dans son visage pâle. Il pouvait voir le tremblement de ses membres et l'envie de l'attirer vers lui, de la serrer contre lui, était si fort qu'il avait peine à le contrôler. La brève caresse n'avait fait qu'aiguiser son appétit.

Il la voulait. Il voulait la toucher, sentir le satiné de sa peau. Il voulait lui arracher ses vêtements et écarter ses cuisses, les gardant ouvertes alors qu'il plongerait en elle. Il voulait la serrer contre lui et la prendre comme un sauvage… avant de passer ses dents sur la peau tendre de sa gorge et de goûter à l'onctuosité cuivrée de son sang.

Il en eut l'eau à la bouche.

— Pourquoi as-tu dit que je ressemblais à une Krinar ?

Sa question hésitante interrompit ses songes, faisant son chemin à travers le brouillard de désir qui semblait envelopper son esprit en sa présence. Elle s'était arrêtée à l'autre bout de la pièce et le regardait avec méfiance. Elle se sentait plus à l'aise avec une certaine distance entre eux, réalisa-t-il. Elle ignorait à quel point il serait facile pour lui d'effacer cette distance d'un seul bond.

— Plutôt que tu ressemblais à un humain, je veux dire ? clarifia-t-elle.

Prenant une profonde inspiration, Zaron se força à rester immobile et à lui laisser l'espace dont elle avait besoin. Il était naturel pour elle d'être effrayée et bouleversée ; après tout, les humains ignoraient encore tout des Krinars.

— Parce que nous sommes la première espèce intelligente, répondit-il. Votre espèce a été créée à notre image, et non le contraire.

La jeune femme s'humecta les lèvres de la langue, dans un geste nerveux qui envoya un éclair de désir à l'entrejambe de Zaron.

— À votre image ? Qu'est-ce que ça veut dire ?

— Ça veut dire que nous avons créé votre espèce… toutes les espèces sur cette planète, en fait.

Zaron s'interrompit, la laissant assimiler l'information.

— Sans nous, il n'y aurait pas de vie sur Terre.

Ses yeux s'écarquillèrent, une expression incrédule figeant ses traits.

— Quoi ? Tu veux dire que vous nous avez *faits* ? Comme dans un labo ou quelque chose comme ça ?

— Non, pas un labo, dit Zaron.

Il était sur le point de se lancer dans une longue explication scientifique, mais se reprit à temps.

— Nous avons laissé des bribes d'ADN ici il y a quelques milliards d'années, révéla-t-il plutôt. Puis, nous avons encouragé votre évolution, permettant ainsi à une espèce rappelant les Krinars d'émerger avec le temps.

C'était une simplification excessive, mais il doutait qu'Emily ait besoin de toutes les subtilités évolutives à ce stade.

Déjà, Emily ouvrait et fermait la bouche sans qu'un son ne s'en échappe. Zaron pouvait pratiquement voir les rouages de son cerveau vif dans son joli petit crâne. Elle ignorait si elle pouvait le croire ou non, et son envie première était de rejeter tout ce qui n'entrait pas dans sa vision du monde actuelle. Mais, elle ne pouvait pas plus nier ce qu'elle avait vu aujourd'hui.

— Il y a quelques *milliards* d'années ? demanda-t-elle, en le fixant. Ta civilisation est aussi ancienne ?

Zaron acquiesça.

— Oui, nous existons depuis très longtemps. Notre planète est bien plus vieille que la vôtre.

Emily prit une inspiration tremblante.

— Je vois.

Soulevant les mains, elle frotta ses tempes à nouveau, comme si elle souffrait d'un mal de tête.

Zaron plissa les yeux. Il n'aimait pas l'idée qu'elle souffre, pas s'il pouvait l'aider. Étrange, mais il avait l'impression, à un certain degré, qu'elle lui appartenait et que son bien-être était de sa responsabilité. Réduisant la distance entre eux de quelques enjambées, il s'arrêta en face d'elle.

— Emily… As-tu besoin de quelque chose pour la douleur ?

Baissant les bras le long de son corps, elle le regarda, ses yeux aux cils fournis plus verts que bleus dans cet éclairage.

— Non, merci. Je vais très bien. C'est simplement beaucoup à accepter.

— Bien sûr.

Zaron eut à nouveau l'envie de l'attirer dans ses bras, cette fois-ci pour la réconforter. Malheureusement, elle n'était pas encore prête à ce genre d'intimité, et tout geste qu'il ferait en ce sens n'aurait comme effet que de l'effrayer davantage. Il se contenta de lui lancer un sourire rassurant.

— Je comprends.

— Je suis toujours au Costa Rica, n'est-ce pas ? demanda-t-elle, ses sourcils délicats se fronçant comme si l'idée venait de la frapper. Je ne suis pas sur ton vaisseau ?

— Non, tu ne l'es pas et, oui, nous sommes au Costa Rica. Nous sommes à une vingtaine de kilomètres du pont. Je te l'ai dit, ceci est ma demeure pour l'instant.

Elle se reprit et un léger sourire apparut sur ses lèvres.

— Oh, je vois.

Elle semblait soulagée et Zaron réprima son propre sourire, sachant que sa question était probablement inspirée du stéréotype des enlèvements par des extraterrestres présent dans sa culture.

Observant la jeune femme, Zaron réalisa qu'il ne s'était pas senti aussi léger depuis des années. Il n'avait jamais passé beaucoup de temps avec un humain et il ne s'attendait pas à s'y plaire autant. Grâce à son permis de conduire, il savait qu'Emily était âgée de vingt-quatre ans, à peine une adolescente comparativement à ses propres six cents ans et des poussières. Toutefois, elle semblait plus mature qu'un Krinar du même âge, probablement parce que l'espèce humaine atteignait généralement l'âge adulte à cet âge.

Il réalisa soudainement qu'il n'avait pas pensé une seule fois à Larita dans la dernière heure. Une douleur cuisante accompagna cette réalisation et il repoussa aussitôt cette pensée. Il aimait comment il se sentait auprès de cette jeune humaine et il avait l'intention de s'accrocher à ce sentiment.

Emily s'éclaircit la gorge, attirant à nouveau son attention.

— Zaron, dit-elle à voix basse, en le fixant du regard. Je ne t'ai pas encore remercié de m'avoir soignée. Je me rappelle la chute et je sais que je devrais être morte…

Elle déglutit, sa voix étouffée.

— Et un simple merci n'est pas suffisant pour ce que tu as fait…

— Ce n'est rien, Emily, l'interrompit Zaron, sentant qu'elle était au bord des larmes. Je suis simplement heureux que tu sois vivante.

Elle déglutit à nouveau, avant de lui lancer un sourire en coin tremblotant.

— Désolée, je ne voulais pas me montrer aussi émotive. Je suppose que même les extraterrestres sont mal à l'aise devant une femme sur le point de pleurer, hein ?

— Si tu savais, dit Zaron sèchement.

Il détestait voir une femme pleurer ; il se sentait alors désarmé. Lorsque Larita pleurait, il se pliait en quatre pour fixer ce qui la tourmentait. Emily ne semblait pas du genre à pleurer, et ça lui plaisait. La beauté angélique de l'humaine cachait une force qu'il ne pouvait qu'admirer.

Emily lui lança un grand sourire qui illumina ses traits.

— Dans ce cas, je ne pleurerai pas. Je me contenterai de te remercier, point final.

Zaron rit.

— Voilà, rien de mieux…

Une douce vibration à son poignet le fit sursauter, l'interrompant au milieu de sa phrase. Jetant un œil à l'appareil informatique qu'il portait à son poignet, Zaron vit qu'un message urgent l'attendait.

— Pardonne-moi, dit-il en lui lançant un regard désolé. Je reviens dans un moment.

Avant qu'elle ne puisse répondre, il se dirigea en hâte vers son bureau.

Une demande de réunion avec le Conseil se devait d'être traitée rapidement.

Le cœur battant, Emily regarda Zaron entrer dans une autre pièce. Pendant une seconde, elle avait ressenti le début d'une réelle connexion, une connexion qui était à la fois excitante et déconcertante.

Il la rendait nerveuse, pourtant elle se sentait attirée par lui. Alors qu'ils discutaient, elle s'était prise à s'imaginer tracer les lignes droites de ses sourcils du bout de ses doigts et de toucher son épaisse chevelure brillante. Si près de lui, elle avait pris conscience de son corps musclé et imposant, de sa perfection purement masculine.

C'était ridicule. Il était séduisant, oui, mais selon ses propres dires, il n'était pas humain. Il était de Krina, un extraterrestre venant d'une civilisation vieille de plusieurs milliards d'années.

Une civilisation qui avait prétendument créé toute vie sur Terre.

Fermant les yeux avec force, Emily se massa à nouveau les tempes, par réflexe. Lorsqu'elle avait dit à Zaron que c'était beaucoup à accepter, elle ne mentait pas. Son cerveau semblait sur le point d'exploser, ses pensées tournoyant sans cesse. Elle ne souffrait pas complètement d'un mal de tête, mais elle sentait sans équivoque une tension comprimant son front.

Soupirant, Emily ouvrit les yeux et retourna à la table, s'installant sur l'une des chaises flottantes. Lorsque l'objet bougea, s'ajustant à son corps, elle se laissa aller volontairement, le laissant agir. Elle s'habituait tranquillement à certaines technologies de Zaron, les technologies ménagères de base, à tout le moins.

À quel point étaient-ils avancés ? se demanda-t-elle, une partie de sa tension s'évaporant alors que la chaise commençait à vibrer doucement pour soulager ses muscles.

Zaron avait manifestement été à même de voyager jusqu'ici, alors ils devaient avoir maîtrisé les voyages interstellaires. Au-delà de la vitesse de la lumière, peut-être ? Selon les théories scientifiques actuelles, c'était un exploit impossible, mais soigner des blessures comme celles d'Emily après sa chute l'était aussi. La médecine Krinar était tellement plus évoluée que tout ce qu'Emily avait entendu parler qu'elle avait peine à imaginer ce qu'il pouvait accomplir d'autre. La téléportation, peut-être ? Il y avait tant de possibilités de technologie incroyable qu'elle en avait la tête qui tournait.

Emily avait toujours été intéressée par les sciences, lisant souvent des articles sur les dernières découvertes ou visionnant des émissions sur la nature à la télévision. Parfois, elle aurait même souhaité avoir choisi la biologie ou l'astrophysique comme domaine d'études. Mais ce n'était pas le cas. Elle s'était plutôt tournée vers les finances, attirée par la promesse de gros profits sur Wall Street. Après une enfance passée dans des foyers d'accueil, Emily désirait plus que tout une sécurité et une stabilité financière, et le monde financier lui avait semblé la manière parfaite de l'atteindre rapidement. Pour réussir dans le monde scientifique, il fallait un diplôme d'études supérieures, un doctorat ou à tout le moins une maîtrise. Mais pour devenir un analyste en investissement financier, quatre ans à une université prestigieuse, quelques stages estivaux et la volonté de travailler plus de quatre-vingts heures par semaine étaient plus que suffisants. À l'âge de vingt-quatre ans, Emily avait été en bonne voie d'atteindre cette sécurité financière si importante, son compte d'épargne en pleine croissance, du moins jusqu'au plus récent revers du marché boursier.

Ses économies n'étaient maintenant plus que l'ombre de ce qu'elles étaient et elle avait perdu l'emploi qui avait consumé sa vie au cours des deux dernières années. Emily se prépara à l'amertume habituelle qui l'envahissait toujours à cette notion, mais tout ce qu'elle ressentit fut un léger pincement au cœur. Pour la première fois depuis les mises à pied, elle ne s'inquiétait pas de son avenir. Elle avait bien plus important à penser, comme le fait qu'un extraterrestre lui avait sauvé la vie.

L'absurdité même de cette pensée la fit presque éclater de rire. Pendant un moment, elle eut à nouveau cette impression de se trouver dans un monde parallèle, mais après quelques inspirations apaisantes, elle se reprit. Elle devait être à même de réfléchir sans perdre la tête, car si ce Zaron lui avait révélé la vérité, les implications étaient simplement renversantes.

Il existait une autre espèce intelligente, une espèce bien plus évoluée que l'homme. Une espèce qui avait apparemment créé l'humain, indirectement. Que voulaient-ils ? Pourquoi Zaron était-il ici, au cœur de la forêt costaricaine ? Pourquoi avait-il sauvé la vie d'Emily ?

Et puis, pourquoi personne n'était-il au fait des Krinars ? Si le peuple de Zaron était le réel créateur de l'humanité, les humains n'auraient-ils pas dû apprendre leur existence il y a bien longtemps ?

Une vague de froid enveloppa Emily alors qu'elle prenait une inspiration tremblante, puis une autre, et une autre. Un poids semblait à nouveau compresser sa poitrine.

Il n'y avait qu'une réponse à cette question.

Personne ne connaissait l'existence des Krinars, car ils n'avaient pas voulu la révéler aux humains.

Pourtant, Zaron avait risqué l'exposition de son peuple en laissant Emily découvrir sa demeure, en lui révélant ce qu'il était et d'où il venait. Il ne semblait pas préoccupé par le fait qu'elle pourrait tout raconter aux médias ou qu'il avait compromis des milliers d'années de silence en lui parlant.

Se relevant lentement, Emily fixa le mur ivoire, ses mains agrippant sans la voir la table.

Zaron lui avait-il révélé tout cela parce qu'il n'avait pas l'intention de la laisser partir ?

CHAPITRE 8

$\mathcal{E}$n entrant dans son bureau, Zaron activa le mode de réunion de son ordinateur et ferma les yeux une seconde. Lorsqu'il les rouvrit, il se trouvait à l'intérieur d'une grande salle blanche, le lieu de rassemblement du Conseil sur Krina. Il n'y était évidemment pas physiquement, mais la simulation était à ce point réelle, qu'il pouvait voir, ressentir, toucher et sentir tout, comme s'il y était en personne.

Seuls trois conseillers l'attendaient : Korum, Arus et Saret. Ce n'était donc pas une réunion officielle, réalisa Zaron ; une telle rencontre aurait nécessité la présence des quinze membres du Conseil. Inclinant la tête en signe de respect, il attendit de connaître la raison de sa convocation.

Les trois hommes devant lui étaient parmi les plus influents de Krina, chacun d'eux siégeant au Conseil depuis plus longtemps que les six cents ans de Zaron. Le Conseil, l'organe dirigeant officiel de Krina, ne répondait qu'aux

Anciens, les neufs Krinars les plus âgés. Et comme les Anciens n'interféraient que rarement avec quoi que ce soit, cela signifiait que le Conseil jouissait d'un pouvoir quasi illimité lorsque venait le temps de passer des lois ou de faire respecter l'ordre dans la société.

Jusqu'à il y a deux ans, Zaron avait uniquement croisé certains conseillers dans des événements sociaux. Mais, depuis que le Conseil s'était intéressé à sa recherche, il avait rencontré chacun de ses membres.

— Heureux de te voir, Zaron, dit Arus en s'avançant d'un pas. Merci de ta réponse rapide. Nous sommes sur le point de partir et nous voulions voir avec toi où tu en étais avec la sélection des centres.

Son expression était plaisante et vaguement intéressée, idéale pour mettre à l'aise son interlocuteur. Avec sa formation en études sociétales, Arus était un politicien accompli, bien aimé et respecté par pratiquement tout le monde, Zaron compris. C'est Arus qui l'avait approché deux ans plus tôt pour lui proposer de mener les démarches de colonisation, sortant alors Zaron de la dépression qui l'avait consumé depuis la mort de Larita.

— Je crois que le meilleur endroit est la région de Guanacaste, au Costa Rica, répondit Zaron.

Un geste du poignet fit apparaître une carte en trois dimensions de la Terre et il zooma sur l'endroit désigné.

— Le climat est très comparable à certaines zones de Krina et je devrais pouvoir modifier suffisamment le sol pour le rendre adéquat à beaucoup de nos plantes comestibles.

— Qu'en est-il des neuf autres centres ?

Ce fut Korum qui prit la parole cette fois-ci, ses yeux ambre insolites observant Zaron avec une intelligence froide et perçante. Des trois membres du Conseil présents, il était de loin le plus intimidant, avec une réputation d'impitoyabilité qui allait au-delà de la simple ambition. Il était également la force motrice derrière l'invasion prochaine.

— Sept des centres ont été sélectionnés, lui répondit Zaron. Les deux derniers seront sélectionnés dans les prochaines semaines. Ils devraient se trouver aux États-Unis afin que nous ayons une présence sur le continent. Je pense à la Floride, l'Arizona ou le Nouveau-Mexique, mais chacun de ses endroits devra être exploré plus en détail avant de prendre une décision.

— Excellent.

Arus lui lança un sourire approbateur.

— C'est un bon progrès. Je m'attends à ce que nous passions les premiers mois majoritairement dans nos vaisseaux, jusqu'à ce que la population humaine ait une chance de s'habituer à notre présence.

— Vous attendez-vous à beaucoup d'agitation ? demanda Zaron, tentant d'imaginer le déroulement.

À la lumière de la réaction d'Emily à ses révélations, il soupçonnait que de nombreux humains auraient de la difficulté à accepter une chose à ce point au-delà de leur structure de croyances.

— Avec un peu de chance, pas trop, répondit Saret, prenant la parole pour la première fois.

Considéré comme le principal expert raisonné de Krina, il était réservé et généralement en retrait, ayant une tendance à s'effacer aux côtés des personnalités plus énergiques du Conseil.

— Je crois que certains seront très perturbés par notre arrivée, mais j'espère qu'une fois que nous aurons tout expliqué…

— Ils s'ajusteront.

Korum semblait impatient.

— Ils n'auront pas d'autres choix. Et puis, de ce que j'ai pu observer, leur espèce semble très adaptable.

Arus jeta un œil réprobateur à Korum avant de se tourner à nouveau vers Zaron.

— Merci pour l'information. C'est exactement ce que nous espérions entendre. Y a-t-il autre chose que nous devrions savoir pour le moment ?

— Non, affirma Zaron, bien que, étrangement, il pensa à Emily.

Le Conseil ne serait pas intéressé par quelque chose d'aussi banal qu'une humaine dans sa demeure, alors il n'y avait aucune raison de les en informer.

— Dans ce cas, nous nous reverrons sur Terre, dit Arus.

La salle s'estompa autour de Zaron et celui-ci ferma les yeux.

Lorsqu'il les rouvrit, le lieu virtuel de la réunion avait disparu et il se trouvait dans son propre bureau.

———

Lorsque Zaron revint, Emily était à bout de nerfs. Elle était retournée vers la pièce qui, elle le supposait, servait de salon, celle avec la longue planche flottante qui devint le canapé le plus confortable qui soit lorsqu'elle s'y installa. Elle y était restée quelques minutes, réfléchissant à sa situation, puis elle s'était relevée pour se mettre à la recherche d'une sortie, trop tendue pour rester immobile. Passant les mains le long des murs, elle avait tenté de trouver quelque chose, n'importe quoi, qui aurait indiqué la présence d'une porte, mais les murs étaient désespérément lisses et chauds sous ses doigts.

Abandonnant cette tâche futile, Emily s'était mise à faire les cent pas.

À sa connaissance, si Zaron souhaitait garder l'existence de son peuple secrète, il n'y avait alors que trois options possibles pour Emily. Il pouvait la laisser partir et croire qu'elle garderait le silence ; il pouvait trafiquer ses souvenirs (en supposant qu'ils avaient cette technologie) ; ou il pouvait faire quelque chose qui l'empêcherait de parler à qui que ce soit, comme l'amener sur sa planète lorsqu'il repartirait. En théorie, il pouvait aussi la tuer, mais ça n'avait que peu de sens, après tous les efforts qu'il avait déployés pour la sauver.

Elle espérait grandement qu'il penchait vers l'option « de confiance ».

— Désolé pour le contretemps.

La voix grave de Zaron interrompit les pensées d'Emily, la faisant se retourner de surprise. Malgré sa taille, son sauveur était incroyablement silencieux. Il était déjà à quelques mètres d'elle et elle ne l'avait même pas entendu entrer.

— Oh, ce n'est rien.

Emily lui lança un sourire exagérément lumineux pour cacher sa nervosité.

— Je suis convaincue que tu as beaucoup à faire et je te dérange probablement. Si ça te va, je vais reprendre la route…

Sa voix s'éteignit alors que l'expression de Zaron s'assombrissait.

— Tu ne me déranges pas.

Il s'approcha d'elle, sans un bruit. Soudainement, elle réalisa qu'il y avait quelque chose de pas tout à fait humain dans sa manière de se déplacer, quelque chose qui lui rappelait un carnivore sur la trace de sa proie.

— Tu dois encore te remettre, Emily, et c'est un plaisir pour moi de t'avoir comme invitée.

— Oh non, je vais très bien, protesta-t-elle, son cœur accélérant à la réalisation qu'il ne penchait *pas* vers l'option « de confiance ». La médecine que tu as utilisée sur moi est exceptionnelle et je suis plus en forme que jamais…

— Emily…

Zaron s'arrêta à un mètre d'elle, ses yeux sombres fixés sur son visage.

— Ne sois pas nerveuse. Ton organisme a subi un traumatisme grave et tu as besoin de temps pour guérir complètement.

— Combien de temps ?

— Deux semaines.

— Deux semaines ?

Emily le fixa du regard, son malaise s'atténuant à peine.

— Je ne peux pas rester au Costa Rica aussi longtemps. Je dois retourner chez moi, mon billet d'avion est pour ce samedi.

Zaron la regarda en silence.

— Je t'en donnerai un autre, dit-il après un moment. Ça ne sera pas un problème.

— Vraiment ?

Emily cligna des yeux.

— Tu peux acheter un billet d'avion ?

Qu'allait-il faire, l'acheter en ligne avec une carte de crédit ? Les extraterrestres possédaient-ils des cartes de crédit ? Elle l'imagina en train de remplir une demande d'application pour une MasterCard de son vaisseau et dut se mordre l'intérieur de la joue pour se retenir d'éclater d'un rire frôlant l'hystérie.

— Bien sûr.

Il semblait perplexe de sa question.

— La richesse humaine ne nous est pas inconnue. Je peux acheter tout ce que tu veux, Emily.

L'envie de rire disparut d'un coup.

— C'est très généreux, dit-elle, en tentant de rester calme. Mais je serais horriblement mal à l'aise de te demander de débourser pour moi.

Elle tenta à nouveau de sourire.

— Et si j'appelais la compagnie aérienne pour changer la date de mon vol ? Si tu crois que je ne suis pas en état de voyager, je pourrais rester quelques jours encore. Je n'ai qu'à faire les arrangements nécessaires…

— Emily…

Il laissa échapper un soupir très humain.

— Comme tu l'as probablement deviné, je ne peux pas te laisser faire.

Elle sentit sa gorge se nouer.

— Je ne parlerai à personne, je le jure, je ne dirai rien.

Emily savait qu'elle bredouillait, mais elle ne pouvait s'arrêter.

— Tu m'as sauvé la vie et je ne te trahirais pas. Et puis, qui me croirait ? Personne ne croit aux extraterrestres…

— Ça ne change rien, dit-il en coupant court à sa supplique décousue. Ils n'auraient pas à te croire sur parole. Ils n'auraient qu'à comparer tes anciennes empreintes dentaires à ta dentition actuelle.

— Mes empreintes dentaires ?

— Ton organisme a reçu la pleine procédure de guérison, dit Zaron. Ce qui signifie que *toutes* tes blessures ont été guéries, même celles infligées par votre dentisterie primitive. Tes dents ne portent plus aucune trace de cavités ou de remplissage et la régénération des tissus vivants de ce genre n'est pas encore quelque chose à la portée de votre science.

Avec une panique accrue, Emily passa la langue sur ses dents, tentant de vérifier ses paroles. Sa bouche lui semblait subtilement différente, mais peut-être n'était-ce que son imagination.

— Tu as un miroir ? demanda-t-elle, tentant de calmer sa respiration paniquée.

Quels autres changements allait-elle découvrir ? Était-elle maintenant différente ?

Il sourit en réponse et lança quelque chose dans sa propre langue. Les mots sonnèrent légèrement gutturaux à son oreille.

— Voilà, dit-il en pointant le mur à sa droite. Jette un œil.

Le mur était devenu un immense miroir, une transformation qui étonna à peine Emily à ce stade. Une fois devant le miroir, elle ouvrit en grand la bouche, tentant de voir les dents du fond où son amour de jeunesse pour les bonbons avait laissé quelques cavités.

Il n'y avait plus aucune trace de ces cavités ou remplissages. Ses dents étaient blanches et parfaites, comme si elle les avait toutes remplacées.

Zaron n'avait pas menti. Sa procédure avait laissé une trace indélébile, une preuve qu'Emily avait subi quelque chose d'inexplicable par la science moderne.

Fermant la bouche, Emily se retourna vers Zaron, qui la regardait avec un certain amusement.

— Y a-t-il autre chose ? demanda-t-elle d'une voix neutre. Suis-je changée sur d'autres points ?

Ses lèvres esquissèrent un sourire.

— Non, Emily. À moins que tu ne considères la disparition de quelques cicatrices comme un changement.

Relevant sa robe de quelques centimètres, elle jeta un œil à sa cuisse gauche. L'un de ses frères adoptifs l'avait poussée lorsqu'elle avait douze ans contre une poubelle, où elle s'était coupée sur un éclat de verre. La cicatrice avait été trop pour son estime d'adolescente et elle avait banni les shorts de sa vie pendant cinq ans. Ce n'est qu'en tant qu'adulte qu'Emily avait commencé à la voir comme une part d'elle-même… et la cicatrice n'était maintenant plus.

Complètement disparue. Effacée par une technologie extraterrestre.

Abasourdie, Emily leva les yeux et croisa le regard de Zaron.

— Elle n'y est plus. Ça et mes remplissages… tout a disparu.

Il acquiesça.

— En effet.

— Alors, qu'as-tu l'intention de faire avec moi maintenant ?

Elle fit de son mieux pour contenir sa panique.

— Me ramèneras-tu sur ta planète ?

— Non, bien sûr que non.

Il semblait à nouveau amusé.

— Je te l'ai dit, tu devras uniquement rester ici deux semaines. Dix-sept jours, très précisément.

— Pourquoi ? Qu'est-ce qui changera dans dix-sept jours ?

Emily aurait toujours sa dentition parfaite et son corps sans cicatrice. S'il n'avait pas confiance en elle aujourd'hui, pourquoi aurait-il confiance en elle à ce moment-là ?

— Dans dix-sept jours, ça n'aura pas d'importance si tu décides de parler de ton aventure, dit-il en se plaçant à ses côtés. Ça n'aura aucune importance si les journaux te croient.

Il s'interrompit une seconde, baissant les yeux vers elle, avant d'ajouter doucement :

— Vois-tu, Emily, d'ici là mon peuple sera déjà sur place.

CHAPITRE 9

Zaron observa les pupilles dilatées et les traits blêmes d'Emily.

— Quoi ? murmura-t-elle. Que veux-tu dire par : « ton peuple sera déjà sur place » ?

— Nous nous préparons à prendre officiellement contact avec ton espèce.

Zaron s'adossa au miroir.

— Dans dix-sept jours, nous prendrons contact avec vos dirigeants et, à ce moment, tu pourras retourner à ta vie normale si tu le souhaites.

— Vous nous révélerez votre existence ?

— Oui, confirma Zaron. Alors, tu n'as rien à craindre. Tu peux rester ici en tant que mon invitée et continuer ton rétablissement.

Elle prit une profonde inspiration.

— Bien sûr, ton invitée. Jusqu'à l'arrivée de ton peuple. Jusqu'à ce que tout le monde apprenne l'existence d'extra-terrestres. Je vois.

Elle semblait sous le choc et Zaron avait envie de l'attirer contre lui et de la bercer pour calmer son anxiété… avant de la mener jusqu'au lit et de la prendre avec force. L'insolite mélange de protection et de convoitise qu'elle éveillait en lui était différent de tout ce qu'il avait connu auparavant. Même avec Larita…

Non. Il mit fin à cette pensée avant qu'elle ne puisse aller plus loin. C'était ridicule de comparer ses sentiments envers sa compagne à cette attirance physique primitive pour cette humaine. Les deux n'avaient rien de comparable. C'était comme tenter de remplacer Larita par un animal de compagnie, comme certains humains le faisaient.

En toute équité, toutefois, Emily ferait un animal de compagnie très désirable, pensa-t-il avec ironie, son regard s'arrêtant sur la délicieuse courbe de sa poitrine sous le léger tissu de sa robe.

— Pourquoi maintenant ?

Sa voix le sortit de sa rêverie, où il en était à descendre le haut de sa robe pour prendre en coupe sa poitrine blanche et douce. Relevant les yeux vers son visage, il vit qu'une partie de son choc s'était évaporée.

— Pourquoi choisir ce moment pour vous révéler à nous ?

— Parce que le moment est venu, répondit Zaron. Parce que nous croyons que vous êtes prêts.

Et parce que le Conseil était préoccupé par l'impact dévastateur des humains sur leur planète, mais il n'avait pas l'intention d'en informer Emily.

Elle le fixa du regard.

— Je vois. Vous arriverez donc en vaisseau spatial et annoncerez : « Bonjour, nous sommes là » ?

Ses lèvres esquissèrent un bref sourire.

— C'est pas mal ça, oui.

Ça ne s'arrêterait pas là, mais elle n'avait pas plus besoin de le savoir.

— Oui, bon, si c'est le cas, alors je comprends ton dilemme pour ce qui est du synchronisme, dit-elle lentement, et je te suis très reconnaissante pour tout ce que tu as fait pour moi. Mais, j'ai un problème aussi. Je ne peux pas rester ici aussi longtemps, j'ai des obligations de mon côté.

Elle prit une inspiration.

— J'ai une entrevue d'embauche la semaine prochaine. Une entrevue très importante que je ne dois absolument pas rater. Et puis, il y a aussi mon chat qui est chez une amie. Je ne veux pas l'inquiéter si je ne suis pas de retour samedi.

— Ton chat ?

Zaron fronça les sourcils de confusion. Il avait étudié l'espèce *Felis catus* récemment, et elle démontrait rarement un tel attachement à l'homme.

— Non, bien sûr que non.

Emily lui lança un regard exaspéré.

— Mon amie.

Zaron ne put s'empêcher de sourire.

— Ah, ça a plus de sens.

Un sourire apparut sur les traits d'Emily.

— Oui, n'est-ce pas.

Se reprenant, elle ajouta :

— Mais vraiment, tu n'as rien à redouter. Je ne parlerai à personne de ce qui m'est arrivé, et j'éviterai les médecins et les dentistes pendant les dix-sept prochains jours, au cas où ils décideraient de m'examiner pour déceler des procédures extraterrestres.

Zaron soupira. Il pouvait voir que convaincre Emily de profiter de ses vacances prolongées ne serait pas aussi facile qu'il l'espérait. Elle avait raison : il y avait peu de risque à la laisser repartir à ce stade. Toutefois, jusqu'à ce que les Krinars prennent officiellement contact avec les humains, il était tenu de respecter le mandat de non-divulgation établi par les Anciens, et le mandat stipulait qu'il devait éviter tout ce qui pouvait exposer son espèce aux humains avant l'arrivée des vaisseaux.

Il y avait un autre facteur, un facteur que Zaron était peu disposé à avouer, même à lui-même. Il ne voulait pas laisser Emily partir avant de l'avoir goûtée… avant d'avoir satisfait la faim qui couvait en lui.

Non. Ce n'était pas ça, se dit-il. Il se conformait simplement au mandat, comme tout bon Krinar se devait.

— Je suis désolé, Emily, dit-il. Je comprends que tu n'as pas l'intention de révéler quoi que ce soit, mais je dois suivre les règles. Je crains de devoir insister pour que tu restes ici encore un moment.

Ses douces lèvres se resserrèrent.

— Pendant deux semaines et demie… sans laisser savoir à quiconque où je suis et ce qui m'est arrivé.

Zaron soupira, commençant à se sentir frustré.

— Tu peux envoyer un courriel à ton amie, si tu le souhaites.

Il lui serait facile de contrôler le contenu du courriel, surtout s'il accédait à son compte électronique et envoyait lui-même le message.

— J'aimerais beaucoup, mais il y a encore la question de mon entrevue, et c'est une entrevue que je ne peux ni rater ni remettre. C'est auprès de la plus importante société d'investissement spéculatif à New York et c'est mon emploi de rêve. Je m'y prépare depuis deux mois, depuis ma mise à pied. Chez Evers Capital, aucune excuse n'est acceptée et je n'aurai pas d'autre chance si je gâche celle-ci. Bill Evers, le dirigeant de la société, est connu pour sa volonté de mettre le travail avant tout. Il a déjà eu un accident de voiture qui l'a laissé dans le coma. Dès son réveil, il a ordonné que l'on conduise son fauteuil roulant au bureau.

Il y avait une note d'admiration dans sa voix, ce qui agaça Zaron sans qu'il sache pourquoi.

Il commençait à perdre son sang-froid.

— Écoute-moi, Emily. Il y a quelque chose que tu dois comprendre, dit-il en se redressant. Tu es vivante parce que je t'ai trouvée et amenée ici. Si ce n'était de moi, tu serais actuellement en route vers ton pays dans un sac mortuaire…

Elle blêmit, toute couleur désertant son visage.

— … alors tu devrais peut-être y penser la prochaine fois que tu t'inquiéteras d'une entrevue.

Il s'interrompit, se sentant encore furieux contre elle. Lorsqu'il reprit la parole, son ton était plus dur qu'il ne le voulait.

— Tu es mon invitée et tu le resteras jusqu'à la dissolution du mandat.

— Je vois.

Son ton était calme, mais il y avait une lueur suspecte dans ses yeux alors qu'elle l'observait.

— Donc, pour les dix-sept prochains jours, je suis ta captive.

Zaron plissa les yeux.

— Appelle-le comme tu voudras.

Avant de dire ou de faire quoi que ce soit qu'il regretterait, il se détourna et marcha d'un pas vif vers son bureau.

Lorsqu'il disparut, Emily se laissa aller contre le miroir, serrant les bras contre elle. Elle ne savait pas ce qui avait causé la colère de Zaron, mais elle savait qu'il était peu sage de le provoquer dans sa situation. Elle aurait dû accepter son « hospitalité », plutôt que de la discuter.

Ce n'était pas si mal, se dit-elle, ignorant les tiraillements de ses entrailles. Il ne la retiendrait que quelques semaines, et ne l'amènerait pas sur sa planète comme elle l'avait craint au début. D'une certaine façon, il avait raison : c'était folie de s'inquiéter d'une occasion d'emploi ratée alors qu'elle avait frôlé la mort deux jours plus tôt. Alors qu'elle se balançait au bout du pont, sa carrière avait été le dernier de ses soucis. Elle était reconnaissante à Zaron de l'avoir sauvée… même si tout en elle rageait à l'idée d'être retenue prisonnière, d'être privée de sa liberté aussi longtemps qu'il le jugeait nécessaire.

S'il y avait une chose qu'Emily détestait, c'était d'être enfermée. Avant son entrée dans le système de famille d'accueil, elle avait habité avec la sœur de son père, une femme solitaire qui ignorait complètement comment gérer une orpheline de quatre ans. Chaque fois qu'Emily désobéissait, sa tante l'enfermait dans sa chambre en punition, parfois pendant plusieurs jours. Wendy Ross n'était pas violente, à proprement parler : elle n'oubliait pas de nourrir Emily et lui laissait des jouets, mais Emily détestait tout de même être enfermée. Encore aujourd'hui, la simple pensée d'être retenue quelque part contre son gré était suffisante pour la faire sentir comme un animal en cage : piégée et furieuse.

Non, n'y pense pas. La dernière chose dont elle avait besoin était que sa phobie de rester à l'intérieur fasse des siennes. Prenant une inspiration pour se calmer, Emily se dirigea vers le canapé-planche et s'y assit, laissant le meuble extraterrestre soutenir son corps et relâcher ses tensions. Si elle oubliait le fait qu'elle était captive, sa situation pouvait être une occasion extraordinaire, une chance d'apprendre à connaître un être intelligent venant d'une autre espèce.

Une espèce que tous les humains découvriraient bientôt.

La portée de ce que Zaron lui avait confié était à peine croyable. Les pensées d'Emily bourdonnaient de milliers de questions. Pourquoi le peuple de Zaron avait-il décidé que les humains étaient prêts à leur arrivée ? Qu'arriverait-il une fois qu'ils seraient là ? Elle avait peine à croire qu'ils seraient accueillis à bras ouverts par tout un chacun, même si les Krinars n'avaient pas de mauvaises intentions. D'ailleurs, quelles étaient leurs intentions ? Une simple rencontre ou y avait-il plus ? Et comment la planète réagirait-elle à leur arrivée ? À la révélation que les humains n'étaient pas seuls, qu'ils avaient été créés par une vieille race extraterrestre ?

Une race fortement humanoïde et très séduisante.

À sa grande surprise, Emily réalisa qu'elle était plus qu'attirée par Zaron. Elle avait été tellement bouleversée par tout ce qu'il lui avait dit que l'effet purement physique qu'il avait sur ses sens lui avait échappé. Même à l'instant, à sa seule pensée, elle pouvait sentir sa peau s'échauffer et la moiteur entre ses cuisses. L'attrait qu'elle ressentait pour lui était sans précédent et aussi fort que perturbant.

Zaron ressemblait à un homme – *bon, pas n'importe quel homme* – mais il n'était pas humain. Si son espèce avait réellement évolué sur une autre planète, il devait y avoir des différences assez importantes entre eux et, à ce stade, Emily pouvait uniquement imaginer ce que pouvaient être ces différences. Son attirance sexuelle n'avait aucun sens, mais son corps ne semblait pas s'en soucier. Pour ses hormones, Zaron était le spécimen le plus délicieux qu'elles avaient croisé.

Génial. C'était la seule chose qui manquait : un syndrome de Stockholm, et pour un extraterrestre, rien de moins. Emily grogna intérieurement, enfouissant son visage dans ses mains. Si sa civilisation était aussi avancée et ancienne qu'il le disait, il y avait alors une forte possibilité qu'il ne la voie que comme un singe intelligent, comme un spécimen à étudier et à observer. Il lui avait même dit être un biologiste, se rappela-t-elle avec un sentiment désagréable dans les entrailles.

Non, le convoiter était stupide. Ils étaient de deux espèces différentes et, même si ce n'était pas le cas, ce genre de situation ne se prêtait pas à une relation. Si Zaron avait dit vrai, dans dix-sept jours, elle partirait et ne le reverrait probablement jamais.

Tout ce qu'elle devait faire d'ici là était de ne pas perdre la raison.

CHAPITRE 10

La mâchoire crispée de colère, Zaron entra dans son bureau et s'assit. Ouvrant une image en trois dimensions du paysage local, il y superposa une carte d'un centre potentiel et commença ses calculs. Il avait beaucoup à faire avant l'arrivée du Conseil, mais il ne pouvait s'empêcher de penser à son invitée humaine ingrate.

Il lui avait sauvé la vie. *Sauvé. La. Vie.* Sans lui, Emily ne serait qu'un cadavre pourrissant. Et elle regimbait à l'idée de rester chez lui pour quelques semaines ? Il grinça des dents, se penchant vers l'avant sur sa chaise. L'idée de rester près de lui la répugnait-elle à ce point ? Où souhaitait-elle seulement retourner chez elle pour travailler auprès de cet absurde chef de fonds spéculatifs qu'elle semblait vénérer ?

La colère de Zaron s'intensifia à cette pensée. Lançant un ordre brusque à son appareil informatique, il accéda au dossier de Bill Evers, passant rapidement en revue toute l'information disponible sur cet humain, des articles de journaux à son adresse personnelle. Ce qu'il vit ne le rassura pas. L'objet de l'admiration d'Emily était dans la trentaine et s'était élevé rapidement dans la société malgré son jeune âge. Il avait également une apparence satisfaisante pour un humain, avec une structure osseuse régulière, un corps mince de taille moyenne, et une chevelure sable.

Était-ce la raison derrière la détermination d'Emily d'obtenir un poste ? se demanda sauvagement Zaron. Voulait-elle cet humain pour compagnon ? Si c'était le cas, elle n'avait fichtrement pas de chance. Il n'avait aucune intention de laisser un autre mâle s'approcher d'elle… du moins pas avant qu'il ne puisse lui-même assouvir son envie de son délicieux petit corps tout en courbes.

Et là se trouvait la raison de sa colère, réalisa-t-il, en fixant sans la voir la carte en trois dimensions devant lui. Malgré tous ses efforts pour être un scientifique rationnel et cultivé, Zaron restait un mâle Krinar avant tout, et il se sentait territorial vis-à-vis d'Emily. Il la voulait, n'acceptant pas que quiconque ne la lui prenne, ou même qu'elle pense à un autre homme. Sa franche admiration pour Evers l'avait enragé parce qu'elle avait évoqué le spectre d'un autre mâle dans sa vie, quelqu'un qu'elle semblait grandement respecter.

Ce n'était pas logique, mais voilà : Zaron éprouvait un sentiment de possessivité envers Emily… aussi fort que ce qu'il avait un jour ressentit pour Larita.

Non. Tout en lui rejeta instantanément cette conclusion. C'était différent. La jolie humaine avait peut-être éveillé ses instincts primitifs de Krinar, mais c'était uniquement parce que Zaron sentait qu'elle lui appartenait.

Oui, c'était la raison, décida-t-il. Il l'avait sauvée, et il lui semblait maintenant qu'elle lui appartenait, comme si elle était déjà sienne. Ce n'était pas très sensé, mais il n'en avait cure.

S'il ne voulait pas perdre la raison, il devait la posséder. Bientôt.

CHAPITRE 11

—*Q*ue fais-tu ?

Au son de cette voix profonde déjà familière, Emily sursauta et se retourna, tentant de cacher son air coupable.

— Je ne faisais qu'examiner la texture de ces murs, dit-elle vivement.

— Bien sûr.

Zaron ne semblait pas la croire. Puis, elle en eut la confirmation lorsqu'il ajouta gentiment :

— Emily, ils ne s'ouvriront pas pour toi, peu importe tes recherches pour trouver le mécanisme. Cette demeure est intelligente et programmée pour répondre à moi, pas à toi.

Emily pinça les lèvres.

— Oui, évidemment.

C'est ce qu'elle soupçonnait. Pendant la dernière heure, elle avait étudié avec patience les moindres recoins du salon et de la cuisine à la recherche d'une sortie et, à sa connaissance, il n'y en avait pas.

À moins que Zaron ne fasse peu importe ce qu'il faisait pour ouvrir les murs, elle était prise ici.

Il traversa la pièce et s'arrêta près d'elle.

— Pourquoi vouloir absolument rendre la situation difficile ? murmura-t-il.

Ses doigts effleurèrent sa joue, la faisant frissonner.

— Ton expérience n'a pas à être mauvaise, mon ange. Au contraire, elle pourrait être plaisante…

Sa grande main enveloppa sa joue, son pouce effleurant doucement sa lèvre inférieure.

— Très plaisante, en fait.

Choquée, Emily le fixa, son cœur battant à un rythme effréné. Le sens de ses paroles ne faisait aucun doute… et la faim dans son regard était plus qu'éloquente. Avait-il lu ses pensées plus tôt ? Avait-il cette capacité ?

— Euh…

Son cerveau semblait s'être liquéfié, l'empêchant d'aligner une phrase cohérente.

— Euh, qu'est-ce que… que ?

— N'aie pas peur, Emily, dit-il doucement, s'approchant davantage. Je ne te ferai pas de mal.

Et, alors qu'elle restait là, incrédule, il baissa la tête, capturant ses lèvres des siennes.

Les lèvres de Zaron étaient comme du velours, son souffle chaud et vaguement sucré. Il ne semblait pas pressé d'approfondir le baiser, se contentant de la goûter, de découvrir le contour et la texture de ses lèvres. Et pourtant, il savait exactement ce qu'il faisait. Il n'y avait aucune trace d'hésitation dans ses actions, aucune maladresse. Il l'embrassait comme s'il l'avait fait un million de fois, ses doigts s'emmêlant dans sa chevelure, la retenant d'une poigne tout à la fois douce et ferme.

Au début, Emily fut trop stupéfaite pour lui répondre, mais alors qu'il continuait de l'embrasser avec une expertise infaillible, une douce langueur commença à se répandre en elle, prenant forme entre ses cuisses. Sans s'en rendre compte, elle leva les mains vers son torse, ses paumes pressant contre ce mur de muscles, et elle vacilla vers lui, les genoux faibles.

Sentant sa réponse, il approfondit le baiser, sa langue s'immisçant entre ses lèvres et plongeant dans les doux recoins de sa bouche. Une main toujours dans ses cheveux, il pressa son autre paume dans le bas de son dos, l'attirant contre son corps puissant. Elle pouvait sentir la dureté prononcée de son érection contre son ventre, et elle gémit, son sexe se contractant sous une sensation aussi soudaine qu'intense.

Il laissa échapper un grognement sourd et profond avant d'agripper la fine bretelle de sa robe d'une main. Avant qu'elle ne puisse comprendre son intention, Emily entendit un bruit de déchirure, puis la paume de Zaron fut sur son sein, ses longs doigts robustes encerclant sa douce poitrine avec une possessivité étonnante, son pouce effleurant la pointe tendue et l'enflammant.

Dans un coin de son esprit, des signaux d'alarme retentirent, pénétrant le brouillard de désir.

— Non, attends, haleta-t-elle, tournant la tête pour éviter son baiser. Zaron… arrête !

Son corps se tendit et la poigne sur sa poitrine s'inten-sifia, ses doigts agrippant sa chair avec une force à la limite de la douleur. Pendant une seconde terrifiante, Emily crut qu'il ne l'écouterait pas, mais il la relâcha alors, reculant d'un pas pour la laisser respirer.

Tremblant de tous ses membres, Emily tenta de cou-vrir sa poitrine nue avec les restes déchirés de sa robe. Comment avait-elle pu ? Comment avait-elle pu laisser un étranger… non, un *extraterrestre*, aller si loin ? Avait-elle perdu toute sa raison et tout son bon sens ?

La robe ne voulant pas rester en place par elle-même, Emily laissa tomber. Serrant avec fermeté le matériau déchiré contre sa poitrine, elle leva les yeux vers Zaron, se sentant grandement déstabilisée.

Il l'observait avec un désir non dissimulé, les yeux com-plètement noirs et étincelants. Un large renflement ten-dait son short et son corps musclé semblait vibrer de ten-sion. Tout son sang-froid semblait à peine suffisant pour l'empêcher de lui sauter dessus.

Le ravisseur extraterrestre d'Emily la désirait.

Ce n'était pas bon. Pas bon du tout.

Emily recula d'un pas, sa panique s'intensifiant.

Les narines de Zaron se dilatèrent alors qu'il observait sa retraite instinctive.

— Je ne te forcerai pas, dit-il fermement. Tu n'as pas à me craindre.

— Oui, bien sûr.

Emily se força à rester immobile.

— Zaron…

Elle prit une inspiration.

— Je ne sais pas ce que tu as en tête pour nous deux, mais c'est une mauvaise idée…

— Pourquoi ?

Son regard sombre et brûlant ne lâcha pas le sien.

— Tu me veux. Ou bien ai-je imaginé ta réaction ?

Emily déglutit.

— Non, tu ne l'as pas imaginée, admit-elle, le visage cramoisi. Mais ça ne veut pas dire que je veux coucher avec toi. Je te connais à peine et… et tu n'es même pas humain !

Ses lèvres se soulevèrent avec un amusement soudain.

— Crains-tu que j'aie des tentacules ou un troisième bras ? Je peux t'assurer que j'ai toutes les mêmes parties qu'un homme.

— Je sais bien, répondit rapidement Emily, même si elle l'ignorait jusqu'alors.

Il semblait humain, mais ça ne signifiait pas que son équipement fonctionnait de la même façon. Quoi qu'il en soit, elle n'avait pas l'intention d'admettre ses doutes maintenant.

— Alors, quel est le problème ? murmura-t-il, comblant l'espace entre eux à nouveau. Tu aimeras l'expérience, je peux te le promettre.

Il souleva une main, sa large paume couvrant le petit poing serré qui retenait sa robe. Elle pouvait sentir la chaleur qui émanait de son corps et son odeur masculine. Les pointes de ses seins se durcirent à nouveau, sa respiration s'accélérant alors qu'une langueur se répandait dans son corps. Inconsciemment, sa prise sur la robe se desserrant… et, soudainement, le léger tissu tomba, la laissant nue jusqu'à la taille.

Le regard de Zaron sembla s'assombrir encore davantage et, avant qu'Emily ne puisse réagir, elle sentit ses deux mains agripper son derrière pour la soulever avec une facilité déconcertante jusqu'à ce que sa poitrine se trouve à la hauteur de ses yeux. Avec un léger grognement, il abaissa la tête et captura une pointe rosée entre ses lèvres, l'aspirant avec force. Emily haleta, ses mains agrippant les muscles solides de ses épaules, alors que ses orteils se recroquevillaient sous la vague de plaisir inattendue. La chaleur humide de sa bouche et la pression de sa langue intensifièrent la sensation lancinante entre ses cuisses et elle gémit, se frottant inconsciemment contre lui pour soulager la tension montant en elle.

— Oui, mon ange, c'est ça, murmura-t-il.

Son souffle chaud la balaya alors qu'il la faisait glisser lentement, la laissant ressentir les contours durs de son corps, ses lèvres se déplaçant vers la partie sensible au creux de son cou pour la goûter. Elle frissonna, impuissante, submergée par les sensations, et sentit ses doigts s'immiscer entre ses cuisses, alors qu'il la soutenait d'une main au-dessus du sol. Son pouce traça un cercle autour de son clitoris, lentement, trop lentement, chaque cercle resserrant le nœud de tension qui l'habitait. Un long doigt entra dans son sexe moite et elle l'entendit grogner lorsque son corps se contracta autour de son doigt, ses parois étreignant avidement l'intrus. Elle pouvait sentir sa peau se faire brûlante, puis son pouce fut directement sur son clitoris, le massant en un mouvement circulaire rythmique. Emily laissa échapper un cri, ses hanches secouées par l'intense sensation, et elle sentit son corps éclater en mille morceaux.

Avant même de s'en être remise, la pièce bascula autour d'elle. Désorientée, elle agrippa le t-shirt de Zaron, et réalisa qu'il la déposait au sol, sa main délaissant son sexe. Le dos d'Emily entra en contact avec la surface dure et froide du plancher et le choc la fit sortir de sa torpeur sensuelle.

Qu'est-ce qui lui prenait ? Une alarme résonna dans la tête d'Emily alors que Zaron relevait sa robe, dénudant le bas de son corps. Ses genoux maintenaient les cuisses d'Emily écartées. Quelque chose de dur et de soyeux effleura l'intérieur de sa cuisse et elle sut soudainement qu'il n'y aurait plus de retour en arrière, que dans un moment il serait en elle.

Elle n'était pas prête pour ça. Comme les lèvres de Zaron s'approchaient des siennes, Emily le repoussa de toutes ses forces et tourna la tête.

— Arrête. Zaron, je t'en prie, arrête !

Il se figea au-dessus d'elle, son souffle lourd et rauque. Emily s'immobilisa, espérant grandement qu'il tiendrait sa parole et ne la forcerait pas. Elle pouvait sentir la chaleur palpitante de son érection à l'entrée de son sexe et un frisson d'appréhension et de désir la parcourut. Tournant lentement la tête, elle croisa son regard, tentant de refouler sa panique à la vue de la faim violente qui s'y trouvait.

— Je ne veux pas, murmura-t-elle, ses mains poussant en vain son torse.

Elle pouvait sentir les muscles durs sous ses doigts, et la réalisation qu'elle serait incapable de le repousser lui coupa le souffle.

— Zaron, je t'en prie… laisse-moi.

CHAPITRE 12

Elle voulait qu'il arrête.

Il était à une seconde de plonger dans sa moiteur étroite et Emily voulait qu'il arrête.

Pendant une seconde, Zaron douta d'en avoir la force. Elle était étendue sous lui, son corps mince et tendre rougit par l'excitation et son odeur moite enflammant ses sens. Sa poitrine délicieusement pleine était offerte à son regard, les pointes saillant comme des fruits mûrs, et son pouls palpitait le long de son cou, lui rappelant l'extase liquide qui coulait dans ses veines. Il pouvait sentir ses cuisses élancées tremblant de tension contre ses hanches. Une seule poussée et elle lui appartiendrait. Une seule poussée et il s'enfoncerait profondément en elle, satisfaisant le besoin qui faisait rage en lui. Son membre était douloureusement gonflé, ne désirant qu'elle, et son corps luttait contre son esprit alors qu'il tentait de reprendre contrôle.

Seule la peur dans ses yeux lui permit de gagner cette bataille. Elle le désirait peut-être physiquement, mais s'il entrait en elle maintenant, ce ne serait rien de moins qu'un viol.

La mâchoire crispée, Zaron se força à rouler à ses côtés. Se relevant, il se détourna, arrangeant ses vêtements pour camoufler son sexe engorgé. Il ne la regarda pas. Il ne le pouvait pas… pas s'il voulait tenir sa promesse.

Il l'entendit se relever. Ses mouvements étaient incertains, sa respiration plus rapide que d'ordinaire. Il ignorait si c'était le résultat de son désir ou de son appréhension, mais ça n'avait pas d'importance. Forçant ses traits en un masque impassible, Zaron se retourna vers elle, contraignant son érection à s'estomper.

Emily l'observait prudemment, retenant sa robe pour couvrir sa poitrine. Sa chevelure blonde était ébouriffée, cascadant dans son dos en vagues pâles, et ses lèvres étaient gonflées et rougies par la pression de ses baisers. Avec sa peau rosie par son orgasme, elle semblait délicieusement désirable.

Carrément mangeable, en fait.

Il eut besoin de tout son sang-froid pour dire calmement :

— Je suis désolé si je t'ai effrayée, Emily. Ce n'était pas mon intention.

— Quelle était ton intention, alors ?

Sa voix était aussi calme que la sienne, mais sa poigne sur la robe trahissait sa nervosité.

— Que veux-tu de moi, Zaron ? Est-ce ce qui t'excite, coucher avec une femme que tu retiens prisonnière chez toi ? Une femme qui n'est même pas de ton espèce ? Est-ce pour ça que tu m'as sauvée ?

À ses paroles, le désir de Zaron fit place à la colère. Le fait qu'il y avait une certaine vérité à ce qu'elle disait ne faisait qu'aggraver sa fureur.

— Eh bien, oui, dit-il suavement. C'est exactement ça, mon ange. Je t'ai sauvée pour pouvoir te posséder. Aurais-tu préféré que je te laisse mourir sur ces rochers ?

Elle soutint son regard d'un air de défi, mais un frémissement à peine perceptible la parcourut et lui fit regretter ses paroles cruelles.

— Non, dit-elle, ses lèvres bougeant à peine. Je suis évidemment reconnaissante d'être encore vivante. Est-ce le paiement que tu attends de moi ? Du sexe ?

Soudainement dégoûté, Zaron secoua la tête.

— Non.

Frustré, il passa la main dans ses cheveux. La petite humaine le chamboulait.

— Ce n'est pas ce que je voulais dire.

Sachant que tout ce qu'il dirait ne ferait qu'empirer la situation, il se dirigea vers le mur, faisant apparaître l'entrée vers la chambre d'Emily.

— Pourquoi ne te reposerais-tu pas un moment ? proposa-t-il en pointant l'ouverture. J'ai du travail à faire pour l'instant et tu pourrais faire une sieste avant le dîner.

Il savait que les humains avaient besoin de beaucoup de sommeil, et il était possible qu'elle soit déjà fatiguée.

Elle acquiesça, presque imperceptiblement, et le dépassa pour entrer dans la chambre, prenant soin de ne pas le regarder. Elle tenait toujours la robe déchirée contre elle, et son odeur délicate titilla son odorat lorsqu'elle le croisa.

— Laisse-moi te rapporter de nouveaux vêtements, dit Zaron d'une voix tendue.

Il se dirigea vers son bureau avant de l'attirer contre lui à nouveau. Sortant son fabricateur, il créa quelques robes pour elle, utilisant ce temps pour s'imaginer dans un bac rempli d'eau glacée, une image qui, il l'espérait, lui permettrait de reprendre son sang-froid.

Lorsqu'il fut certain qu'il ne lui sauterait pas dessus, il retourna dans sa chambre.

Emily était assise sur le lit, ses jambes élancées croisées. Elle avait réussi à fixer les bretelles déchirées de la robe et celle-ci restait maintenant en place par elle-même.

— Voilà, dit Zaron, ouvrant l'un des murs pour révéler un placard. Ce sera le tien pendant ton séjour. Tu n'auras qu'à t'approcher pour qu'il s'ouvre.

Il suspendit les robes dans le placard et se tourna vers Emily.

— Merci, dit-elle doucement, l'observant de son regard aux couleurs de la mer. Aurais-tu par hasard un livre que je pourrais lire ? Ou bien un magazine ?

Zaron y réfléchit un moment, avant de lancer une commande sobre en Krinar. Une fine tablette flotta dans sa direction en provenance de l'autre pièce. La prenant, il lança quelques directives en Krinar pour permettre à Emily de la contrôler dans sa langue, avant de la lui tendre.

— Elle devrait te donner accès à n'importe quel livre que tu souhaites, expliqua-t-il. Il te suffit de lui dire ce que tu souhaites et tu devrais pouvoir l'obtenir.

— Vraiment ?

Elle leva les yeux alors qu'elle prenait la tablette.

— Est-ce comme une liseuse électronique ?

Il sourit.

— Quelque chose comme ça.

C'était une comparaison aussi bonne qu'une autre, même si l'appareil était bien plus avancé.

— Tu peux également regarder des films, si tu le veux. Tu n'as qu'à lui dire ce que tu veux, et elle affichera la vidéo pour toi.

— Je n'ai qu'à lui parler et ça fonctionne ?

— Oui.

Il savait que certaines technologies humaines fonctionnaient ainsi maintenant, alors le concept ne lui était pas étranger. Pour les Krinars, les commandes verbales et les gestes étaient dépassés, mais Zaron préférait encore cette méthode. L'autre option aurait été d'intégrer un implant informatique à l'intérieur de son corps lui permettant d'utiliser son esprit pour contrôler la technologie. C'était quelque chose qu'il avait l'intention de faire un jour, mais il n'y était pas encore.

— Et si je veux voir *Avatar* ? dit-elle, en regardant l'appareil.

Elle parla lentement et très fort, comme si elle s'adressait à une personne sourde :

— Montre-moi *Avatar*.

— Elle t'a comprise la première fois, dit Zaron, regardant avec amusement les yeux écarquillés d'Emily alors qu'une image en trois dimensions apparaissait dans la pièce.

— Tu devrais maintenant pouvoir le regarder si tu le souhaites.

— Bordel, s'exclama-t-elle, sursautant alors que l'image s'agrandissait, prenant pratiquement tout l'espace près du mur. C'est incroyable !

— Profites-en, dit Zaron, en souriant devant son enthousiasme. Je te verrai dans quelques heures.

Elle ne remarqua pas son départ, toute son attention concentrée sur le spectacle se déployant devant elle. Il allait devoir lui montrer une simulation bientôt, pensa-t-il. Il sourit, imaginant sa réaction à *ça*.

CHAPITRE 13

Il y avait regarder un film, et regarder un film avec la technologie Krinar. Emilt avait vu deux fois *Avatar* au cinéma, chaque fois en IMAX 3D, mais elle avait aujourd'hui l'impression de le voir pour la première fois. L'image était tellement réelle, tellement nette, c'était comme si elle se trouvait sur Pandora, observant l'action qui se déroulait autour d'elle.

Les heures suivantes passèrent en hâte alors qu'Emily s'absorbait entièrement dans le film. C'était un soulagement de laisser son esprit se concentrer sur autre chose que sa situation insensée… même si elle réalisa rapidement qu'un film au sujet d'extraterrestres humanoïdes n'était peut-être pas le meilleur choix pour ça.

Lorsque le film prit fin, elle se rendit dans l'étrange salle de bain, s'émerveillant de voir chacun de ses besoins anticipés, comme si la technologie de la maison lisait ses pensées. Elle réussit à faire couler de l'eau de la saillie rappelant un lavabo et se lava le visage. Elle chercha ensuite quelque chose pour hydrater sa peau. Immédiatement, elle sentit une douce brise chaude sur son visage. Lorsque la brise s'estompa, elle découvrit que sa peau ne semblait plus sèche et tendue. Elle était en fait aussi douce que si elle revenait d'une cure thermale. Elle aurait souhaité avoir un miroir et, dès qu'elle commença à en chercher un, l'un des murs de la salle de bain scintilla devant elle avant de se transformer en une surface éclatante. C'en était presque effrayant.

S'approchant du miroir, Emily étudia l'image qui s'y reflétait. Elle était à la fois familière et différente. Lorsqu'elle s'était vue plus tôt, Emily était trop bouleversée pour réellement se concentrer sur son reflet. Elle prit alors un moment pour s'observer de plus près.

La procédure de guérison de Zaron avait fait bien plus que de réparer ses dents et d'effacer ses cicatrices. Elle avait également fait disparaître les signes subtils de stress et de manque de sommeil qui s'étaient gravés dans sa peau au cours des deux dernières années. Les cercles sombres qui entouraient ses yeux et les légères lignes de tension autour de sa bouche n'étaient plus qu'un souvenir. Elle avait un air sain et reposé pour la première fois depuis des mois.

Elle avait aussi l'air d'avoir été embrassée à fond.

Déglutissant, Emily se détourna du miroir et retourna vers la chambre. Elle ne voulait pas y penser, mais elle ne pouvait plus repousser les images. Ce qui s'était passé plus tôt avait été brut, sexuel… et profondément déconcertant.

Son ravisseur extraterrestre la désirait. Il n'y avait plus aucun doute possible. Si elle ne l'avait pas arrêté, il l'aurait prise là, sur le sol. Sa respiration s'accéléra au souvenir de son corps puissant au-dessus du sien, de la pression de ses jambes écartant ses cuisses, de la chaleur humide de sa bouche sur ses seins…

En grognant, Emily se laissa tomber sur le lit et enfouit son visage dans le drap soyeux.

Elle avait toujours évité les aventures d'un soir, même au collège où cette culture prévalait. Elle avait toujours été trop prudente. Trop au fait des conséquences possibles. Pour elle, ce genre d'intimité demandait de la confiance et elle n'était pas du genre à la donner facilement. Avec son ex-copain, Jason, ils avaient été amis pendant un an avant de commencer à se fréquenter et, même là, un mois complet avait passé avant qu'elle ne couche avec lui.

Et pourtant, elle avait presque couché avec un étranger… extraterrestre… sur le plancher de sa demeure futuriste après moins d'une journée en sa présence. Et il ne s'était même pas protégé, pensa Emily avec un frisson. Aurait-il pu la rendre enceinte ou lui transmettre une maladie ? Après un moment, elle décida que la deuxième possibilité était peu probable, vu l'état avancé de leur technologie médicale, mais elle n'était pas aussi convaincue du premier point. Emily avait arrêté de prendre la pilule après avoir rompu avec Jason, quatre mois plus tôt, alors une grossesse était une réelle source d'inquiétude.

Qu'arriverait-il la prochaine fois que Zaron tenterait de la séduire ? Et il le tenterait, elle en était certaine. Serait-elle capable de l'arrêter ? *Voudrait*-elle l'arrêter ? Elle n'avait jamais été aussi attirée par un homme, n'avait jamais ressenti ce besoin désespéré et dévorant. Emily avait toujours apprécié le sexe, mais ce qu'elle avait vécu aujourd'hui n'avait rien de comparable avec les rapports ternes qu'elle avait eus avec Jason. C'était beaucoup plus comme un incendie qui l'avait presque consumée vive.

Et elle avait aperçu la même faim incontrôlable dans son regard. D'une façon ou d'une autre, il la posséderait.

Emily ignorait si cette idée l'excitait ou la terrifiait.

CHAPITRE 14

$\mathcal{P}$our dîner, Zaron commanda une vaste variété de plats qui plairaient à Emily. La seule chose qui manquait était des produits d'origine animale. Il avait goûté à de la viande deux fois pendant son séjour sur Terre, mais il ne pouvait s'habituer au goût et à la texture déplaisante. Il ignorait comment les humains des pays développés étaient devenus aussi carnivores dans les dernières décennies. C'était sans conteste un point qui n'avait pas été anticipé sur Krina. Encore maintenant, il était stupéfait que l'espèce d'Emily considère comme normal de manger de la viande chaque jour, même jusqu'à trois fois par jour dans certains cas extrêmes.

Lorsque tout fut prêt, il alla chercher Emily.

Il la trouva étendue à plat ventre, concentrée sur ce qu'elle lisait. Elle avait enfilé une robe blanche et ses pieds délicats étaient nus, ses orteils roses se contractant en rythme contre la couverture alors qu'elle fredonnait quelque chose.

— Emily.

Il prononça son nom doucement, ne voulant pas l'effrayer. Elle sursauta tout de même, se retournant rapidement et s'asseyant pour le regarder.

— Le dîner est prêt.

— Oh, merci.

Se penchant, elle enfila ses sandales et se releva.

— Je suis affamée.

Son ton était enjoué, mais Zaron remarqua qu'elle évitait son regard. Elle était déterminée à maintenir une certaine distance entre eux, réalisa-t-il avec un sombre amusement.

Ils s'assirent à la table, qui croulait déjà sous les plats.

— Ce repas ressemble plus à un festin, dit-elle avec émerveillement.

Elle empila quelques bouchées de chaque plat dans son assiette.

— Manges-tu toujours ainsi ?

— Non, admit Zaron.

Il prit un *Cucurbita pepo* farci aux *Pleurotus ostreatus* grillés, ou comme Emily les décrirait probablement, une courgette avec des pleurotes.

— J'ai commandé ce repas pour toi. Je voulais m'assurer qu'il te plairait.

Elle sembla surprise, puis elle se fendit en un sourire aussi rapide qu'éclatant.

— Merci. Mais tu n'avais pas à t'en faire. Je suis aussi peu difficile qu'on puisse l'être.

— Oh ?

Elle acquiesça.

— Je mange de tout. Il suffit de me présenter quelque chose pour que je le dévore.

— Pourquoi ? As-tu déjà souffert de la faim ? demanda Zaron avec curiosité.

Selon son permis de conduire, elle vivait aux États-Unis, l'un des pays humains les plus nantis.

Elle haussa les épaules, semblant mal à l'aise.

— Quelques fois. L'une de mes familles d'accueil avait une politique de rations alimentaires très stricte. Nous étions douze enfants et ils manquaient souvent d'argent.

— Une famille d'accueil ?

Zaron tenta de se rappeler s'il avait déjà entendu quelque chose sur cette institution humaine particulière. Elle semblait impliquer qu'elle avait vécu loin de sa famille, quelque chose qu'il n'avait pas relevé lors de sa vérification de base du début.

Elle acquiesça, mais n'ajouta rien. Elle lui demanda plutôt :

— Comment est-ce possible que tu parles aussi bien ma langue ? Je doute que ce soit ta langue maternelle.

— Tu as raison, ça ne l'est pas.

Sa tentative de diversion était plus que transparente, mais Zaron décida de ne pas la relever. Il prit note de rechercher le concept des familles d'accueil plus tard.

— J'ai un minuscule implant qui sert d'appareil de traduction.

— Un implant ? Dans ton cerveau ?

Zaron sourit.

— Exact.

— C'est incroyable.

Elle semblait maintenant emballée.

— Parles-tu d'autres langues ?

— Oui.

— Lesquelles ?

— Toutes les langues.

Elle hoqueta, bouche bée.

— Toutes les langues qui existent ?

— Oui, confirma Zaron, enchanté de sa réaction. Toutes les langues qui existent actuellement, et quelques-unes qui ont disparu.

Elle laissa échapper un soupir.

— Seigneur…

Secouant la tête d'émerveillement, elle commença à manger.

Pendant les quelques minutes qui suivirent, un agréable silence s'installa entre eux alors qu'ils faisaient honneur à chaque plat sur la table. Zaron remarqua qu'Emily prit une deuxième portion d'une salade composée de *Beta bulgaris* et de *Vitis vinifera* secs. Non, une salade composée de betteraves et de raisins secs, se corrigea-t-il mentalement. Il avait souvent du mal à délaisser son côté scientifique, mais utiliser les noms communs des plantes comestibles était préférable.

— C'était un délice, dit Emily, en repoussant son assiette vide. Je crois que ton peuple aime la bonne chère.

— C'est le cas.

Zaron esquissa un lent sourire.

— Nous aimons profiter pleinement de tous les aspects de la vie, et la satisfaction des sens en est une part importante.

Une légère rougeur apparut sur ces joues pâles.

— Je vois.

Le sourire de Zaron s'estompa alors que son corps réagissait à cette vision. Il pouvait voir qu'elle pensait à ce qui s'était passé plus tôt ; il pouvait entendre le rythme rapide de son cœur et voyait clairement le pouls battre à son cou. La peau de ce point tendre semblait douce, invitante, et l'envie d'y plonger les dents et de goûter à la richesse de son sang était si puissante que Zaron fut sur le point de fondre sur elle.

Comme si elle sentait sa faim, Emily bougea sur son siège, se reculant. Sa main se serra sur l'ustensile qu'elle tenait et Zaron força ses muscles tendus à se relâcher. Il ignorait pourquoi il lui était si difficile de se retenir en sa présence, mais il n'avait pas l'intention de perdre son sang-froid et de lui sauter dessus comme un sauvage. Moins d'une journée s'était écoulée depuis son réveil et elle était sans conteste bouleversée par toute cette situation. Il devait lui laisser plus de temps.

— Zaron, dit-elle doucement, ses yeux le fixant intensément. Peux-tu m'en dire plus sur toi ? Que fais-tu exactement sur Terre ? À quoi ressemble ton peuple ?

Zaron considéra la meilleure façon de lui répondre. Le protocole officiel de divulgation après l'arrivée de son peuple n'avait pas encore été mis en place, mais il savait que le Conseil n'avait pas l'intention d'en révéler beaucoup au public humain en général, alors il devait être prudent.

— Je t'ai déjà dit que nous sommes ici pour rencontrer ton espèce. Et pour ce qui est de nous décrire, ce serait comme pour moi de te demander de décrire les humains. Il n'est pas facile d'énumérer ses propres attributs.

— Mais en quoi diffères-tu de moi ? insista-t-elle. Qu'est-ce qui fait qu'un Krinar n'est pas humain.

Zaron soupira. C'était une tâche délicate.

— Eh bien, premièrement, les Krinars vivent plus longtemps, dit-il en se concentrant sur le fait le plus anodin. Bien plus longtemps, en fait.

— Oh ? À quel point ?

— J'ai six cent neuf ans, répondit Zaron. Alors beaucoup plus longtemps.

Emily resta bouche bée d'étonnement.

— Six cents ans, murmura-t-elle, balayant du regard Zaron. Pourquoi as-tu l'air si jeune ?

— Nous ne vieillissons pas, expliqua Zaron, en s'adossant. Pas comme les humains. Une fois que nous avons atteint notre pleine maturité, nous changeons à peine pour le reste de nos vies.

Elle écarquilla les yeux sous le choc.

— Êtes-vous immortels ?

— Non, pas immortel, mais nous ne mourons pas de vieillesse. Sais-tu ce qu'est la sénescence négligeable ?

Elle fronça les sourcils, semblant y réfléchir.

— Le terme me semble familier. J'ai le sentiment d'avoir lu sur ce sujet récemment.

— C'est peut-être le cas, dit Zaron. Certaines recherches sont menées à ce propos dans ton monde scientifique. En bref, un tel organisme ne montre aucune baisse de sa capacité reproductive ou aucun déclin fonctionnel avec l'âge. Il existe plusieurs espèces sur Terre ainsi, alors ce n'est pas un phénomène spécifique à Krina. Il y a par exemple le ver planaire…

— Oui, c'est vrai, souffla-t-elle, ses yeux le parcourant à nouveau. Je me rappelle avoir lu quelque chose à ce propos. L'article supposait que les tortues pouvaient l'être, ne vieillissant pas avec l'âge.

Zaron acquiesça.

— Oui, exactement. Les Krinars sont ainsi également.

Elle prit une profonde inspiration et croisa son regard.

— Si c'est le cas, vous ne pouvez pas être génétiquement semblables à nous.

— Non, nous sommes complètement différents du point de vue génétique, dit Zaron, en souriant.

La jeune femme comprenait vite.

— Pour ce qui est de l'ADN, tu es plus près du dauphin que de moi.

Elle lui lança un regard incrédule.

— Si c'est le cas, alors pourquoi vouloir coucher avec moi ? Et comment une telle chose est-elle possible ?

Zaron rit doucement.

— C'est très possible, ne t'en fais pas.

Se penchant vers l'avant, il prit sa fine main sur la table.

— Je ne peux pas te rendre enceinte, mon ange, mais je peux te donner plus de plaisir que tu n'en as jamais eu dans ta vie.

Il effleura lentement le centre de sa paume du pouce, pressant doucement sur les points qu'il sentait tendus. Les femmes, humaines ou Krinars, étaient très susceptibles au plaisir d'un simple effleurement ; il l'avait compris bien des siècles auparavant. Tout lien physique commençait toujours par un contact de base avec la peau et un homme futé veillait à ce qu'il y en ait beaucoup.

À sa satisfaction, la peau d'Emily rosit de désir, sa main tressaillant dans la sienne. Zaron pouvait entendre son souffle s'accélérer et son propre corps réagit avec une intensité aiguë, son membre se durcissant à l'instant. Ne souhaitant pas mettre au test son contrôle, il relâcha sa main, la laissant se reculer.

— Pourquoi m'appelles-tu « mon ange », demanda-t-elle d'une voix incertaine. Avez-vous un tel concept sur votre planète ?

— Non.

Zaron inspira profondément, se délectant de son parfum chaud.

— C'est une invention purement humaine. Mais ton teint me rappelle certaines illustrations angéliques que j'ai vues sur Terre.

Un sourire inattendu apparut sur ses lèvres.

— Es-tu un amateur d'art religieux ? Je dois dire, je ne m'attendais pas à ça d'un extraterrestre.

— J'apprécie la beauté sous toutes ses formes, répliqua Zaron, en étudiant ses traits délicats. Et je l'avoue, les humains ont créé des œuvres magnifiques au cours de leur courte existence.

— Et qu'en est-il des Krinars ? Ton peuple a-t-il de l'art, de la philosophie, de la musique ?

— Oui, pour les trois.

Il lui sourit.

— Certains d'entre nous dédient leur entière vie à des activités créatives, alors que d'autres s'y adonnent à peine. Quoi qu'il en soit, de telles contributions sont grandement valorisées. Un artiste est aussi important dans notre société qu'un concepteur ou un scientifique.

Ses yeux brillèrent de curiosité.

— Valoriser ? Sont-ils compensés financièrement ? En général, comment fonctionne votre économie ? Quelle est votre unité monétaire ? Avez-vous quelque chose comme un marché boursier ?

Zaron sourit devant ce déluge de questions.

— Oui, mais ce n'est pas aussi important, dit-il, répondant à sa dernière question. La plupart des entreprises sont financées par le secteur privé. Si le projet est assez gros, le gouvernement s'y mêle. La richesse n'est pas nécessairement quelque chose que nous recherchons ; cela vient avec la réussite dans nos domaines choisis, puisque les experts sont bien rémunérés, tant dans le secteur privé que gouvernemental.

— Alors, il n'y a pas de capitalisme ?

— Pas de la façon que tu l'imagines.

Il s'interrompit, réfléchissant à la meilleure façon de le lui expliquer.

— Puisque nous vivons si longtemps, et puisque notre population est beaucoup plus restreinte, soit dans les millions, plutôt que dans les milliards, notre société fonctionne très différemment de la vôtre. Sur certains points, elle est plus simple, sur d'autres, plus complexe. Krina, à notre époque, n'est qu'une unité socioéconomique unie, avec tout ce que cela implique.

Elle semblait fascinée.

— Alors la planète entière est un seul pays ?

— Plus ou moins. Nous avons un organe responsable, le Conseil, qui prend les décisions qui nous avantagent dans l'ensemble, au lieu de tenter d'apaiser une région ou une faction précise.

— Eh bien, c'est décidément différent, raisonna-t-elle. Nos politiciens n'ont rien à voir avec ça. Comment les membres du Conseil sont-ils choisis ? Sont-ils élus ?

— Non.

Zaron secoua la tête.

— Les membres du Conseil ont mérité leur place, parce que leurs contributions à la société sont plus grandes que les autres.

Elle acquiesça, comme si cela avait du sens pour elle.

— Donc, les personnes les plus intelligentes et performantes sont à la tête de ta planète ? Ça semble une amélioration sur notre propre système.

— Ça fonctionne pour nous, dit-il.

Il était sur le point de se lancer dans le concept du statut social, lorsque l'ordinateur à son poignet vibra doucement, lui rappelant une rencontre virtuelle qui l'attendait. Il devait se réunir avec un expert en défense et plusieurs concepteurs pour déterminer le meilleur aménagement des dix centres. Ennuyé par l'interruption, Zaron fut tenté d'annuler la rencontre, mais il ne voulait pas risquer un retard.

Avec réticence, il se leva.

— Je suis désolé, mais je dois te laisser. Tu devrais te reposer et dormir. J'ai du travail ce soir.

— Bien sûr, je comprends.

Se levant à son tour, elle esquissa un sourire et Zaron réalisa qu'elle était soulagée de voir le dîner se terminer sur une telle note. Elle avait probablement craint qu'il ne tente à nouveau de la séduire, pensa-t-il avec irritation. Et c'est ce qu'il aurait fait, s'il n'avait pas eu cette réunion.

— Bonne nuit, alors, dit-elle.

Avec un geste de la main, elle retourna vers sa chambre. Il entendit son pas léger, puis le son de ses sandales atterrissant sur le plancher. Il se dirigea alors vers son bureau, tentant tant bien que mal de se concentrer sur autre chose que cette femme qu'il voulait tant posséder.

Seule dans sa chambre, Emily s'étendit sur le lit confortable et ferma les yeux, tentant de calmer son esprit assez pour s'endormir.

Elle avait à nouveau utilisé la salle de bain futuriste, y prenant même une douche… une expérience en soi, avec l'eau venant de toutes les directions à une pression et à une température parfaites. Des savons, des shampoings et des lotions aux parfums délicats avaient été appliqués sur sa peau et ses cheveux sans qu'elle ait un geste à faire. Puis, des jets d'air chauds l'avaient entièrement séchée. À la fin, chaque parcelle de son corps était d'une propreté absolue, jusqu'à la fraîcheur de sa bouche, comme si elle s'était lavé les dents.

À présent, toutefois, son esprit refusait de se détendre, sa tête bourdonnant de tout ce qu'elle avait appris aujourd'hui. En quelques heures à peine, tout son monde avait basculé et elle ne pouvait s'empêcher de penser à toutes les implications incroyables de ce que Zaron lui avait révélé.

La Terre était sur le point d'entrer en contact avec une race extraterrestre, une race avec une technologie et une médecine bien au-delà de ce que la science moderne pouvait imaginer. Une race qui avait fondamentalement créé les humains.

Si Zaron disait vrai, dans dix-sept jours, rien ne serait plus comme avant. Les Krinars guériraient-ils les cancers ? Pourraient-ils mettre fin à la pauvreté et à la faim ? À la guerre ? La civilisation de Zaron semblait avoir surmonté de tels problèmes. Cela signifiait-il que l'humanité le pourrait aussi ? Qu'avaient-ils l'intention d'annoncer à leur arrivée ? Comment révéleraient-ils leur présence au public, et quelles seraient les retombées d'une telle révélation ? Elle imagina les une de journaux, l'hystérie des fanatiques de fin du monde…

Lorsqu'elle s'endormit enfin, ses rêves furent un étrange mélange d'images érotiques, de scènes de *Independence Day*, de lions affamés aux yeux d'ébènes et de feuilles de travail Excel en trois dimensions remplies de bols de fruits exotiques.

CHAPITRE 15

*L*e matin suivant, Emily s'éveilla, l'esprit plus clair. À sa grande surprise, elle avait bien dormi, bien mieux qu'elle l'aurait cru dans sa situation actuelle. Son subconscient, semblait-il, n'était pas particulièrement perturbé par le fait que les extraterrestres étaient réels, ou qu'elle était temporairement retenue contre son gré par l'un d'eux.

Se levant, elle enfila l'une des robes offertes par Zaron, puis se rendit à la salle de bain. Elle s'approcha ensuite du mur, consciente d'une sensation désagréable au creux de son estomac. Frappant au mur, elle attendit, ses doigts jouant nerveusement avec le tissu soyeux de sa robe.

Le mur devant elle se dissout, créant l'entrée vers le salon. Zaron se trouvait de l'autre côté.

— Bonjour, dit-il doucement, en l'observant. J'espère que tu as bien dormi ?

— Oui, merci.

Emily s'efforça de ne pas le fixer, mais ça lui était impossible. Elle avait réussi à oublier à quel point il était séduisant… et la réaction de son propre corps à sa vue. Elle pouvait déjà sentir les battements accélérés de son cœur, son sexe se contractant avec un besoin soudain. Elle n'avait jamais désiré un homme à ce point, aussi intensément, aussi fortement. Il n'y avait rien de rationnel ou de raisonnable dans la chaleur qui déferlait dans ses veines ; c'était un désir animal, purement et simplement. Son esprit lui rappelait qu'il n'était pas humain, qu'elle ne savait toujours rien sur lui et son peuple, mais son corps n'en avait cure.

Il était vêtu d'un t-shirt blanc et d'un short kaki, une tenue simple qui ne faisait qu'accentuer sa beauté sombre de mâle. Sa chevelure épaisse était légèrement ébouriffée et ses épaules larges tendaient le fin tissu de son t-shirt, ses muscles bien définis sous le tissu.

Déglutissant, Emily entra dans la pièce, tentant d'ignorer son cœur battant.

— Veux-tu prendre ton petit-déjeuner ? offrit Zaron, ses yeux sombres brillant d'un amusement subtil.

Emily ne doutait pas qu'il était conscient de sa réaction physique et qu'il s'en réjouissait grandement.

— Euh, oui, merci.

Emily prit une profonde inspiration.

— Mais avant, pourrais-tu me dire où se trouvent mes affaires personnelles ? Tu m'as bien dit avoir mon portefeuille ?

Elle avait réalisé ce matin qu'elle n'avait pas vu son portefeuille ou son portable depuis son réveil la veille, une réalisation qui n'avait fait qu'accroître son sentiment d'être prisonnière.

Zaron acquiesça et dit quelque chose dans sa langue. Une seconde plus tard, un mur s'ouvrit et la pile de ses affaires en sortit. Les attrapant au vol, il les lui tendit.

— Voilà. Les vêtements ont été déchirés, mais je les ai tout de même conservés. L'argent dans ton portefeuille a été trempé, mais ça devrait aller. Toutefois, ce petit appareil technologique, ajouta-t-il en pointant son smartphone, n'a pas survécu à la traversée de la rivière.

Tenant ses vêtements d'une main, Emily prit son portable de l'autre et tenta de le mettre en marche. L'écran resta noir, et elle put sentir l'humidité toujours présente dans le boîtier protecteur. Zaron avait raison : le portable était mort. Évidemment, elle doutait qu'il le lui ait rendu aussi facilement s'il avait été fonctionnel.

Elle vérifia ensuite son portefeuille. À son grand soulagement, son permis de conduire, ses cartes de crédit et son argent s'y trouvaient encore, même si tout était un peu humide.

— Je n'ai rien volé, si c'est ce qui t'inquiète, railla Zaron, alors qu'elle terminait d'inspecter les rabats.

— Je n'en doutais pas.

Emily leva les yeux vers lui.

— Je voulais seulement m'assurer que je n'avais rien perdu pendant ma chute. Merci de me l'avoir redonné.

— Comme je te l'ai dit, tu es mon invitée.

— Une invitée qui ne peut pas partir, dit Emily, en soutenant son regard.

Ses yeux s'étrécirent légèrement, mais il ne répliqua rien.

— Pour le petit-déjeuner, que dirais-tu d'une salade de fruits avec une sauce aux framboises et noix de macadam ?

— Ça me va.

Déposant ses affaires sur le canapé flottant, Emily suivit Zaron dans la cuisine. S'asseyant sur l'une des planches flottantes autour de la table, elle l'écouta commander leurs plats, ou du moins c'est ce qu'elle s'imagina lorsqu'il parla en Krinar.

S'agitant sur sa chaise, Emily prit une profonde inspiration, puis une autre, tentant de se calmer. Elle pouvait sentir les premiers signes de cette sensation claustrophobe d'être en cage lorsqu'elle passait trop de temps à l'intérieur... une sensation exacerbée par la notion que, cette fois-ci, elle était réellement enfermée, sa liberté étant sous le contrôle de quelqu'un d'autre. Logiquement, elle savait que son emprisonnement n'était que temporaire, mais la logique n'avait aucune emprise sur la sensation suffocante qui l'oppressait.

Emily savait par expérience que cette oppression ferait qu'empirer. La dernière fois qu'elle avait été forcée de rester à l'intérieur plus d'une journée, une grosse tempête de neige avait frappé Chicago, quatre ans plus tôt. Plus d'un mètre de neige était tombé en moins de trente-deux heures et la porte d'entrée avait été impossible à ouvrir pendant près de trois jours. Emily, qui vivait alors dans une maison en rangée à Evanston avec quatre colocataires, s'était sentie tellement étouffée qu'elle avait sauté de la fenêtre de sa chambre au premier étage directement dans un tas de neige. Tout était mieux que cette sensation d'étouffement qui l'accablait après trop de temps passé dans un espace clos.

Depuis son réveil la veille dans la demeure de Zaron, elle n'avait pas mis le pied dehors.

Non, n'y pense pas. Respire et n'y pense pas.

— Qu'est-ce qui ne va pas ?

Zaron fronça les sourcils, sentant manifestement son malaise croissant.

— Te sens-tu mal ?

S'asseyant en face d'elle, il lui lança un regard interrogateur.

Emily se mordit la lèvre. Elle détestait admettre sa faiblesse, mais elle ne pouvait pas rester à l'intérieur pendant plus de deux semaines. Elle ne le pouvait tout simplement pas.

— J'ai une condition, dit-elle après un moment. Je ne me sens pas bien si je reste trop longtemps à l'intérieur. C'est un genre de claustrophobie. Je peux supporter les espaces restreints, mais pas si j'y suis trop longtemps.

Il haussa les sourcils avec surprise.

— Tu allais bien hier.

Elle acquiesça.

— Je peux normalement passer une journée sans problème, mais j'ai alors besoin de prendre l'air ou je commence à virer folle. Au travail, je me porte toujours volontaire pour faire les courses, tu sais, aller chercher le café, aller au bureau de poste, aller chercher le déjeuner pour l'équipe. N'importe quoi qui me permet de quitter l'immeuble pour quelques minutes. Ce n'est généralement pas un gros problème, mais je ne peux pas rester enfermée longtemps.

Zaron s'adossa, observant Emily derrière ses paupières entrouvertes.

— Je vois. As-tu besoin de sortir maintenant ou peux-tu attendre après le petit-déjeuner ?

Une vague de soulagement la submergea, emportant avec elle une partie de la suffocation qui l'oppressait.

— Je peux attendre, répondit-elle, en lui lançant un sourire franc. Ce n'est pas si mal pour l'instant.

Elle se sentit presque étourdie par la joie.

Il n'allait pas la garder enfermée dans la maison finalement.

Alors qu'il parlait, leur petit-déjeuner avait été déposé sur la table.

— Nous pourrons aller nager, dit Zaron.

Il attrapa un bol de fruits et de noix dans une sauce à l'air exotique.

— Il y a un joli lac pas très loin d'ici.

— Aller nager ? J'aimerais beaucoup, dit Emily, en s'attaquant avec appétit à son repas.

La salade était délicieuse, mais elle avait peine à le remarquer dans son impatience à sortir. En plus d'apaiser sa claustrophobie, elle pourrait aussi ouvrir l'œil et tenter de s'échapper.

Si Zaron croyait qu'elle allait accepter sans lutter de perdre l'emploi de sa vie, il n'était pas au bout de ses peines.

D'une façon ou d'une autre, elle devait rentrer chez elle.

Après le petit-déjeuner, Zaron confectionna un maillot de bain pour Emily et un autre pour lui. Se conformer au mandat de non-divulgation signifiait que tout ce qu'il portait devait à tout le moins *ressembler* à des tenues humaines. Il trouva alors un concept de bikini pour Emily sur l'Internet humain.

En entrant dans la chambre d'Emily, Zaron lui tendit les deux morceaux, puis sortit pour la laisser se changer. Il n'avait rien contre leur sortie, mais sa condition l'intriguait. Au premier regard ce matin, il avait ressenti une étrange tension en elle et son anxiété avait uniquement semblé s'aggraver avec le temps. Lorsque le moment de passer à table s'était présenté, Emily semblait sur le point de s'arracher la peau. Il ne pensait pas qu'il s'agissait d'une ruse ; à moins qu'elle ne soit une actrice exceptionnelle, son malaise avait été bien réel.

Un coup interrompit les pensées de Zaron. Il lança un ordre sec, et le mur de la chambre d'Emily s'ouvrit pour la laisser passer.

Elle portait la même robe que tout à l'heure, mais les bretelles bleues de son bikini paraissaient sous celle-ci. À la vue de son corps à demi nu, une rougeur envahit son visage et son cou, donnant à sa peau pâle un éclat délicat.

— Prête ? demanda Zaron, en réprimant un sourire alors qu'elle tentait de maintenir son regard au-dessus de son cou.

Il venait d'enfiler son propre short et n'avait pas pris la peine de mettre un t-shirt. Sa réaction féminine à la vue de son corps lui plaisait. Plus forte son attirance, plus il serait facile de l'attirer dans son lit.

Emily acquiesça et le suivit vers le mur opposé du salon. Lorsqu'ils s'approchèrent, le matériau intelligent s'ouvrit, créant une ouverture vers l'extérieur.

Mettant le pied dehors, Zaron prit une profonde inspiration, se délectant de la chaleur du soleil sur sa peau nue. La matinée était déjà avancée et l'air était chaud et humide, lourd du parfum des broméliacées et empli du cri des créatures avoisinantes. Cette région de la Terre lui rappelait sa planète, la raison première pour laquelle il avait choisi cet emplacement pour la principale colonie Krinar.

Se retournant, il vit Emily debout à quelques pas de lui, fixant la demeure derrière eux.

— Ce n'est pas ce que tu imaginais, n'est-ce pas ? demanda-t-il, en voyant son expression.

Contrairement à la plupart des demeures Krinars ou humaines, son domicile temporaire n'était pas du tout une construction. Il s'agissait d'une caverne de haute technologie située à l'intérieur même d'une petite montagne. Lorsque l'ouverture extérieure était fermée, elle devenait entièrement invisible derrière une couche épaisse de verdure. À moins de savoir qu'elle s'y trouvait, il était impossible de la trouver, par voie aérienne ou terrestre.

— Non, répondit Emily, se tournant pour lui faire face. Ce n'est pas du tout ce que j'imaginais. Est-ce parce que tu veux rester camouflé ?

— Oui. Je ne veux pas qu'un avion ou un hélicoptère aperçoive une étrange structure dans la jungle et décide de se questionner davantage.

Emily lui lança un regard songeur, mais ne posa pas d'autres questions alors qu'ils traversaient la forêt en direction du lac. Maintenant qu'elle était à l'extérieur, Zaron pouvait sentir son anxiété s'apaiser, ses traits tirés se résorber. Pour la première fois depuis leur rencontre, la jeune humaine semblait calme et heureuse, ses lèvres douces s'incurvant en un sourire alors qu'elle observait un *Sceloporus malachiticus*, un lézard épineux malachite, filer sur une roche.

— Tu sembles plutôt à l'aise ici pour quelqu'un qui vit à New York, nota-t-il, voyant l'aisance avec laquelle elle traversait la forêt.

Elle semblait respecter la nature sans la craindre, marchant avec prudence, mais également avec confiance, dans les herbes hautes. Avant qu'il ne puisse la mettre en garde contre la morsure douloureuse du *Paraponera clavata*, elle évita la colonie de fourmis flamandes.

— Je *suis* à l'aise ici, répliqua Emily en lui lançant un sourire rapide. Je viens de la Géorgie semi-rurale et j'ai déménagé à New York uniquement pour le travail. J'étais une enfant adepte du plein air, je montais aux arbres et j'attrapais des insectes toute la journée. Si ça n'avait été que de moi, j'aurais habité dans une cabane dans les arbres.

Zaron sourit à cette image d'une minuscule petite Emily courant à travers les bois. Si elle avait un air angélique aujourd'hui, il ne pouvait qu'imaginer son minois d'enfant, avec ces grands yeux bleus et cette chevelure de blé.

— Et toi ? demanda-t-elle alors qu'ils arrivaient à une petite clairière. À quoi ressemblait ton enfance ? Jouais-tu beaucoup à l'extérieur ? J'imagine que vos villes sont à la fine pointe de la technologie…

— Elles le sont, acquiesça Zaron. Mais elles sont différentes de vos villes. Nous préférons construire au travers du milieu naturel, plutôt que par-dessus. En fait, nos villages ressemblent plus à cette jungle qu'à l'une de vos villes.

— Vraiment ?

Elle lui lança un regard surpris.

— Alors, pas de gratte-ciel, de routes, de véhicules ?

— Non.

Il secoua la tête.

— Rien de tel. Nous avons quelques bâtiments plus imposants pour les événements publics, mais ils sont en nombre restreint. Nous n'aimons pas trop nous rapprocher comme les humains le font, alors nos maisons sont plus souvent dispersées. Et nous n'avons pas besoin de routes, car nous marchons ou utilisons un transport aérien.

Zaron pouvait voir qu'Emily était sur le point de poser plus de questions, mais à ce moment, ils atteignirent leur destination.

Avec plus de trois kilomètres de largeur et près de cinq kilomètres de longueur, le lac était une étendue de bonne taille, alimenté par différentes sources de montagnes, des sources qui avaient tout d'une rivière à ce moment de l'année. Au cœur de la forêt, le lac était entouré d'une épaisse végétation et attirait une variété faunique intrigante pour un biologiste. Zaron s'y retrouvait souvent, profitant à la fois de l'eau et de la faune locale.

— Attention à cet arbre-poison, la prévint-il, prenant Emily par un bras pour l'éloigner de l'arbre alors qu'ils se dirigeaient vers l'eau. L'*Hippomane mancinella* est extrêmement vénéneux et je n'ai aucun instrument médical sur moi.

Le suc d'un blanc laiteux de l'arbre contenait de puissantes toxines ; rester sous l'arbre pendant une averse était suffisant pour couvrir la peau humaine de cloques.

— Oh, merci, murmura-t-elle.

Elle leva les yeux vers lui avant de tourner son attention vers l'eau.

— Je ferai attention de l'éviter à partir de maintenant.

Sa voix semblait quelque peu étranglée et Zaron réalisa qu'il la tenait toujours par le bras. Sa main était d'un teint mat frappant contre sa peau d'ivoire, ses doigts encerclant presque complètement son bras élancé.

Pendant un instant, la tentation de l'attirer plus près se fit insoutenable. L'air entre eux semblait crépiter, l'atmosphère saturée par une tension sexuelle. Elle le voulait, il pouvait sentir son désir sur sa peau, entendre le rythme effréné de son cœur. Pourquoi résister à l'inévitable ? Emily devait bien savoir qu'elle serait sienne, qu'il ne la laisserait pas partir avant d'avoir plongé dans sa chair tendre.

— Le lac est-il propre à la baignade ?

Sa voix était plus aiguë que d'habitude, son débit plus rapide. Elle pouvait suivre la direction de ses pensées, réalisa-t-il, et faisait de son mieux pour le distraire de sa faim croissante.

— Est-ce qu'il y a quelque chose de dangereux ici ?

— Non, dit Zaron, relâchant à regret sa prise. Tu n'as rien à craindre.

Malgré son désir d'aller plus loin, elle était encore trop anxieuse. Elle serait bientôt sienne, se promit-il. Bientôt, mais pas maintenant.

Se détournant d'Emily, Zaron enleva ses sandales et descendit la mince berge rocheuse jusqu'à l'eau.

Un plongeon dans l'eau froide du lac semblait de plus en plus tentant… et nécessaire.

CHAPITRE 16

$\mathcal{P}$einant à respirer, Emily regarda Zaron entrer dans l'eau, le soleil se reflétant dans son épaisse chevelure brillante. Son cœur battait furieusement contre sa poitrine, et elle se sentait fiévreuse, sa peau frémissant encore de la sensation de sa peau contre la sienne.

Elle savait qu'il avait un beau corps, bien sûr ; ses vêtements ne pouvaient cacher ses muscles puissants. Mais le savoir et le voir étaient deux choses bien différentes… comme Emily l'avait découvert lorsqu'elle était sortie de sa chambre pour l'apercevoir, vêtu uniquement d'un maillot de bain d'un gris pâle.

Son ravisseur extraterrestre était d'une beauté inhumaine bouleversante. Une peau lisse et basanée, sans une seule petite imperfection, couvrait chaque centimètre de son torse puissant. Des épaules larges, une taille svelte et des hanches étroites, dessinant une silhouette en V, ne recelaient aucun gramme de gras. Des quelques poils sombres sur son torse à ses abdominaux en béton, il était un mâle incroyablement séduisant.

En marchant à ses côtés dans la forêt dense, Emily avait eu peine à ignorer son corps et, à la seconde où il l'avait touchée, elle s'était sentie comme embrasée. Ses doigts forts avaient attrapé son bras avec une poigne ferme, visiblement pour la protéger de l'arbre vénéneux, et son corps avait été submergé de désir, une moiteur inondant son sexe.

Pourquoi résistait-elle encore ? murmura une petite voix traître. Serait-ce si mal de jeter toute prudence aux orties et de profiter de la vie un peu ? Combien de fois l'occasion de coucher avec un homme aussi sublime se présentait-elle dans une vie ? Et qu'est-ce que ça pouvait faire qu'aucun avenir entre eux ne soit possible, qu'il soit d'une autre espèce et qu'elle ne le reverrait plus jamais une fois de retour chez elle ? Des milliers de femmes batifolaient avec des étrangers pendant leurs voyages. Le choix de partenaire d'Emily était peut-être un peu plus exotique, mais au bout du compte, ce ne serait rien de plus que ça : une aventure de vacances avec un homme qui était sans conteste exceptionnel.

Non. Secouant la tête, Emily se trémoussa hors de sa robe, repoussant ses dangereuses pensées. Elle devait se concentrer sur sa vie et sa carrière, et avoir une liaison avec un extraterrestre… un extraterrestre qui la gardait contre son gré, qui plus est, était la dernière chose dont elle avait besoin.

Enlevant ses sandales, elle marcha vers l'eau, soulagée de voir Zaron s'éloigner à la nage et ne pas lui porter attention. Elle ignorait à combien d'autres tentatives de séduction elle pourrait résister avant de céder… et elle doutait fortement que de se retrouver pratiquement nus ensemble soit la meilleure façon de garder ses distances.

Une petite nage rapide, se promit Emily, accueillant avec joie l'eau fraîche contre sa peau. Une petite nage rapide pour se changer les idées, puis elle pourrait réfléchir à la manière de se sortir de cette situation.

Le fond du lac était aussi rocailleux que la berge, meurtrissant ses pieds nus, mais elle n'eut pas besoin d'avancer bien longtemps avant que l'eau ne soit assez profonde pour qu'elle puisse se mettre à nager. Se déplaçant nonchalamment dans l'eau, elle vit Zaron qui nageait au loin.

Très loin.

Son cœur se mit à battre avec force. Il était si loin qu'elle pouvait à peine voir sa tête foncée dans l'eau. Il était pratiquement au milieu du lac. Elle était sans conteste restée là, à fixer l'eau, beaucoup plus longtemps qu'elle ne l'avait cru.

C'était sa chance, sa chance de s'échapper avant la fin des dix-sept jours. Emily était en forme et elle avait une vague idée d'où elle se trouvait, ayant vu quelque chose ressemblant à ce lac sur la carte qu'elle avait étudiée pour sa randonnée. Elle n'était qu'à quinze ou vingt-cinq kilomètres de l'un des villages. Avec une bonne avance sur Zaron, il y avait une forte chance qu'elle retrouve la civilisation avant qu'il ne la rattrape… et elle serait alors de retour chez elle à temps pour son entrevue.

Gardant un œil sur la tête foncée au loin, elle sortit de l'eau et marcha d'un pas nonchalant jusqu'à ses sandales, tentant autant que possible de prétendre qu'elle ne faisait que se réchauffer. Enfilant ses chaussures et sa robe, elle lança un dernier regard vers Zaron, vérifiant qu'il était toujours au milieu du lac, et s'élança vers la forêt.

———

Nageant dans l'eau calme, Zaron profitait de l'exercice relaxant, ses muscles bougeant et s'étirant à chaque brassée lente et délibérée. Conscient de la présence d'Emily, il faisait de son mieux pour garder un rythme humain, mais il doutait y être entièrement arrivé. Même après six mois sur Terre, il peinait encore à se mouvoir comme les *Homo sapiens*… une autre raison pour laquelle il avait délaissé les villes humaines au profit de régions plus reculées.

Lançant un regard vers la berge, il vit Emily sortir de l'eau. Avec sa vue aiguisée de Krinar, il pouvait tout voir, jusqu'aux gouttelettes brillant sur sa peau pâle. Le souffle lui manqua, son sexe se durcissant à cette vision. Zaron avait délibérément résisté à la tentation de la regarder plus tôt, incertain de son contrôle, et il savait maintenant qu'il avait bien fait. Vêtue uniquement d'un minuscule bikini bleu, son invitée humaine était une symphonie de longues jambes galbées et de courbes féminines, avec sa poitrine pleine et haute et sa taille fine s'arrondissant en un derrière en forme de cœur. Avec sa chevelure blonde entortillée négligemment sur sa tête, elle ressemblait à un rayon de soleil, sa peau brillant étrangement au loin.

Incapable de détourner le regard, Zaron l'observa avec avidité alors qu'elle se penchait pour mettre ses sandales avant d'enfiler sa robe. Ses mouvements étaient détendus, presque paresseux. Faussement détendus, réalisa-t-il, notant la tension dans ses épaules. Se redressant, elle lança un bref regard dans sa direction, les yeux plissés dans la lumière vive… avant de s'élancer.

Elle le fuyait.

Poussé uniquement par l'instinct, Zaron plongea, traversant le lac avec un rythme féroce. Une colère acérée et irrationnelle coulait dans ses veines, ajoutant à son besoin viscéral de chasser sa proie. Comment osait-elle s'enfuir ? Il lui avait sauvé la vie et elle était *sienne*… sienne de posséder, sienne de garder aussi longtemps qu'il le souhaitait.

En moins de deux minutes, il atteignit la berge. S'élançant hors de l'eau, il capta son odeur disparaissant dans la jungle. Elle n'était pas loin, mais le contraire aurait peu importé. Aucun humain ne pouvait distancer un Krinar.

La mâchoire tendue, Zaron se lança à sa poursuite.

CHAPITRE 17

*C*ourant à travers la forêt, Emily sentit son souffle atteindre un rythme constant, un rythme qui, elle le savait, lui permettrait de garder cette vitesse pendant quelques kilomètres. À son soulagement, les sandales que Zaron lui avait données épousaient parfaitement son pied, sans aucune trace de l'inconfort qu'elle s'attendait d'un tel genre de chaussures.

Malgré la difficulté des deux dernières années, avec sa carrière consumant pratiquement tout son temps, Emily avait généralement pu glisser une course de huit kilomètres tous les deux jours. Rien de comparable avec le plan de conditionnement rigoureux qu'elle avait à l'université, mais c'était mieux que de devenir entièrement sédentaire. Elle était aujourd'hui très reconnaissante de ces courses. Elle pouvait sentir ses muscles se réchauffer et s'étirer, ses poumons s'activant avec aise, et elle sut qu'elle pourrait garder ce rythme pendant au moins une heure. D'ici là, Zaron serait loin derrière elle, s'il prenait la peine de la suivre une fois qu'il aurait rejoint la berge.

Si tout allait bien, elle ne le verrait plus jamais.

Cette pensée étant étrangement troublante, elle la repoussa. Elle ne pouvait pas revenir en arrière. Bon gré, mal gré, elle s'était échappée et elle devait maintenant retrouver la civilisation aussi rapidement que possible.

Un pied devant l'autre, Emily. Un pied devant l'autre.

Se concentrant sur le refrain familier du coureur, elle sauta par-dessus un tronc tombé… et se heurta à un corps incroyablement dur.

L'impact lui coupa le souffle. Reculant, elle trébucha sur le tronc et serait tombée si de puissantes mains ne l'avaient retenue à ce moment. En un éclair, Emily se retrouva étendue sur le sol, les bras cloués au-dessus de la tête, un corps musclé et ruisselant de plus d'un mètre quatre-vingt affalé sur elle.

Zaron. Il l'avait rattrapée.

Il respirait avec force et elle pouvait voir un muscle se contracter sur sa mâchoire tendue. Son épaisse chevelure foncée était collée sur son crâne, ses yeux noirs brillant comme des braises.

Il avait un air sauvage… et totalement furieux.

— Où crois-tu aller comme ça ?

Sa voix n'était qu'un grognement sourd, ses doigts emprisonnant ses poignets d'une poigne de fer.

— Tu ne peux pas m'échapper.

Ses poumons reprenant enfin vie, Emily inspira avidement, tentant de reprendre ses esprits. Comment Zaron avait-il pu la rejoindre aussi rapidement, alors qu'il se trouvait au milieu du lac ? Même les meilleurs nageurs olympiques n'auraient pu couvrir une telle distance en si peu de temps.

— Que… comment as-tu… ?

Elle avait peine à prononcer plus de quelques mots à travers le puissant martèlement de son cœur dans ses oreilles. Elle pouvait sentir chaque centimètre de son corps dur et à demi nu, l'humidité de sa peau traversant sa robe, et elle sentit sa peau réagir instantanément, ses mamelons se durcissant.

— Comment ai-je quoi ?

Il abaissa la tête jusqu'à se trouver à quelques centimètres de la sienne, son regard la brûlant. Des gouttes d'eau tombèrent de ses cheveux sur son front, celles-ci étonnamment fraîches contre sa peau brûlante.

— Comment t'ai-je rattrapée ?

Emily se força à acquiescer.

— Je pourrai toujours te rattraper.

Sa voix se fit rauque, et une lueur plus sombre et plus brûlante apparut dans son regard.

— Il n'y a aucun endroit sur cette planète ou ailleurs où je ne pourrais te trouver, mon ange… si c'était mon intention.

Son cœur manqua un battement, avant de s'emballer. Elle pouvait sentir son membre se durcir contre sa cuisse, et une moiteur dans son bas-ventre lui répondit, alors même qu'elle prenait conscience de sa propre vulnérabilité.

— Laisse-moi, murmura-t-elle, luttant en vain contre sa poigne.

C'était comme si elle était retenue par une montagne, et ce sentiment d'impuissance était à la fois terrifiant et insupportable.

— Zaron, laisse-moi…

Il la fixa du regard, la mâchoire tendue et, devant l'avidité brûlante de ses traits, elle fut envahie d'une excitation alarmée. Elle pouvait le sentir lutter pour garder le contrôle, et elle put voir le moment exact où il perdit le combat.

Avec un grognement torturé, il abaissa la tête et captura ses lèvres des siennes.

Il n'y avait rien de doux et de tendre dans ce baiser ; c'était une revendication brute et charnelle. Ses lèvres et sa langue étaient partout, la consumant, lui coupant le souffle et lui retirant toute volonté de résister. Sa main droite retenait sans effort ses poignets au-dessus de sa tête, alors que sa main gauche glissait le long de son corps, attrapant et relevant sa robe. Le frôlement de ses doigts laissait sa peau enflammée, se languissant de ses caresses. Submergée, Emily se cambra contre lui, ne sachant pas si elle voulait s'approcher de lui ou le repousser. Elle sentit son genou écarter ses cuisses nues, alors que sa main agrippait avec force le bas de son bikini et le déchirait. Seul le matériau humide du short de Zaron les séparait, la pression de son érection poussant contre le sexe exposé d'Emily.

Soudainement, elle se retrouva les mains libres. Haletante, Emily agrippa ses épaules, ses doigts s'enfonçant dans sa peau comme il entamait un va-et-vient de ses hanches, chaque mouvement frottant la dureté de son membre contre son clitoris et envoyant des vagues de chaleur dans tout son corps. Il n'avait pas cessé de l'embrasser, ses baisers profonds et enivrants troublant son esprit. Au creux de son ventre, une tension familière commença à s'accroître. La main de Zaron retira le haut de son bikini et se referma sur son sein, massant fermement le tendre poids sous le tissu léger de sa robe.

La tête lui tournant, Emily gémit contre sa bouche, incapable de se concentrer sur autre chose que le plaisir vertigineux qui la submergeait. Toutes ses peurs et tous ses doutes s'évaporèrent, consumés par le brasier de son étreinte. Ses doigts glissèrent dans ses cheveux, le retenant contre elle et ses hanches commencèrent à suivre le rythme des siennes.

Il grogna à nouveau et elle perçut vaguement un autre bruit de déchirure. Il avait arraché son short, réalisa-t-elle, sentant la pointe douce de son membre contre l'intérieur de sa cuisse. La tension en elle s'intensifia, son sexe palpitant de désir brut, et elle leva les hanches vers les siennes, l'implorant inconsciemment.

À son contact, son corps se raidit contre le sien et il releva la tête pour la regarder, appuyé sur un coude. Il respirait avec force, ses lèvres luisant de leurs baisers.

— Est-ce ce que tu veux ? murmura-t-il, sa voix rauque de désir.

Il poussa ses hanches, le bout de son membre pressant contre sa tendre entrée.

— Le veux-tu, Emily ?

Ses yeux la transpercèrent, exigeant une réponse, et elle hocha la tête, impuissante, incapable de plus. Elle n'avait jamais connu un tel besoin, un désir si intense qu'il frisait l'agonie. Elle ne pourrait le supporter s'il arrêtait maintenant et sa voix prudente habituelle resta muette alors qu'il agrippait sa cuisse d'une main puissante, lui écartant davantage les jambes, et commençait à entrer en elle.

Malgré sa moiteur, elle ressentit son intrusion. Il était large et long, bien plus imposant que les hommes qu'elle avait connus avant lui et, comme il la pénétrait davantage, elle laissa échapper un cri sous la pression cuisante qui l'étirait. Se tendant, elle agrippa ses bras et fut parcourue d'un frisson. Ses muscles intimes se resserrèrent contre son érection, dans une vaine tentative de repousser l'intrusion.

En réponse à son mouvement, Zaron se figea, le corps tremblant de l'effort de rester immobile, ses yeux noirs assoiffés. Pourtant, lorsqu'il abaissa sa tête et frôla sa joue de ses lèvres, son geste était d'une tendresse surprenante.

— Tout va bien ? murmura-t-il, son souffle chaud effleurant son oreille gauche et la faisant frémir de plaisir.

Plutôt que de répondre, Emily ferma les yeux et entoura son cou de ses bras, ses jambes se refermant autour de ses hanches. L'inconfort n'était plus qu'un souvenir alors que son corps s'était ajusté à sa présence en elle, et son désir initial était de retour.

— Oui, répondit-elle, se cambrant contre lui pour le prendre plus profondément.

Elle frissonna alors de ravissement comme le mouvement intensifiait les sensations qui émanaient de son bas-ventre.

Il frissonna à son tour, perdant le peu de contrôle qui lui restait, et commença à plonger en elle avec une force punitive. Haletante, Emily s'accrocha à lui, se sentant comme une feuille en pleine tempête. Son monde se rétrécit, tous ses sens concentrés sur lui, sur sa peau humide d'eau et de sueur, sur ses muscles qui bougeaient sans cesse sous ses doigts. Elle pouvait sentir son membre imposant qui bougeait en elle, sentir son odeur musquée, et la tension en elle se fit plus pressante, centrée sur le faisceau de nerfs à l'orée de son sexe. Sa peau se hérissa, son rythme cardiaque monta en flèche… et elle y fut soudainement, lâchant un cri haletant alors que son corps explosait dans le plus puissant orgasme de sa vie.

Il ne ralentit pas le rythme, ses mouvements toujours aussi puissants et impitoyables, ne lui laissant aucun sursis et, sous le choc, elle sentit un autre orgasme approcher, sa chair sensible ne nécessitant que peu de stimulation. Le sentant, Zaron accentua le rythme, écrasant son bas-ventre contre son clitoris avec chaque poussée, et Emily cria alors qu'un autre orgasme violent la secouait, la laissant anéantie et le souffle court.

Les convulsions de son sexe semblèrent déclencher l'orgasme de Zaron et elle le sentit se tendre, un grondement sourd s'échappant, alors qu'il se figeait, écrasant plus fortement son bas-ventre contre elle. Emily pouvait sentir son membre pulser profondément en elle, sa semence se déversant en elle avec force, et elle agrippa ses côtes, ébranlée par l'intensité de l'expérience.

Pendant un moment, ils restèrent immobiles, leurs corps rivés l'un à l'autre par la sueur, alors que leur souffle retournait lentement à la normale. Zaron pesait lourdement sur son corps et, pour la première fois, Emily remarqua qu'elle était étendue sur le sol dur, de petits cailloux et brindilles s'enfonçant dans la peau nue de son dos. Bougeant quelque peu, elle tenta de trouver une position plus confortable et Zaron se souleva à nouveau sur les coudes, la libérant de son poids. Son sexe ramolli se trouvait toujours en elle et l'intimité de leur position la fit rougir alors qu'elle croisait son regard.

— Tu n'iras nulle part, mon ange, dit-il doucement.

Il y avait quelque chose de différent dans la manière dont il l'observait, une lueur sombre et possessive qui ne s'y trouvait pas plus tôt.

— Pas avant que je ne te le permette. C'est compris ?

Emily serra les lèvres, mais elle acquiesça. Ce n'était pas le temps de discuter, pas alors qu'il était encore en elle, pas alors qu'elle tentait encore de se remettre de son plaisir dévastateur. Plus tard, elle tenterait de se reprendre et de trouver un moyen de s'enfuir, mais pour l'instant, elle devait l'apaiser, jouer le rôle d'une captive docile. Elle ne le supporterait pas s'il décidait de la garder enfermée après l'incident d'aujourd'hui.

— Bien.

Abaissant la tête, Zaron l'embrassa brièvement, ses lèvres effleurant les siennes, et il se retira doucement de son sexe enflé. Se relevant, il la remit sur pied.

Emily avait perdu son bikini, mais sa robe avait toutefois survécu et elle reprit sa place, couvrant son corps nu. Le short de Zaron, toutefois, était déchiré. Ça ne semblait pas le préoccuper, semblant aussi à l'aise nu que couvert. Elle pouvait voir ses testicules pendre lourdement entre ses jambes, son sexe luisant de leur moiteur commune, et sa gorge s'assécha à l'idée qu'elle l'avait eu en elle… qu'elle avait réellement couché avec cet homme.

Avec cet *extraterrestre*, corrigea une petite voix en elle, et Emily déglutit, ne souhaitant pas examiner ce fait de trop près. Ses jambes étaient faibles, mais elle recula d'un pas vacillant, tentant de mettre un peu de distance entre eux. Zaron ne la laissa pourtant pas faire, sa main se refermant sur son bras. Avant de pouvoir protester, elle se sentit soulevée et enveloppée confortablement dans ses bras.

— Nous retournons à la maison, dit-il en baissant les yeux vers elle.

Il traversa la forêt, la portant sans effort, comme si elle ne pesait rien.

— Je crois que nous avons eu assez d'air frais pour aujourd'hui.

Le trajet de retour fut plus rapide, Zaron gardant un rythme rapide, se déplaçant à travers la jungle familière avec aise. Emily protesta contre le fait d'être portée, affirmant pouvoir marcher sans problème, mais il refusa de la déposer, voulant la sentir contre son torse. Elle n'avait pas réussi à s'enfuir et elle ne le pourrait jamais, mais il était encore réticent à la laisser aller, un étrange sentiment l'envahissant chaque fois qu'il pensait à sa tentative de fuite.

Malgré sa colère initiale, Zaron comprenait pourquoi elle l'avait fait. La jeune humaine était habituée à son indépendance, à être responsable de sa propre vie. Ça ne lui plaisait pas de devoir rester avec lui. Il le comprenait et sympathisait même avec son dilemme jusqu'à un certain point. Toutefois, ça ne changeait pas sa conviction irrationnelle et primitive qu'Emily lui appartenait, que, d'une certaine façon, elle était *sienne*.

La posséder n'avait que renforci ce sentiment. Son corps était temporairement repu, mais il aspirait déjà à plus de ce plaisir addictif, avide de la prendre encore et encore. Qu'il se soit retenu de boire son sang n'avait pas aidé. Il n'avait pas voulu se laisser aller dehors, mais il ne pouvait maintenant plus s'empêcher de penser à cet aphrodisiaque liquide qui coulait dans ses veines… et à la sensation d'être en elle alors qu'il goûterait son sang pour la première fois.

— Tu es plus fort qu'un humain, n'est-ce pas ?

La question d'Emily le sortit de ses pensées et il baissa les yeux vers elle. Elle avait passé les bras autour de son cou, le serrant comme si elle redoutait qu'il l'échappe.

— Tu me portes depuis près d'un kilomètre et tu n'es même pas essoufflé, expliqua-t-elle en l'observant.

Zaron hésita un moment, puis décida qu'il pouvait au moins lui révéler cela. Les humains découvriraient bien assez tôt ce fait.

— Oui, confirma-t-il, enjambant un petit arbuste *Lippia alba*. Nous sommes plus forts que les humains. Et plus rapide… c'est pourquoi j'ai pu te rattraper.

Elle déglutit péniblement.

— À quel point plus fort et rapide ?

— Assez pour qu'aucun de vos athlètes ne soit un défi, dit-il, ne souhaitant pas en dire plus.

Il pouvait broyer chaque os du corps humain avec très peu d'efforts, mais Emily n'avait pas besoin de le savoir. La dernière chose qu'il voulait soit qu'elle le redoute. Il ne lui ferait jamais mal physiquement, mais elle ne le croirait peut-être pas, surtout si elle apprenait les origines de prédateur et la prédilection pour la violence de son peuple.

Elle fronça les sourcils à sa réponse, mais avant qu'elle ne puisse le bombarder davantage, ils arrivèrent à sa demeure.

Approchant de l'entrée, Zaron passa l'ouverture, portant Emily à l'intérieur comme un trophée de chasse. Ce n'est que lorsque le mur se referma derrière lui qu'il la relâcha enfin, la déposant sur ses pieds. Il savait qu'il se comportait comme un barbare, mais il n'en avait cure. Si elle ne voulait pas être son invitée, elle serait alors sa captive, avec tout ce que cela impliquait. Il n'avait aucun scrupule à la garder prisonnière, pas après qu'elle est trahie sa confiance en tentant de fuir.

Dès qu'il la relâcha, elle recula loin de lui, le menton levé avec défi.

— J'aimerais prendre une douche, dit-elle avec un regard égal.

Pourtant, Zaron détecta le léger tremblement de ses mains. Emily était plus bouleversée qu'elle ne le semblait. Regrettait-elle ce qui s'était passé ? Ou bien voulait-elle le garder à distance, prétendre que rien n'avait changé ?

Quoi qu'il en soit, Zaron ne la laisserait pas faire. Elle l'avait accueilli en elle et elle était maintenant sienne. Il n'y avait pas de retour possible pour elle.

— Bien sûr, dit-il. Tu as besoin d'une douche… et moi aussi.

Sans attendre de réponse, il s'approcha d'elle. Attrapant le bas de sa robe, il la passa par-dessus sa tête en un seul mouvement, la laissant entièrement nue devant lui.

Puis, il la reprit dans ses bras et la porta dans sa chambre, marchant directement vers la salle de bain.

CHAPITRE 18

*E*mily serrée contre son torse, Zaron entra dans la cabine circulaire et lança une commande pour ouvrir l'eau.

— Tu peux me déposer, tu sais, dit-elle sèchement alors que l'eau ruisselait sur leurs deux corps. Je peux me tenir sur mes deux pieds… et je ne peux pas vraiment m'enfuir.

Un sourire étira le coin des lèvres de Zaron. Il agissait réellement comme un barbare.

— D'accord.

La déposant doucement sur le sol glissant, il laissa la douche intelligente appliquer des liquides nettoyants dans ses cheveux et sur sa peau, alors qu'il recevait les mêmes soins.

Il ignorait pourquoi il lui était si difficile de rester à distance d'Emily, mais il avait peine à s'empêcher de la toucher. Ce n'était pas uniquement un besoin physique, même si son corps commençait à réagir à sa proximité.

Non, cette obsession était plus profonde, réalisa-t-il avec un frisson. Il voulait la garder près de lui, la sentir près de lui en tout temps… la serrer contre lui et la posséder.

Comme il avait voulu Larita.

Cette fois-ci, la douleur tranchante dans sa poitrine fut trop intense pour être ignorée et Zaron se détourna d'Emily, ne souhaitant pas qu'elle voie l'agonie sur ses traits. Il ne pouvait pas vouloir une humaine comme il avait voulu sa compagne. Larita avait été toute sa vie pendant plus de quarante ans et c'était trahir son souvenir que de penser à elle dans la même phrase qu'Emily.

Et pourtant… il ne se rappelait pas la dernière fois où il s'était senti aussi vivant. Pour la première fois depuis la mort de Larita, Zaron n'était pas consumé par des pensées sombres à chaque instant, sa rage et sa peine s'apaisant en présence d'Emily. Il avait souri et ri davantage dans les derniers jours que dans toute la dernière année, et le sexe avec Emily avait été aussi intense et satisfaisant que ce qu'il avait vécu avec sa compagne.

Ça n'avait pas de sens, mais il ne pouvait plus le nier.

Pour la première fois depuis des années, Zaron se sentait lui-même et Emily en était la cause.

Se tournant vers elle, il l'observa alors qu'elle s'inclinait vers le jet d'eau, les yeux fermés et sa chevelure mouillée cascadant dans son dos élancé. Avec son profil tourné vers lui, il remarqua son petit nez droit et les lignes pures de son menton et de sa mâchoire. Sa bouche semblait douce et tendre, gonflée par leurs ébats précédents. Alors que son regard glissait le long de son corps, son sexe se durcit, répondant au spectacle sensuel devant lui.

Il ignorait pourquoi cette humaine avait un tel effet sur lui, mais il n'allait pas perdre de temps à s'en inquiéter, décida-t-il alors que la chaleur montait en lui. Il avait encore seize jours avec sa petite captive et il avait l'intention de profiter de chacun d'eux.

S'approchant d'Emily, il l'attira contre son corps fiévreux et étouffa son cri de surprise sous ses lèvres.

Elle avait un goût sucré, son haleine fraîche après le nettoyage. Ses lèvres s'accrochèrent aux siennes, répondant à son baiser, et ses doigts s'enfoncèrent dans les muscles de ses bras, ses ongles fragiles s'ancrant dans sa peau. Il pouvait sentir ses seins nus contre son torse, ses mamelons durs comme de la pierre, et ses testicules se tendirent alors que plus de sang déferlait dans son bas-ventre. Grognant, Zaron l'accula au mur de la cabine, sa main glissant sur son corps jusqu'à la douce ouverture tentante entre ses jambes.

Elle était déjà moite, prête pour lui, et Zaron sentit sa faim s'intensifier alors qu'elle tressautait contre ses doigts, un grognement sourd s'échappant de sa gorge. Pressant son pouce contre son clitoris, il inséra son majeur dans son canal moite et tendre, cherchant le point sensible.

— Oui, c'est ça, murmura-t-il, en levant la tête pour fixer ses traits rougis. Viens pour moi, mon ange…

Il pouvait sentir la douce zone spongieuse du bout de son doigt et, comme il le pressait doucement, son fourreau se contracta autour de lui, serrant son doigt avec une telle force que son sexe tressaillit.

Emily haletait maintenant, les pupilles dilatées alors qu'elle le fixait du regard et il accrut la pression sur ce point interne, son pouce continuant d'effleurer son clitoris. Elle laissa échapper un cri, son corps tressaillant contre lui et il sentit le début de son orgasme, ses parois internes ondulant contre son doigt en un mouvement sinueux.

Incapable d'attendre plus longtemps, Zaron retira son doigt et attrapa l'arrière de ses cuisses, la soulevant et lui ouvrant les jambes. Sans autre préliminaire, il aligna la tête de son sexe contre son ouverture et poussa.

Comme avant, la sensation était enivrante. Elle était incroyablement serrée autour de son membre, sa chair tendre le pressant, l'étreignant alors qu'il entrait plus profondément. Il pouvait sentir le parfum sucré de son désir, entendre le battement effréné de son cœur, et ses yeux se fixèrent sur son cou, attirés par le pouls qui palpitait sous sa peau pâle, presque translucide. Une ancienne faim animale monta en lui, un besoin prédateur qu'aucune manipulation génétique n'avait pu supprimer et il baissa lentement sa tête, effleurant des lèvres la délicate colonne de sa gorge. Elle gémit, cambrant le cou, et son besoin devint irrésistible. La retenant de sa main gauche, Zaron agrippa la chevelure d'Emily de sa main droite, la forçant à rester immobile. Puis, d'un seul mouvement, il glissa le rebord tranchant de ses dents sur sa peau et appuya sa bouche sur la coupure.

Du sang, chaud et cuivré, gicla contre sa langue, l'arôme riche et particulièrement jouissif. Emily cria de douleur, se tendant dans ses bras, puis il sentit l'effet droguant de sa salive entrer en action. Son corps se détendit contre lui, son sexe se contractant et palpitant autour de son membre et il sut qu'elle était submergée par la même vague de plaisir qui l'emportait. Une extase, puissante et effervescente, déferla sur les terminaisons nerveuses de Zaron, intensifiant chacun de ses sens jusqu'à ce qu'il se sente sur le point d'exploser sous l'effet de ces sensations. Tout était plus clair, plus chaud, plus intense, et il sentit toute pensée rationnelle disparaître alors que son corps prenait le contrôle, le goût du sang amplifiant son désir jusqu'à un point insoutenable.

Il ne sut jamais combien de temps il la prit contre le mur de la douche, ou à quel moment il eut la force de l'amener jusqu'au lit. Tout ce qu'il sut, c'est qu'ils vinrent encore et encore, dans un violent délire orgasmique sans fin.

Lorsqu'il n'eut plus qu'une Emily inconsciente dans les bras, Zaron trouva la force d'arrêter, son corps repu, mais en réclamant toujours davantage.

CHAPITRE 19

*R*eprenant tranquillement ses esprits, Emily prit conscience d'une panoplie déroutante de maux et de douleurs. Chaque muscle de son corps était endolori, comme si elle s'était adonnée à un entraînement important. Lorsqu'elle ouvrit les yeux et se tourna légèrement dans le lit, elle réalisa que son inconfort était plus profond, son sexe enflé et sensible d'avoir été trop labouré.

Elle était également nue sous le drap.

Le cœur battant, Emily passa frénétiquement au crible ses souvenirs, tentant de s'y retrouver. Elle se rappelait la sortie au lac, suivie de sa tentative ratée de fuite, une tentative qui s'était soldée par le sexe le plus incroyable de sa vie. Elle se souvenait aussi nettement de sa douche avec Zaron et de la manière dont il l'avait prise à nouveau, submergeant ses sens et lui dérobant sa volonté de résister avant qu'elle n'ait le temps de se reprendre de leur première rencontre.

Après cela, toutefois, les choses semblaient floues. Tout ce qu'elle se rappelait était un enchevêtrement de sensations inusitées et d'un plaisir si intense qu'il frôlait l'agonie.

Bordel. Elle avait couché avec un extraterrestre. Un extraterrestre qui la gardait prisonnière dans sa maison. Pouvant à peine imaginer les implications d'une telle chose, elle les écarta, se promettant d'y revenir plus tard.

Fronçant les sourcils, elle s'assit, jetant un œil alentour. Elle était à nouveau seule et il n'y avait pas trace de Zaron. Que s'était-il passé hier ? Pourquoi se sentait-elle ainsi ?

Sortant lentement du lit, Emily se rendit dans la salle de bain, retenant un gémissement à la douleur profonde entre ses cuisses. Elle ne s'était jamais sentie aussi endolorie, même après sa première fois. Baissant le regard, elle remarqua des marques et des ecchymoses légères sur sa peau. Le sexe était-il finalement différent avec un mâle de l'espèce de Zaron ? Un frisson la parcourut à cette pensée, alors même que son bas-ventre réagissait à ce souvenir.

Non, n'y pense pas maintenant. Se forçant à penser à autre chose, Emily satisfit à son besoin pressant et se lava les mains. Alors qu'elle était sur le point d'entrer dans la douche, elle entendit quelqu'un entrer dans la pièce.

Se tournant, elle fixa l'homme qui était devenu son amant. Elle se sentait étrangement consciente de sa nudité. Elle n'avait jamais été particulièrement timide avec ses compagnons, mais cette situation était différente. Ni Jason ni Tom ne l'avait jamais observée comme Zaron le faisait maintenant : avec un désir profondément possessif qui faisait palpiter son sexe. C'était un regard qui la rendait viscéralement consciente de son corps, de sa féminité.

— Tu es déjà réveillée, murmura-t-il, ses yeux brillant alors qu'il s'approchait d'elle. Vêtu d'un t-shirt bleu pâle et d'un jean bien ajusté qui serrait ses cuisses puissantes, il était comme toujours superbe, bouleversant ses sens par sa présence.

Elle avait réellement couché avec ce magnifique spécimen.

— Oui, je suis réveillée depuis un moment, réussit-elle à répondre, la voix légèrement rauque.

Se raclant la gorge, elle tenta de se concentrer sur autre chose.

— Quelle heure est-il ?

— Un peu plus de neuf heures, dit Zaron.

Il fronça légèrement les sourcils alors que son regard glissait sur son corps, s'attardant sur les marques de ses doigts sur ses cuisses. Le moment d'après, il était devant elle, ses mains agrippant ses bras, alors qu'il la tournait d'un côté et de l'autre, inspectant minutieusement chaque centimètre de peau.

— Hé !

Emily tenta de se dégager.

— Que fais-tu ?

Elle avait fait de son mieux pour prétendre que ce n'était qu'un lendemain matin normal afin d'éviter tout embarras, mais Zaron semblait déterminé à ruiner ses efforts.

Ignorant ses mouvements impuissants, il relâcha ses bras et s'accroupit devant elle, laissant glisser ses mains sur ses cuisses. Lorsqu'il se releva, la colère sur ses traits la fit presque tressaillir.

— Je t'ai blessée, dit-il, sa voix emplie de dégoût, et elle réalisa que sa colère était dirigée contre lui-même, et non elle. Bordel, Emily, je n'avais pas pensé que je te marquerais ainsi. Je savais que les humains sont fragiles, mais je ne croyais pas…

Il s'arrêta, sa poitrine se soulevant alors qu'il inspirait profondément. Lorsqu'il parla à nouveau, son ton était beaucoup plus doux.

— As-tu mal, mon ange ? demanda-t-il, ses yeux retenant les siens captifs.

Emily se sentit rougir.

— Je suis un peu endolorie, admit-elle avec réticence.

Elle ne voulait pas qu'il la considère comme un être fragile. Elle s'était toujours enorgueillie d'être forte et en forme ; même enfant, elle avait toujours aimé les sports et les activités physiques exigeantes, privilégiant les jeux de poursuite aux poupées. Elle n'était pas une demoiselle fragile qu'on devait traiter avec ménagement.

— Ce n'est rien, ajouta-t-elle en voyant l'expression sur les traits de Zaron. Rien qu'une douche chaude ne peut résoudre.

Ses lèvres se serrèrent, mais il ne répondit rien. Se détournant, il sortit de la pièce, se déplaçant si vite qu'Emily battit des cils d'étonnement.

Haussant les épaules à son comportement inexplicable, elle entra dans la douche.

Avant que l'eau ne puisse couler, Zaron réapparut, portant un petit objet argenté ressemblant à un tube.

— Ne bouge pas, je t'en prie, lui enjoignit-il en s'agenouillant devant elle.

Déconcertée, Emily le fixa alors qu'il laissait courir l'objet au-dessus de son corps, s'arrêtant aux zones visiblement meurtries. Une lumière rouge provenait du petit appareil, une lumière agréablement douce sur sa peau endolorie. À sa grande surprise, les marques s'effacèrent presque immédiatement, disparaissant sans laisser de trace.

— Waouh, souffla-t-elle.

Elle plia le genou droit et remua son pied. Ses courbatures s'étaient également évaporées.

— Zaron, est-ce toujours ainsi que fonctionne ta technologie de guérison ?

Il acquiesça, levant les yeux vers elle.

— Oui. Elle utilise des nanocytes, si tu connais ce concept.

— Des nanocytes ? Comme dans une nanotechnologie fonctionnelle ?

Emily s'était penchée sur ce sujet alors qu'elle recherchait une entreprise technologique en démarrage et, de ce qu'elle avait compris, les possibilités d'une telle technologie étaient quasiment illimitées. Les nanomachines étaient des robots incroyablement minuscules qui pouvaient être programmés de bien des façons… un processus qui n'était actuellement que théorie pour la science moderne.

— Attends un peu… ces nanocytes sont dans mon corps ?

— Oui, exactement.

Il semblait heureux qu'elle comprenne aussi rapidement.

— C'est ce qui a soigné tes blessures, expliqua-t-il.

Il déplaça l'objet vers son pubis. Avant qu'elle ne comprenne son intention, il plaça une main entre ses cuisses et éclaira directement son ouverture meurtrie. Une brève sensation de picotement précéda la disparition de sa sensibilité interne.

— Maintenant, tu peux te laver, dit Zaron avec satisfaction, en se relevant.

Penchant la tête, il effleura ses lèvres des siennes en un baiser rapide et possessif, puis se recula.

— En fait, tu devrais te laver avant que je ne me laisse à nouveau aller, dit-il d'une voix rauque.

Il quitta la pièce, le mur se refermant derrière lui.

Emily se laissa laver, ses pensées se bousculant dans toutes les directions. Elle était à la fois fascinée et horrifiée à l'idée que de minuscules machines extraterrestres se promenaient dans son corps. Était-ce ainsi qu'il l'avait soignée avant ? C'était sensé. Comme un chirurgien pouvait recoudre une plaie, une nanomachine pouvait théoriquement réparer des dommages au niveau cellulaire. Non, pas théoriquement, se corrigea-t-elle. C'était une réalité. Le fait qu'elle se sentait parfaitement normale en était la preuve.

Sortant de la douche, Emily laissa les jets d'air la sécher, avant de retourner vers la chambre pour s'habiller. Ce n'est qu'au moment où elle enfilait ses sandales qu'elle réalisa quelque chose.

Elle ne se rappelait toujours pas ce qui avait nécessité sa guérison en premier lieu. Ses souvenirs de la nuit dernière étaient aussi flous que si elle avait été droguée.

CHAPITRE 20

— Zaron… que s'est-il vraiment passé la nuit dernière ?

Grignotant une assiette de salade de fruits à la table de cuisine, Emily lui lança un regard curieux. Avec la robe jaune pâle qu'elle portait aujourd'hui, ses yeux étaient plus verts que bleus, rappelant à Zaron le *burit*, une mousse qui poussait sur sa planète natale.

Terminant son propre petit-déjeuner, il considéra sa question, se demandant comment y répondre. Bien qu'ignorant ce qu'impliquerait le protocole officiel après l'arrivée de son peuple, il pressentait que le Conseil ne serait pas enclin à révéler leurs tendances vampiriques immédiatement.

— Que veux-tu dire ? demanda-t-il, préférant feindre l'ignorance pour le moment.

Avec un lent sourire, il attrapa sa main, massant doucement l'intérieur de sa paume de son pouce.

— Tu sais ce qui s'est passé, mon ange. Ou bien aimerais-tu un rappel ?

Elle lécha une goutte de jus de fruits sur ses lèvres, le fixant du regard, et son corps se serra au souvenir du goût et de la sensation de ces lèvres.

— Je me rappelle le sexe, bien sûr, dit-elle en retirant sa main de la sienne. Mais je ne me rappelle pas le reste de la journée, après la douche, ou pourquoi j'étais aussi endolorie. M'as-tu donné quelque chose ? Comme une drogue ?

— Non, bien sûr que non, dit Zaron, amusé par cette idée.

Ce n'était pas une drogue qui avait rendu le souvenir de la veille aussi flou ; c'était une substance qui se retrouvait dans la salive des Krinars, une réminiscence du temps où son espèce chassait le *lonar*, un primate dont le sang leur fournissait des nutriments clés. Gardant une expression impassible, il lui demanda doucement :

— Ne te rappelles-tu pas tous les orgasmes que je t'ai donnés ?

Emily rougit, mais ne détourna pas le regard.

— Non, je ne m'en souviens pas. Veux-tu dire que nous avons passé toute la journée et la nuit au lit ?

Zaron acquiesça, réprimant un sourire devant son incrédulité.

— C'est pas mal ça, confirma-t-il. Tu t'es finalement assoupie vers trois heures ce matin.

— Trois heures du *matin* ?

Elle le regarda, bouche bée.

— Mais il n'était même pas midi lorsque nous sommes partis pour le lac !

— Je suppose que mon peuple a plus d'endurance lorsqu'il est question de sexe, dit Zaron, en observant sa réaction. Nous ne nous fatiguons pas aussi facilement que les humains.

La rougeur d'Emily s'intensifia.

— Si c'est vrai, alors je doute que nous soyons particulièrement compatibles, dit-elle sèchement. Tu serais mieux avec une Krinar.

— Mais je ne veux pas d'une Krinar.

Zaron prit à nouveau sa main et, capturant ses doigts, se pencha vers elle.

— C'est *toi* que je veux.

Et c'était vrai. Il ne voulait pas uniquement du sexe, il voulait Emily. La nuit dernière avait été l'une des plus incroyables expériences de sa vie, et il n'avait qu'une envie : la prendre à nouveau. Il pouvait voir qu'elle avait encore des réticences à son égard, mais il n'avait aucune intention de la laisser s'esquiver.

Elle était sienne pour encore quinze jours et il prévoyait passer une bonne partie de ce temps plongé au plus profond de son joli petit corps.

Emily fronça les sourcils, tentant de retirer sa main.

— Zaron, ce n'est pas parce que nous avons couché ensemble une fois… bon, plusieurs fois, concéda-t-elle en voyant son expression ironique, que ça en fait une affaire permanente. Tu me retiens ici contre mon gré, et même si ce n'était pas le cas, ce n'est tout simplement pas une bonne idée. Nous sommes trop différents. Autant que je sache, avec ton appétit, tu as probablement un harem de femmes qui t'attend chez toi…

— Non, l'interrompit Zaron, son cœur se serrant douloureusement.

Relâchant sa main, il s'appuya à sa chaise, envahi par une tristesse glaciale familière.

— Tu n'as rien à craindre à cet égard, je t'assure.

Il lâcha ses paroles avec une amertume involontaire et vit les yeux d'Emily s'écarquiller de surprise.

— Tu n'as personne qui attend ton retour ?

— Pas comme tu l'entends, répliqua Zaron, d'un ton plus calme. Mes parents et mes grands-parents se trouvent sur Krina, mais je n'ai pas de « petite amie ».

— Pourquoi ? demanda Emily, penchant la tête sur le côté.

Son regard parcourut avec perplexité ses traits.

— Tu ne peux pas avoir de difficulté à attirer les femmes. À moins que les goûts diffèrent sur ta planète ?

Zaron l'observa, une étrange tentation le rongeant.

— Non, répondit-il lentement. Ils ne diffèrent pas.

Même selon les standards Krinars, il était considéré comme un mâle attirant ; il en était conscient sans fausse modestie. Larita l'avait toujours taquiné, lui disant que ses parents l'avaient fait trop beau, et qu'il était plus séduisant qu'elle.

— Alors, pourquoi ? insista Emily, ses yeux brillant de curiosité. Tu m'as dit avoir six cents ans. Ne devrais-tu pas avoir une femme et des enfants ?

— J'avais une femme, dit brusquement Zaron, se laissant tenter. Elle est morte il y a huit ans.

Dès qu'il eut prononcé ces mots, il voulut les reprendre, mais il était trop tard. La curiosité sur les traits d'Emily s'évanouit, remplacée par le choc et ce qu'il détestait le plus : la pitié.

À son grand soulagement, elle ne se mit pas à débiter des platitudes. Elle demanda plutôt :

— Combien de temps avez-vous été ensemble ?

— Quarante-quatre années terrestres.

Seulement trois ans avant la Célébration des quarante-sept ans, l'événement formel qui aurait rendu leur union publique et permanente aux yeux de la société Krinar.

— Je vois, murmura Emily, l'étudiant. Je peux te demander ce qui s'est passé ?

— C'était un accident, dit Zaron, les traits tordus. Un stupide accident. Larita était ce que vous appelez une astronaute, une exploratrice de la géologie de l'espace. Lors de sa mort, elle travaillait sur un projet de routine dans un système solaire avoisinant, prélevant des échantillons d'un lac de méthane sur une planète qui ressemble à la lune de Saturne, Titan, jusqu'au manque d'oxygène dans l'atmosphère.

Il s'interrompit, tentant de ravaler l'immense nœud qui s'était formé dans sa gorge.

— Il y eut une éruption volcanique inattendue dans une zone environnante et le réservoir d'oxygène de Larita fut endommagé par les débris. Tout aurait bien été, mais une partie de l'oxygène s'est échappée, se combinant au méthane dans l'atmosphère.

Il pouvait voir toute trace de couleur déserter les joues d'Emily alors qu'elle comprenait où il voulait en venir.

— Oui, dit-il platement. Tu devines probablement ce qui a suivi. Le méthane est extrêmement inflammable en présence d'oxygène et, avec le volcan déversant son magma brûlant, le lac autour d'elle est devenu un enfer incandescent. Ni elle ni ses deux collègues n'ont survécu.

Il s'interrompit alors, incapable d'en dire plus alors qu'il revivait l'horreur d'apprendre que la femme qu'il aimait plus que tout n'était plus, son corps incinéré dans un brasier sur une planète lointaine. Il n'avait pas cru la nouvelle au premier abord, avait tenté de nier la vérité aussi longtemps que possible. Ce n'est que lorsque les vestiges de la combinaison de Larita avaient été récupérés qu'il avait accepté les faits : que sa compagne ne reviendrait jamais de son expédition de routine.

Une douce pression sur sa main le sortit de ses souvenirs sombres. Baissant les yeux, Zaron fut surpris de voir les doigts élancés d'Emily enroulés autour de sa paume. Elle avait agrippé sa main de sa propre initiative, dans un geste de soutien muet. Levant les yeux vers elle, il vit que ses yeux brillaient de larmes contenues.

— Je suis désolée, murmura-t-elle douloureusement, et quelque chose dans son expression de sympathie sincère le toucha, chassant quelque peu la sensation lourde et glaciale dans le creux de son estomac. Je suis réellement désolée, Zaron. Je ne peux imaginer la douleur de perdre quelqu'un que tu as aimé pendant si longtemps.

Il inspira profondément, se laissant apaiser par sa douce voix et la sensation de sa main délicate serrant sa paume. Il ignorait pourquoi il s'était confié à cette humaine. Ce n'était pas du tout son genre. Zaron ne parlait jamais de lui-même de la mort de Larita ; même après huit ans, les souvenirs étaient encore trop frais, trop douloureux, et il n'était pas du genre à imposer ses problèmes aux autres. Et pourtant, il avait voulu en parler à Emily, voir si elle le comprendrait.

Elle le regardait toujours, comme si elle débattait quelque chose. Puis, semblant prendre une décision, elle prit la parole.

— Mes parents sont décédés lorsque j'avais quatre ans, dit-elle doucement, et Zaron se figea, un frisson le parcourant. Un accident de voiture. Il dépassait un camion lent sur l'autoroute, roulant près de cent trente kilomètres à l'heure, lorsqu'un de leurs pneus a éclaté. Le véhicule a fait plusieurs tonneaux avant de s'arrêter sur le bord de la route. Mon père est mort sur le coup, ma mère, quelques heures plus tard à l'hôpital.

Ses doigts se resserrèrent convulsivement sur sa paume alors qu'elle ajoutait d'une voix rauque :

— J'étais à la maison avec la baby-sitter. Mes parents roulaient aussi vite pour moi, parce que leur film avait été plus long qu'ils ne le pensaient.

— Emily…

Zaron ne savait que dire. Sur bien des points, la perte d'Emily était infiniment plus grande. Il était adulte et, malgré tout son amour pour Larita, n'avait pas dépendu d'elle comme un enfant dépend de ses parents.

— Je suis tellement désolé, dit-il finalement, son cœur se serrant pour la jeune humaine. Qui a pris soin de toi après ? Était-ce ces familles d'accueil dont tu me parlais ?

Elle acquiesça.

— Oui. Et ma tante Wendy, je suppose… la sœur de mon père. Elle m'a recueillie après la mort de mes parents. Mes parents n'avaient pas beaucoup de famille, alors elle était la seule parente que j'avais. J'ai vécu avec elle dix-huit mois avant qu'elle ne réalise qu'elle ne pouvait pas s'occuper d'une enfant traumatisée. Elle m'a alors placée dans le système d'accueil.

— Elle a laissé des étrangers s'occuper de toi ?

Zaron sentit la colère monter en lui alors qu'il se rappelait qu'Emily avait mentionné qu'il n'y avait pas assez de nourriture dans l'une de ces familles d'accueil. Comment sa tante avait-elle pu ? Quel monstre délaissait sa propre chair ? Les orphelins sur Krina étaient extrêmement rares aujourd'hui, mais si un tel malheur frappait un enfant, tout parent, même éloigné, accepterait avec joie la responsabilité de cet enfant ; tout autre scénario était inconcevable.

Un léger sourire apparut sur les lèvres d'Emily.

— Oui. Ce n'était pas si mal, en fait. C'était mieux ainsi. Tante Wendy n'était pas… bonne avec les enfants. Ce fut un soulagement de partir.

Le sang de Zaron se figea.

— T'a-t-elle fait du mal ?

Il se pencha vers elle, couvrant son poignet de son autre main. Il avait vu de telles histoires dans les médias humains et l'idée qu'Emily ait pu être agressée…

— T'a-t-elle fait quelque chose ?

— Non.

Emily secoua la tête.

— Rien de ce que tu imagines. Elle me punissait parfois en m'enfermant dans ma chambre, mais elle n'a jamais rien fait de plus. Ni qui que ce soit dans les familles d'accueil où j'étais. J'ai été très chanceuse. Certains de mes parents d'accueil étaient indifférents, mais ils étaient généralement de bonnes personnes qui voulaient vraiment aider… et qui avaient besoin de l'argent que le gouvernement donnait pour notre subsistance.

— Attends un peu, dit lentement Zaron, s'attardant sur son commentaire. Ta tante t'enfermait dans ta chambre ? Est-ce pour cela que tu n'aimes pas être à l'intérieur ?

Emily se mordit la lèvre, semblant tout à coup mal à l'aise.

— Oui, probablement.

Elle retira sa main de sa poigne et il se sentit étrangement vide sans son contact.

— Ce n'est pas si grave. Comme je te l'ai dit, j'ai seulement besoin de sortir régulièrement.

Ne le quittant pas des yeux, elle ajouta à voix basse :

— La captivité n'est pas mon fort, mais je ne connais pas beaucoup de gens pour qui c'est le cas.

Zaron sentit une vague gênante de remords, suivie par une flambée irrationnelle de colère. Lentement, il se leva, ses mains agrippant le rebord de la table.

— Je t'ai déjà expliqué pourquoi je dois te garder ici un moment, dit-il, prononçant soigneusement chaque mot. C'est toi qui insistes à en faire une épreuve. Tout ce que tu dois faire, c'est resté ici pendant quinze jours. Pourquoi est-ce si difficile pour toi ?

Elle se leva à son tour, plissant les yeux.

— Parce que j'ai une vie qui m'attend.

Son ton était aussi tranchant que le sien.

— Parce que je ne peux pas rester ici, à coucher avec toi jour et nuit, alors que la carrière pour laquelle j'ai tant travaillé se fait saccager. Je ne suis pas un animal que tu peux sauver, puis garder comme compagnon, Zaron. Je suis un être humain, et ta prétendue peur de toute divulgation n'est rien de plus qu'une excuse pour me priver de ma liberté. Tu sais autant que moi que je pourrais parcourir Times Squares en hurlant à l'invasion et personne ne me croirait…

— Que tu sois crue ou non n'est pas le point, interrompit Zaron, en faisant le tour de la table.

Avec ses yeux brillant de fureur, Emily était si adorable qu'il sentait sa propre colère s'évanouir, chassée par une poussée familière de désir. Il y avait du vrai dans ses paroles, mais il refusait de s'y attarder pour l'instant. S'arrêtant face à elle, il prit son visage entre ses grandes mains et plongea les yeux dans son regard agité.

— Je ne risquerai pas de briser le mandat à ce stade. Pas même pour toi, mon ange.

Les mains élancées d'Emily se soulevèrent et ses doigts s'enroulèrent autour de ses poignets.

— Zaron, je t'en prie, murmura-t-elle, et il put l'entendre haleter alors qu'il pressait son érection contre son ventre. Ce n'est pas une bonne idée…

— Au contraire…

Il baissa la tête, ses lèvres à quelques centimètres des siennes.

— Je crois que c'est une excellente idée.

Penchant son visage, il l'embrassa, se délectant de la manière dont ses douces lèvres s'accrochaient aux siennes. C'était comme si elle ne pouvait pas plus se rassasier de lui. Parler de Larita et découvrir le passé d'Emily avait laissé Zaron déstabilisé, étrangement vulnérable et avide de quelque chose qu'il ne pouvait définir, pas même en son for intérieur. Un moment, il fut tenté de la posséder à nouveau, mais il se retint. Même s'il ne souhaitait rien plus que de passer la journée au lit avec Emily, il avait du travail… et il devait tenir compte que son invitée était, en effet, humaine.

Relevant la tête, Zaron abaissa avec réticence ses mains et recula d'un pas, ignorant les exhortations de son membre palpitant.

— Je dois m'occuper de certaines choses, dit-il d'une voix rauque, fixant ses traits rougis. Mais je serai de retour dans quelques heures et nous pourrons aller marcher, promis. Tout ira bien si je te laisse seule un moment ?

— Euh, oui, bien sûr.

Emily cligna des yeux, l'éclat de désir s'estompant lentement de ses joues.

— Tout ira bien.

— Bien, murmura Zaron. Alors je te rejoindrai bientôt.

Avant d'être à nouveau tenté, il sortit de la pièce, prêt pour une autre réunion virtuelle dans son bureau. Il y avait beaucoup à faire dans les prochains jours.

Les premiers vaisseaux arriveraient bientôt et Zaron devait s'assurer que tout était prêt.

CHAPITRE 21

*A*près le départ de Zaron, Emily retourna dans sa chambre. Par chance, l'ouverture des murs entre les pièces fonctionnait maintenant pour elle, s'ouvrant et se refermant à son approche. Zaron avait probablement ajusté les paramètres des parois à un moment, lui laissant plus d'espace pour flâner dans la maison. Les murs extérieurs ne bougeaient pas, évidemment, mais elle ne s'y attendait pas non plus. Qu'elle le veuille ou non, elle était coincée ici pour les deux prochaines semaines… avec un séduisant extraterrestre insatiable qui s'attendait à ce qu'elle occupe son lit pendant ce temps.

Soupirant, Emily s'assit sur le lit. Elle ne pouvait pas prétendre, pas même à elle-même, qu'elle était autre chose que consentante. Elle n'avait jamais connu une telle expérience, jamais même rêvé qu'une telle extase soit possible. Avec Jason, elle avait eu du plaisir au lit, mais jamais plus qu'une légère jouissance. Au moins, son ex savait la faire jouir. Avec Tom, son petit ami du lycée, elle n'avait jamais atteint l'orgasme, leurs rencontres allant de terriblement gênantes à quelque peu plaisantes. Mais avec Zaron, ça avait été une expérience comme aucune autre, du moins de ce qu'elle pouvait se rappeler.

Pourquoi la nuit dernière était-elle si floue ? Cette pensée dérangeait Emily plus qu'un peu. Zaron avait dévié sa question ce matin et elle réalisait maintenant qu'elle n'en savait toujours pas plus. Avait-il pu manipuler son esprit ? Peut-être grâce aux nanocytes qu'il avait utilisés pour la soigner.

L'idée était si terrifiante qu'elle sentit des sueurs froides s'emparer de son corps. Zaron pouvait-il faire une telle chose ? Et, plus important, le *ferait*-il ? Il n'avait manifestement aucun problème à la garder prisonnière pendant plus de deux semaines, mais lui voler sa liberté de pensée était bien différent. Cela impliquait un mépris total à son égard et Emily ne voulait pas croire cela possible. Bon, il pouvait être incroyablement dominateur, faisant fi de ses objections à leur liaison, mais il ne la traitait pas comme si elle était moins qu'humaine. Au contraire, elle avait eu l'impression qu'il ne parlait pas souvent de la mort de sa femme, et pourtant il s'était ouvert à Emily, lui confiant un sujet qui le faisait de toute évidence souffrir.

Quarante-quatre ans. Il avait été quarante-quatre ans avec sa femme. La longévité incroyable des Krinars était toujours aussi étonnante pour Emily. Les seuls humains qu'elle connaissait qui avaient été aussi longtemps avec leurs douces moitiés étaient dans la soixantaine bien avancée… et Zaron était sans conteste un homme dans la fleur de l'âge. Si elle l'avait croisé dans la rue, elle l'aurait cru à la fin de la vingtaine, n'imaginant jamais qu'il était assez âgé pour avoir vu la Renaissance.

Elle n'aurait pas plus pensé qu'il avait vécu une telle tragédie. Le cœur d'Emily se serra à la pensée de ce qu'il avait enduré, de perdre sa campagne de plus de quarante ans. Était-ce la raison de son attirance ? Parce qu'elle sentait qu'il était comme elle à ce niveau : un survivant, quelqu'un qui savait ce qu'étaient la souffrance et la perte ? Qu'elle se soit sentie aussi à l'aise avec Zaron pour lui parler de ses parents semblait appuyer ce fait. Elle abordait rarement le sujet avec quelqu'un qui était déjà un bon ami, et pourtant cela lui avait semblé la chose la plus naturelle de se confier à Zaron. Étrangement, elle se sentait plus proche de lui après trois jours que de Jason après trois ans.

S'il était humain, ce serait si facile de l'aimer.

Cette pensée lui tomba dessus, la frappant par sa netteté. Se levant, elle se mit à faire les cent pas, un désespoir sans borne s'emparant d'elle. Même si elle voulait le nier, elle savait qu'elle venait de frapper le nœud du problème. C'est pourquoi elle avait voulu résister à cette attirance, et qu'elle s'était sentie troublée de l'effet que Zaron avait sur ses sens.

Ça n'avait rien à voir avec la sagesse ou la prudence.

Elle était simplement terrifiée.

Terrifiée à l'idée de tomber amoureuse d'un homme avec lequel elle n'avait aucun futur possible… un homme qui la laisserait en miettes si elle le lui permettait.

L'attirance qu'elle ressentait pour Zaron était plus que sexuelle. Elle n'en doutait plus. Tout à son sujet l'intriguait et ce n'était pas seulement le fait qu'il venait d'un autre univers et qu'il pouvait lui dévoiler des choses que les humains ignoraient. Non, aussi fascinante que soit son espèce, le savoir qu'elle recherchait était à la fois plus simple et plus complexe. Elle voulait découvrir ses pensées et ses sentiments les plus profonds, plonger dans ses souvenirs. Elle voulait le voir sourire et rire, effacer les ombres qu'elle avait aperçues aujourd'hui. Et même si elle lui en voulait de la garder prisonnière, elle ne pouvait pas réellement le haïr, pas alors qu'il lui avait sauvé la vie.

Elle était déjà en train de tomber sous son charme et il restait encore quinze jours au compteur.

Non. Emily s'assit à nouveau sur le lit. C'était insensé. Elle ne pouvait pas, ne s'attacherait pas à Zaron. C'était le meilleur moyen d'être blessée. Elle devait planifier sa fuite, et elle devait le faire dès maintenant.

Selon ses calculs, il était déjà samedi, elle avait donc manqué son vol matinal. Plus tard ce soir, Amber se rendrait chez Emily pour lui rendre son chat et discuter, et elle s'inquiéterait de ne pas pouvoir joindre Emily. Et l'entrevue avec Evers Capital, l'entrevue qui pouvait influencer le cours entier de sa carrière, était ce jeudi.

Frustrée, Emily prit son portable endommagé sur la planche flottante près de son lit. Elle l'y avait mis après que Zaron le lui ait redonné, même si elle ignorait pourquoi elle l'avait gardé. L'appareil était complètement mort après son plongeon dans la rivière. Retirant le boîtier protecteur encore humide, Emily secoua le portable, puis tenta de l'allumer. Comme elle s'y attendait, l'écran resta noir.

Déposant le portable, Emily recommença à faire les cent pas, trop énervée pour rester immobile. D'une façon ou d'une autre, elle devait trouver un moyen de partir avant la fin des quinze jours.

Sa carrière et sa tranquillité d'esprit en dépendaient.

CHAPITRE 22

$\mathcal{L}$orsque la majorité des points logistiques furent résolus, Zaron donna congé à son équipe pour la journée. Une seule personne, Ellet, resta dans la pièce virtuelle à sa demande. Biologiste comme lui, elle s'était spécialisée dans les *Homo sapiens* dans les dernières décennies et était vue comme une étoile montante dans la communauté scientifique Krinar. Zaron la considérait également comme une amie, même s'il ne la connaissait que depuis douze ans.

Lorsqu'ils furent enfin seuls dans la pièce, Ellet s'approcha et s'assit sur la planche aux côtés de Zaron, croisant ses longues jambes dans un geste inconsciemment sensuel. Beauté classique, elle côtoyait, selon la rumeur, le conseiller Korum depuis quelques mois. Certains des détracteurs d'Ellet avaient même insinué que Korum était la raison pour laquelle elle se trouvait dans l'équipe de préparation des colonies… une position très convoitée parmi les experts en biologie humaine. Zaron ignorait si c'était le cas, mais il n'en avait cure. Malgré toute son ambition, Ellet était l'une des personnes les plus aimables qu'il connaissait et il avait un profond respect pour elle.

— Comment va la vie ? demanda-t-elle, l'observant de ses grands yeux noisette. Préfères-tu la jungle aux villes ?

— Oui, vraiment, dit Zaron, en souriant.

Ellet lui avait conseillé de bâtir sa demeure près de la future colonie et il était reconnaissant de sa suggestion. Même avant l'arrivée d'Emily, il avait trouvé une certaine paix dans la forêt, ses sens se remettant des bruits et des foules écrasants des villes humaines.

— Et toi ? Tu aimes toujours Rio de Janeiro ?

— Oui.

Elle sourit, montrant ses dents blanches.

— Il fait chaud et je suis bien intégrée. Chaque fois que je suis en public, les humains me demandent si je suis parente avec Gisele. Elle est apparemment un mannequin local.

Zaron rit.

— Tant mieux. Tu sembles avoir trouvé ton créneau.

— Oui, pour l'instant. Mais j'ai hâte que les centres soient construits. Je ne crois pas que je m'habituerai un jour à la technologie humaine. Imagine, devoir mettre manuellement les vêtements dans le lave-linge.

Elle frémit dramatiquement.

— Mon appartement est si primitif que je pourrais tout aussi bien vivre dans une caverne. J'aimerais pouvoir bâtir une maison ici, comme toi, mais c'est trop risqué dans une grande ville… trop d'humains, trop de risques d'exposition…

— Oui, évidemment, dit Zaron lentement, se demandant comment aborder le sujet. Parlant d'exposition, j'ai fait quelque chose de quelque peu… inhabituel.

Ellet haussa ses sourcils foncés.

— Quoi ?

— J'ai un humain chez moi.

Elle cligna des yeux.

— Un humain ? Pourquoi ? Tu ne les étudies pas habituellement, n'est-ce pas ?

— Non.

Zaron se concentrait normalement sur d'autres espèces animales ou végétales.

— Elle n'est pas là pour une étude. Elle était en train de mourir et je voulais la sauver.

— Elle ? demanda Ellet doucement. Est-il question d'une jeune femme ? Peut-être une jolie jeune femme ?

— Peut-être, admit Zaron, un sourire au coin des lèvres.

Emily était plus que jolie, mais sa collègue n'avait pas besoin de le savoir.

— Je crois que je comprends, dit Ellet, les yeux brillant d'amusement.

Si elle était surprise de sa confession, elle le cachait bien.

— Je présume que tu as pu la sauver. Qu'as-tu l'intention de faire avec elle ? Sait-elle qui tu es ?

Zaron acquiesça.

— Oui. Je la garde auprès de moi pour les deux prochaines semaines, jusqu'à notre déclaration publique.

— Je vois.

Ellet l'observa avec curiosité.

— As-tu déjà goûté à son sang ?

— Oui, une fois.

À ce souvenir, il sentit sa peau s'embraser.

— Et j'aimerais y goûter à nouveau. Ellet, je me demandais…

— Tu veux en savoir plus sur l'accoutumance au sang, dit-elle, son expression se faisant grave. C'est pour cette raison que tu m'en parles, n'est-ce pas ? Je suppose que tu as fait tes propres recherches ?

— Oui, et il n'y a pas beaucoup de données à ce sujet.

Zaron passa les doigts dans sa chevelure. En tant que scientifique, il détestait ne pas avoir tous les faits.

— Je sais qu'il n'est pas conseillé de prendre du sang d'un même humain trop fréquemment, mais la majorité de l'information sur le réseau semble anecdotique, tout au plus. T'es-tu penchée sur ce sujet ? Quelles sont les réelles limites ?

— Eh bien, dit-elle lentement. Je m'y suis arrêtée quelque peu. Comme tu le dis, la plupart des données sont anecdotiques, et nous ne faisons que commencer les simulations, alors il n'existe aucune réponse formelle. Ce que je sais c'est que les humains deviennent accoutumés à l'expérience en général, alors que nous devenons accoutumés au sang d'un humain précis. Je serais prudente si j'étais toi. Laisse passer au moins deux jours entre chaque séance, peut-être plus. Avec les humains, il y a tant de variabilité…

tu ne veux pas devenir accoutumé, crois-moi, et tu ne veux pas qu'elle le devienne non plus.

— Oui, évidemment.

Zaron était au fait de ce phénomène depuis un moment, et il avait pris soin d'éviter de prendre du sang d'une même humaine plus d'une fois. Ce n'était pas difficile ; il ne manquait pas de partenaires sexuelles consentantes dans les grandes villes. Lorsqu'il était à Los Angeles et à Miami, il avait goûté à une femme différente chaque nuit, les rencontrant dans les bars et les clubs. Pourtant, la pensée d'être avec une autre femme qu'Emily le rendait malade aujourd'hui.

— Je ferai attention.

— Bien, dit Ellet, en se levant. Si tu as besoin de quoi que ce soit, n'hésite pas à communiquer avec moi. Je serai au Costa Rica à un moment dans les deux prochaines semaines, alors nous pourrions nous rencontrer.

— Ce serait parfait.

Zaron se leva.

— Tu es la bienvenue ici et tu pourras profiter des conforts de notre technologie.

— Merci.

Ellet lui sourit.

— Je te prendrai peut-être bien au mot. Et tu pourras même me présenter à cette humaine. Elle semble unique.

— Elle l'est, dit Zaron, en lui rendant son sourire. Je suis convaincu qu'elle aimera faire ta connaissance.

Il quitta alors l'environnement virtuel, la réalité se distordant devant ses yeux.

Lorsque sa vision se précisa, il se trouvait dans son bureau, le plus gros de son travail pour la journée terminé.

CHAPITRE 23

$\mathcal{L}$orsque Zaron revint, Emily était prête à grimper aux murs. Sa claustrophobie était de retour en force, sa gorge serrée alors qu'elle tournait en rond dans sa chambre. Hormis son inquiétude pour son entrevue, ce qui l'ennuyait le plus était le flou de ses souvenirs. Les heures manquantes n'étaient pas entièrement vides, elle avait une vague impression de sensations intensément agréables, et cela la préoccupait encore plus.

C'était comme si elle avait été ivre ou droguée.

— Que s'est-il passé hier ? demanda-t-elle, dès que Zaron entra dans sa chambre.

Son ton était par trop tranchant, mais elle n'en avait cure. Elle devait avoir une réponse avant de devenir complètement folle.

— Que m'as-tu fait pour que j'oublie tout ?

— Emily…

Le regard sombre de son geôlier était impénétrable alors qu'il s'arrêtait à ses côtés.

— N'y songe pas, mon ange. Je ne peux rien te dire sans enfreindre le mandat.

Son cœur fit une embardée.

— Alors, tu as fait quelque chose ?

— Ce n'est pas ce que tu crois.

Il agrippa ses épaules, l'empêchant de reculer.

— Ce qui s'est passé était une conséquence naturelle de notre liaison et tu n'as pas à t'en faire. Tu n'as pas été blessée.

Le cœur d'Emily battait à ses tempes. Sa robe était sans manche et les paumes de Zaron étaient fortes et chaudes contre sa peau nue, aussi chaudes que les sensations vagues qui lui restaient de la veille.

— Pas blessée ? dit-elle d'un ton caustique, la réaction incontrôlable de son corps ne faisant qu'ajouter à son anxiété. Brouiller mon esprit au point que j'en perde une journée et demie ne constitue pas un tort selon toi ?

Zaron renifla.

— Tu as eu autant de plaisir que moi.

— Vraiment ? Comment puis-je en être sûre alors que je ne m'en souviens pas ?

— Tu peux me faire confiance, dit-il, les yeux plissés. Ou je peux te le prouver, et cette fois-ci tu te souviendras de tout.

— Non.

Emily se dégagea de sa poigne et recula d'un pas. Sa respiration était rapide et superficielle, sa claustrophobie s'intensifiant à chaque instant. Elle devait sortir de ces murs avant de perdre le peu de raison qui lui restait.

— Je t'en prie. Tu as dit que tu m'emmènerais à l'extérieur.

Son regard se fit compréhensif.

— Oui, bien sûr. Viens, allons marcher.

Enserrant son poignet de ses doigts, il la mena à l'extérieur par une paroi qui disparut, une technologie qui n'étonnait plus Emily. En fait, en ce moment, un vaisseau spatial aurait pu se matérialiser devant elle et elle n'aurait pas sourcillé.

Tout ce qui lui importait était de sortir.

Dès qu'Emily sentit la douce brise sur sa peau, l'étau enserrant sa gorge commença à se relâcher. Inspirant profondément l'air frais, elle ferma les yeux et pencha la tête vers l'arrière, laissant le soleil baigner son visage. Avec Zaron agrippant son bras, elle n'était pas plus libre ici qu'à l'intérieur de sa caverne, mais cela semblait différent.

Elle se sentait différente.

— Ça va mieux ? lui demanda Zaron lorsqu'elle ouvrit les yeux, et Emily acquiesça.

La sensation de suffocation avait disparu et, avec elle, une partie de sa colère et de sa peur. Elle pouvait également penser plus clairement. Si Zaron n'avait pas menti et que sa perte de mémoire était le résultat « naturel » de leur liaison, alors elle ne voyait qu'une solution au problème.

Ils ne pouvaient pas recommencer.

Zaron ne l'apprécierait pas, mais il devrait l'accepter… du moins jusqu'à ce qu'elle trouve un moyen de retourner chez elle.

Après quelques minutes de marche, la pâleur frappante d'Emily s'atténua, son expression hantée disparaissant. Si Zaron avait voulu une autre confirmation qu'elle ne simulait pas sa claustrophobie, il venait de l'avoir.

Sa captive/invitée ne pouvait réellement pas tolérer de rester à l'intérieur trop longtemps.

— As-tu déjà consulté un médecin à ce propos ? demanda Zaron, lorsqu'ils atteignirent une clairière ensoleillée.

À leur approche, un couple d'*Ateles geoffroyi*, des singes-araignées du Costa Rica, quitta un tronc tombé et s'élança vers les arbres. Emily sursauta, surprise, puis un large sourire apparut sur ses traits et elle courut jusqu'aux arbres pour observer les singes sauter d'une branche à l'autre. Zaron la suivit, souriant devant sa joie évidente.

— J'adore le Costa Rica, dit-elle, en se tournant vers lui lorsque les singes eurent disparu. La nature ici est absolument fascinante.

— Elle l'est, n'est-ce pas.

Zaron se sentit étrangement heureux qu'elle partage certains de ses intérêts.

— La Terre abrite des créatures réellement incroyables.

— Es-tu ici pour cette raison ? demanda Emily. Parce que tu t'intéresses à la faune terrestre ?

Son sourire s'évanouit.

— En partie, oui.

Il ne voulait pas penser à la raison principale de sa venue sur Terre, mais c'était trop tard. Des images de Larita, lorsqu'il l'avait vue pour la dernière fois, se glissèrent dans son esprit, amenant avec eux le chagrin tranchant. Ils s'étaient disputés la veille de son départ pour quelque chose de stupide, comme leur destination de vacances de l'année suivante, mais le matin du départ de Larita, ils s'étaient réconciliés. Mais, pressés par le temps, ils avaient dû se contenter d'une étreinte rapide. C'était l'un des plus grands regrets de Zaron : qu'il ne s'était pas réveillé plus tôt ce matin-là pour étreindre plus longtemps sa compagne, qu'il n'avait pas tenté d'enregistrer chaque détail dans sa mémoire. Huit années seulement s'étaient écoulées depuis la mort de Larita, et pourtant, il était parfois incapable de se rappeler la teinte exacte de ses yeux noisette ou l'arôme précis de ses lèvres. Avec chaque jour qui passait, sa compagne s'éloignait un peu plus de lui et il souffrait, même alors qu'il tentait de fuir les souvenirs, de s'éloigner de tout ce qui lui rappelait sa perte.

— Oh, je vois, dit doucement Emily, et il réalisa qu'elle comprenait.

Son regard turquoise exprimait de la sympathie et une certaine chaleur. Peut-être parce qu'elle avait elle aussi perdu des êtres chers, il acceptait son réconfort. Il connaissait très peu de Krinars qui avaient vécu une réelle tragédie. Les maladies n'existaient pas dans sa société, la vieillesse non plus. Aucune mort en dehors des épreuves de l'Arène et des accidents insolites comme celui qui avait frappé Larita. Pour ses amis, sa famille et ses collègues, la douleur de Zaron était inconnue et ils n'avaient pas su comment réagir, comment l'approcher après la mort de Larita.

Mais cette humaine comprenait. Elle comprenait et elle compatissait. Avec elle, Zaron ne se sentait plus aussi seul.

— Il y a des chutes près d'ici, dit-il. Aimerais-tu les voir ?

Emily sourit.

— Oui, j'aimerais beaucoup.

Ils se dirigèrent vers les chutes sans un mot, et il y avait quelque chose de réconfortant là aussi. Au cours des ans, Larita et lui étaient devenus assez à l'aise pour seulement *être* ensemble, profitant de la compagnie de l'autre sans avoir besoin de combler le silence. Il était étrange qu'il se sente aussi à l'aise avec Emily après seulement quelques jours en sa compagnie, mais c'était le cas. Quelque chose en lui semblait à la fois se calmer et s'animer en sa présence, comme s'il s'éveillait d'un rêve tendu et désagréable.

— Alors, as-tu déjà consulté quelqu'un au sujet de ta condition ? demanda-t-il à nouveau, se rappelant à quel point *elle* avait été tendue plus tôt. Peut-être l'un de vos spécialistes de l'esprit ?

— Un spécialiste de l'esprit ?

Elle lui lança un regard perplexe.

— Oh, tu veux dire un thérapeute. Non, pas vraiment. Je le maîtrise bien la plupart du temps, du moins lorsque je peux décider lorsque je sors.

Elle lui jeta un regard pointu.

C'était une tentative flagrante de le faire sentir coupable, et elle réussit. Zaron n'aimait pas l'idée d'être la cause du malaise d'Emily, que ce soit physique ou mental. Ce matin, lorsqu'il avait aperçu les ecchymoses qu'avaient laissées ses doigts sur sa peau pâle, il s'était senti comme le pire des monstres. Il avait déjà couché avec d'autres femmes humaines, mais il ne s'était jamais laissé aller au point de perdre complètement le contrôle. Emily était délicate comparée à lui, si fragile, et il l'avait blessée. Et maintenant, il semblait qu'en la gardant captive, il la blessait à nouveau, différemment.

Quinze jours, se dit-il, en repoussant sa culpabilité. Il s'assurerait qu'elle sorte régulièrement à l'extérieur, pour éviter toute crise, et il ferait de son mieux pour être doux avec elle. Il pouvait maintenant s'avouer qu'Emily avait raison : le mandat n'était qu'une excuse pour la garder un peu plus longtemps. Ni les Anciens ni le Conseil ne s'inquiéteraient que les humains apprennent l'existence des Krinars quelques jours plus tôt… pas qu'aucun journal humain réputé ne publierait l'histoire d'Emily sans preuve.

Zaron la gardait captive parce qu'il la voulait, et pour aucune autre raison. C'était mal de sa part, et égoïste, mais il n'en avait cure. Pour la première fois depuis des années, il ressentait une réelle connexion avec quelqu'un et il ne pouvait supporter de laisser passer cette occasion.

Pas maintenant, du moins.

Étirant le bras, Zaron prit la main d'Emily, ignorant le regard perplexe qu'elle lui jeta. Ses doigts étaient petits et élancés dans sa main ; sa peau douce et chaude. Bien que rigide au début, Emily se détendit alors qu'ils continuaient d'avancer, et ses doigts s'enroulèrent autour de sa paume. Ce n'était pas grand-chose, mais c'était suffisant. C'était ce dont il avait besoin en ce moment : une confirmation qu'elle ne le détestait pas, que l'étrange lien entre eux n'était pas unilatéral.

Très vite, ils atteignirent les chutes. C'était un autre ruisseau de montagne qui était devenu une rivière après les pluies récentes. À cet endroit précis, le sol tombait brusquement, formant une falaise, et là où le soleil pénétrait la voûte dense des arbres, Zaron pouvait voir la lumière réfractée en un superbe phénomène connu comme un arc-en-ciel.

— C'est magnifique, souffla Emily, dès que la chute fut en vue.

Retirant sa main de sa poigne, elle courut jusqu'au bord de la rivière et tourna sur elle-même, riant alors que des gouttelettes d'eau tombaient sur sa tête et ses épaules. Les petites mèches blondes autour de son visage bouclèrent sous l'effet de l'humidité, créant un genre de halo. Dans la robe claire qu'elle portait, elle avait un air impossiblement angélique… et si sexy que le corps de Zaron se durcit en un instant.

Comblant la distance entre eux en quelques enjambées, il l'attira contre son corps excité et pencha la tête, étouffant son cri de surprise sous ses lèvres. Elle avait un goût chaud et sucré, ses lèvres s'ouvrant sous la pression de son baiser et il glissa sa langue dans sa bouche, voulant encore plus de sa saveur unique. Ses mains glissèrent dans son dos et agrippèrent ses fesses, l'attirant plus près encore, et il sentit les pointes de ses seins se durcirent contre son torse alors que son corps se détendait et fondait contre lui.

Puis, brusquement, elle se débattit contre lui. Son corps se raidit, ses mains repoussant ses épaules alors qu'elle tentait de s'éloigner.

— Arrête, je t'en prie, lâcha-t-elle, et Zaron la relâcha immédiatement, craignant de l'avoir encore blessée.

Le besoin de la posséder était écrasant, mais il était déterminé à tenir la promesse qu'il s'était faite.

— Qu'y a-t-il ? demanda-t-il, se forçant à reculer d'un pas.

Même à ses oreilles, sa voix était rauque, lourde de désir.

— Tout va bien ?

Emily acquiesça, sa poitrine se levant et s'abaissant rapidement.

— Oui, je suis seulement…

Elle recula encore, creusant davantage la distance entre eux.

— Zaron, nous ne pouvons pas.

— Quoi ?

Il haussa les sourcils.

— Pourquoi ?

— Parce que je ne veux pas perdre la mémoire, dit-elle, en soulevant le menton. J'ignore ce qui s'est passé hier, mais si la perte de mémoire est une conséquence naturelle de coucher avec toi…

— Ça ne l'est pas.

Zaron prit une profonde inspiration.

— Ça n'a pas besoin de l'être, du moins. Ce qui s'est passé hier n'a pas à se passer chaque fois ou du tout si tu préfères.

Même s'il détestait l'idée de ne pas pouvoir goûter à nouveau au sang d'Emily, il pouvait s'en empêcher. Cela pouvait peut-être même être une bonne idée, vu les paramètres incertains de l'accoutumance contre laquelle Ellet l'avait mis en garde.

— Nous pouvons nous contenter de sexe normal, comme au lac hier, ajouta-t-il. Tu te souviens de tout, n'est-ce pas ?

Emily cligna des yeux.

— Oui, mais…

— Alors, il n'y a pas de soucis.

Zaron s'approcha d'elle, et avant qu'elle ne puisse penser à une autre objection, il la souleva contre lui et l'embrassa avec avidité.

CHAPITRE 24

$\mathcal{A}$u dîner, Emily dut lutter contre une constante rougeur chaque fois qu'elle pensait à leur sortie aux chutes. Comme l'avait promis son ravisseur, elle avait été très consciente de tout ce qu'ils avaient fait… et ils avaient fait beaucoup. Même maintenant, son sexe était gonflé et son clitoris palpitait en réponse à tous les orgasmes que Zaron lui avait donnés. Il l'avait prise dans l'herbe, debout contre un arbre, et dans la rivière, sous les chutes, avec la source froide rafraîchissant leurs corps brûlants. Ils étaient restés là des heures et, à la fin, Emily était si éreintée que Zaron avait dû la porter jusqu'ici.

Maintenant, après une sieste, elle se sentait beaucoup mieux, mais elle savait que Zaron en voudrait plus bientôt. Elle le voyait dans la façon qu'il avait de l'observer, ses yeux sombres suivant chaque bouchée qu'elle portait à ses lèvres, dans la tension sexuelle qui couvait dans l'air alors même qu'ils discutaient de sujets anodins, comme les plus récents films, Zaron en ayant vu quelques-uns, et le chat d'Emily, George.

— Je l'ai adopté dans un refuge alors qu'il n'était qu'un chaton, racontait-elle à Zaron alors qu'ils terminaient leur repas. Mon amie Amber m'a traînée là-bas lorsque je suis arrivée en ville. Elle voulait un chiot et elle m'a convaincue de l'accompagner. J'étais sûre de ne pas vouloir d'un animal. Je travaillais des heures insensées et j'avais peine à m'occuper de moi-même. Mais j'ai vu George et je suis tombée amoureuse.

— Du chat ?

Zaron semblait perplexe.

Emily acquiesça.

— Il n'était qu'un chaton alors, mais oui. Il était si tendre et petit. Il s'est collé contre moi, en ronronnant… Je suppose que vous n'avez pas de chats ?

— Non. Nous n'avons pas d'animaux de compagnie en général.

— Vraiment ? Pourquoi ?

Zaron haussa les épaules.

— Il ne nous est jamais venu à l'esprit de domestiquer des animaux. Nous aimons les observer dans leur environnement naturel, pas les confiner dans nos demeures.

— Je vois. Mais vous n'avez aucun problème à confiner des humains dans vos demeures ?

Dès qu'elle prononça ces mots, Emily voulut les reprendre, mais il était trop tard. Zaron serra la mâchoire, une tension agressive remplaçant l'ambiance amicale qui avait régné tout au long du repas.

Se levant d'un mouvement fluide, il fit le tour de la table flottante et fit lever Emily. Ses mains étaient incroyablement fortes alors qu'elles agrippaient ses avant-bras, ses yeux plus que sombres. Il était furieux, elle le sentait. Son souffle se fit rapide, son cœur battant avec anxiété, mais il se contenta de relâcher sa prise et de reculer.

— Aimerais-tu écrire à ton amie ?

Sa voix était calme.

— Celle qui s'occupe de ton chat ?

— Oh.

Emily était complètement déstabilisée.

— Oui, bien sûr.

Elle avait pensé le lui demander plus tard, une autre raison pour laquelle elle regrettait de l'avoir contrarié… mais il avait une longueur d'avance sur elle.

— Oui, s'il te plaît.

— D'accord.

Il murmura quelque chose en Krinar, et le mur s'ouvrit pour laisser une mince tablette flotter jusqu'à lui. Zaron l'attrapa et la tendit à Emily.

— Voilà, tu peux simplement dicter ton message et il sera envoyé à ton amie par ton compte Gmail.

Emily fronça des sourcils, baissant les yeux vers la tablette avant de regarder à nouveau Zaron.

— Comment saurai-je qu'il a bien été envoyé ? Veux-tu dire que tu as accès à mon compte Gmail ?

— Évidemment.

Zaron l'observait fixement.

— Tu ne crois tout de même pas que vos mots de passe et pare-feu peuvent résister à notre technologie ?

Emily se sentit mal.

— Non, je suppose que non.

Avec tout ce qu'elle avait vu jusqu'ici, leurs ordinateurs devaient être démesurément avancés ; pirater son courriel n'avait dû lui prendre qu'une nanoseconde. Pire, pirater le Pentagone ne serait rien de plus qu'un jeu d'enfant pour les Krinars. Puis, une idée encore plus perturbante traversa son esprit.

Est-ce qu'*une* défense militaire terrestre aurait une chance si les Krinars venaient ici avec des intentions autres qu'amicales ?

— Zaron…

La voix d'Emily trembla un peu.

— Tu as dit que ton peuple ne venait ici que pour dire bonjour, n'est-ce pas ? Ils ne veulent rien d'autre ?

Ses magnifiques traits se firent indéchiffrables.

— Comme ?

— Je ne sais pas.

Maintenant que le sombre doute s'était insinué en elle, il ne faisait que prendre de l'ampleur.

— Des ressources ? Des terres ? De la main-d'œuvre bon marché ? Rien de moins que ce que les gens veulent lorsqu'ils explorent de nouveaux endroits.

L'hésitation de Zaron fut si brève qu'elle ne l'aurait pas relevée si elle n'avait pas été si concentrée sur lui.

— Nous ne voulons aucun mal à ton peuple, dit-il.

Emily se sentit glacée alors qu'elle réalisait qu'il n'avait pas explicitement nié les possibilités qu'elle avait énumérées. Son imagination partit en cavale, tous les films d'invasion extraterrestres qu'elle connaissait lui revenant en mémoire. Zaron n'avait jamais révélé la raison de la venue de son peuple, ou plutôt, elle n'avait jamais poussé le sujet. Entre la découverte des Krinars et le sexe ininterrompu avec son geôlier, elle avait été trop submergée pour contempler la situation globale. Lorsque Zaron lui avait dit que son peuple arriverait bientôt, il ne lui avait pas semblé insensé que les Krinars souhaitent se présenter à une espèce intelligente qui leur ressemblait et qu'ils avaient prétendument créée. Maintenant qu'elle y pensait, toutefois, son acceptation inconditionnelle de son explication initiale lui semblait naïve.

Si tout ce que les Krinars souhaitaient était de révéler leur existence à l'espèce humaine, ils auraient pu envoyer un message. Ils n'avaient pas besoin de se déplacer jusqu'ici. En fait, un genre de vidéo de présentation, suivie d'une visite d'une petite délégation, composée de personnes déjà sur Terre, comme Zaron, ressemblait plus à une ouverture amicale. Mais Zaron avait dit que « son peuple » était sur le point d'arriver. Ça sonnait plus important qu'une petite délégation.

Ça sonnait comme une invasion.

Non. Elle ne pouvait pas tirer de conclusions ainsi. Zaron lui avait sauvé la vie et, malgré sa captivité temporaire, il ne l'avait pas maltraitée. Le moins qu'elle puisse faire était de rassembler les faits avant d'assumer le pire.

— À quelle distance se trouve ta planète, demanda-t-elle, en tentant de rester décontractée. Tu ne m'as jamais vraiment dit où se trouve Krina.

L'expression de Zaron ne changea pas, mais elle put le sentir se détendre un peu.

— Elle est loin, dit-il. Dans une autre galaxie, en fait. Je pourrais te donner les coordonnées exactes, mais elles ne voudraient rien dire pour toi ou quiconque de ton peuple.

Emily était bouche bée d'émerveillement.

— Une autre galaxie ? Comment est-ce possible ? Vous devez voyager plus vite que la lumière.

— Oui. Ce n'est pas mon domaine d'expertise, mais si je comprends bien, la distorsion de nos vaisseaux crée une énorme boule d'énergie qui, essentiellement, tord l'espace-temps. La distance devient alors insignifiante ; se rendre à un système solaire avoisinant ne prend pas plus ou moins de temps que de venir ici.

— Je vois.

Leur technologie était encore plus avancée qu'elle ne le croyait. Emily se demanda si Zaron pouvait entendre les battements puissants de son cœur. Il était plus fort et plus rapide qu'un homme normal. Ses sens étaient-ils plus fins que ceux d'un humain également ? Elle ignorait tant de choses sur Zaron et son peuple, et ce qu'elle découvrait ne la rassurait pas du tout.

Tentant de garder un ton décontracté, elle demanda :

— Alors, combien de représentants de ton peuple sont en route pour la Terre ?

— Pourquoi n'écrirais-tu pas à ton amie ? dit-il au lieu de lui répondre. J'ai du travail ce soir et je veux m'assurer que le courriel se rend sans problème.

— Bien sûr.

Repoussant sa déception, Emily força un sourire éclatant sur ses lèvres.

— Alors, je n'ai qu'à parler à la tablette et elle saura quoi faire et où envoyer le courriel ?

— Oui, exactement. Vas-y.

Il croisa les bras sur son torse et, le cœur battant, elle réalisa qu'il ne lui laisserait aucune intimité.

— D'accord, dit-elle, espérant que la moiteur de ses paumes passerait inaperçue. « Salut Amber. Désolée de ne pas t'avoir écrit plus tôt, mais je suis retenue au Costa Rica. Je t'expliquerai tout ça dès mon retour, mais en attendant peux-tu t'occuper de George encore quelques jours ? Merci ! » Voilà !

— Pour deux autres semaines, corrigea Zaron, et Emily vit le texte, corrigé, apparaître brièvement sur l'écran de la tablette. Puis, son compte Gmail apparut à l'écran, montrant le message envoyé et la tablette redevint noire.

— Beau travail, dit Zaron en lui prenant la tablette.

Emily observa l'objet disparaître à nouveau dans le mur.

— Maintenant, si ça te va, j'ai une réunion virtuelle. Je te verrai dans quelques heures.

Se penchant, il effleura ses lèvres en un léger baiser, puis disparut par une ouverture dans le mur, laissant Emily seule avec ses doutes.

Zaron passa la soirée à travailler. Lorsqu'il quitta son bureau, Emily était à moitié endormie. Il lui fit l'amour pendant quelques heures, l'épuisant davantage, et ce ne fut que le lendemain après-midi, alors qu'ils sortaient pour leur promenade, qu'elle eut la chance de l'interroger à nouveau.

À ce stade, Zaron sut qu'il devait lui dire quelque chose et il choisit de lui dire la vérité.

Cela la bouleverserait probablement et rendrait les deux prochaines semaines moins plaisantes qu'elles pouvaient l'être, mais il ne voulait pas lui mentir.

— Alors, combien de personnes sont en route ? demanda-t-elle alors qu'ils marchaient vers le lac. Est-ce une délégation importante ?

Le ton d'Emily était calme, presque indifférent, mais Zaron n'était pas dupe. Son invitée humaine était intelligente. Après le choc initial de leur rencontre et de sa découverte des Krinars, elle avait rapidement commencé à tout remettre en question.

Soupirant, il répondit :

— Environ cinquante mille. Mais, Emily…

— Cinquante mille ?

Elle s'arrêta sous un *Enterolobium cyclocarpum*, le guanacaste, toute couleur la désertant alors qu'elle le fixait, bouche bée.

— Cinquante mille Krinars arriveront sur Terre dans deux semaines ?

— Oui. Mais nous ne voulons aucun mal à ton peuple, je te le promets.

— Quelles sont vos intentions alors ? Vous ne venez pas seulement pour vous présenter, n'est-ce pas ?

— Non, pas vraiment, admit Zaron. Nous nous installerons également ici.

— Vous installer ?

La voix d'Emily s'enfla.

— Vous installer où ?

— À dix emplacements différents sur Terre, dit Zaron, se demandant ce qu'il pouvait divulguer.

Il opta pour la prudence.

— Nous en sommes encore à les choisir.

— Oh mon Dieu.

Emily recula, une main sur la bouche.

— Vous voulez coloniser notre planète, nous la voler…

— Emily, arrête.

Zaron fut près d'elle en deux enjambées, éloignant doucement sa main de ses lèvres tremblantes.

— Ce n'est pas du tout ça. Oui, nous établirons quelques colonies, mais nous ne vous prendrons pas votre planète. Ton peuple continuera de vivre dans ses villes et de se gouverner comme toujours. Vos vies ne changeront pas beaucoup. Nous serons uniquement vos voisins, c'est tout.

— C'est tout ?

Dans l'ombre du guanacaste, les yeux d'Emily étaient presque complètement verts alors qu'elle le fixait, et il pouvait sentir le rythme effréné de son pouls à son poignet.

— Tu crois que je suis stupide ? Vous nous ferez ce que les civilisations plus avancées ont toujours fait aux autochtones et…

— Non, la coupa Zaron.

Il n'était pas au fait des plans à long terme du Conseil pour la Terre, mais il était convaincu qu'ils n'avaient aucune mauvaise intention pour les humains. À quoi bon ? D'une certaine façon, les humains étaient la progéniture des Krinars, ou du moins leur création.

Caressant l'intérieur du poignet d'Emily de son pouce, il ajouta :

— Si nous vous voulions du mal ou prendre possession de votre planète, nous aurions pu le faire à n'importe quel moment pendant votre évolution. Nous n'avions pas besoin d'attendre l'arrivée des armes nucléaires et des satellites, nous aurions pu nous pointer alors que vous étiez encore dans l'Âge de pierre. C'est presque hier pour nous. Mais nous ne l'avons pas fait, parce que ce n'est pas ce que nous voulons.

Emily ne semblait pas rassurée.

— Alors que voulez-vous ? Qu'attendez-vous de nous ? Pourquoi voulez-vous vous installer ici ?

— Eh bien, tout d'abord, notre système solaire est plus vieux que le vôtre.

Zaron relâcha le poignet d'Emily, notant avec plaisir qu'elle ne recula pas immédiatement.

— Dans environ cent millions d'années, notre soleil s'éteindra et, si nous sommes encore là à ce moment-là, nous mourrons avec lui. Je sais que c'est encore loin, probablement une éternité pour une espèce aussi jeune que la vôtre, mais nous devons en être conscients. Venir ici est une stratégie de diversification pour nous, un moyen d'assurer notre survie au-delà de la longévité naturelle de notre système solaire.

— Alors, parce que votre planète est vieille, vous voulez vous emparer de la nôtre ?

Zaron soupira à nouveau. Elle n'écoutait pas.

— Pas nous en emparer, la partager, dit-il patiemment. Il est uniquement question de cinquante mille personnes pour l'instant, rien d'énorme comparé à la population humaine sur Terre.

— Peut-être, mais je parie que nos missiles ne sont rien de plus qu'un jeu d'enfants comparés à vos armes.

Elle le défia du regard.

— N'est-ce pas ?

— Oui, mais ce n'est un problème que si vous décidez d'utiliser ces missiles contre nous, dit Zaron. Comme je te l'ai dit, nous ne vous voulons aucun mal.

Emily se détourna et fit quelques pas vers un grand *Cyathea arborea*, avant de se tourner vers lui à nouveau.

— Alors, quel est votre plan ? J'ai peine à imaginer nos gouvernements vous laisser vous installer sans lutter. Vous ne vous attendez tout de même pas à arriver ici et à exiger des terres et que tout se règle comme par magie ?

— Je suis convaincu que le Conseil y a pensé et qu'il a un plan pour une telle éventualité. Je ne suis pas dans le Conseil, alors…

— Quel est ton rôle alors ? Pourquoi es-tu ici ? Tu as dit être un biologiste.

— Je le suis, de même qu'un spécialiste des sols.

Zaron avait espéré qu'elle n'aborderait pas le sujet, mais il ne voulait pas non plus lui mentir.

— Mon rôle est de choisir les bons emplacements pour nos colonies, des zones peu peuplées avec un climat et un sol adéquat.

Emily le fixa du regard.

— Je vois.

Elle se détourna à nouveau et Zaron put la sentir se retrancher derrière ses barricades. Son dos était rigide, ses épaules crispées. Elle ne le croyait pas, ne lui faisait pas confiance, et il ne pouvait pas la blâmer. Son peuple *était* sur le point d'envahir leur planète. Les Krinars avaient peut-être semé la vie ici, mais la Terre était la demeure des humains depuis la création de leur espèce, et les Krinars avaient maintenant l'intention de s'y installer. Si la situation avait été inversée, son peuple aurait été livide, et il y avait tout à croire que les humains le seraient aussi.

— Emily.

Avançant vers elle, Zaron agrippa doucement son bras et la tourna vers lui.

— Je suis désolé si ça te bouleverse, mais je ne voulais pas te mentir.

Elle leva les yeux vers lui, son visage toujours blême.

— Y a-t-il un moyen pour toi de parler avec ton Conseil, de tenter de le convaincre de ne pas faire ça ? Vous avez une planète très bonne pour cent millions d'années encore, vous n'avez pas besoin de la nôtre.

— Emily…

Il savait qu'elle comprenait l'impossibilité de sa demande ; son ton était sans vie, résigné. Il sentit tout de même un poids sur sa poitrine alors qu'il répondait :

— Je suis désolé, je ne peux pas. Tout a déjà été décidé et les vaisseaux sont en route.

Ses lèvres tremblèrent un moment avant de s'étirer en une ligne ferme.

— C'est bon. Je comprends. Laisse-moi maintenant.

Zaron baissa le regard et réalisa qu'il la tenait toujours, ses doigts enserrant son bras. Une vague de colère le submergea lorsqu'il comprit qu'elle avait l'intention de le traiter comme un ennemi, oubliant tout ce qui s'était passé entre eux.

— Non, dit-il en agrippant son autre bras et en l'attirant plus près. Je ne te laisserai pas. Ça ne change rien, mon ange. Tu es mienne pour les deux prochaines semaines.

Emily ouvrit la bouche, sans aucun doute pour protester contre son arrogance, mais il baissait déjà la tête pour l'embrasser.

Elle avait une saveur douce et tendre, alors même qu'elle tentait de s'éloigner, ses mains se soulevant pour pousser sur ses biceps.

— Arrête, eut-elle le temps de dire avant que Zaron capture à nouveau ses lèvres.

Son corps se durcit alors qu'il approfondissait le baiser et il sentit la peau d'Emily s'échauffer. Elle commençait à être excitée, l'odeur de son désir enflammant les sens de Zaron, et elle se débattait de moins en moins.

Elle le voulait toujours et Zaron avait bien l'intention d'en tirer parti.

Tout en continuant de l'embrasser, il la déposa sur le sol, l'étendant sur la couche de feuilles et d'herbes dure. Agrippant ses poignets, il leva ses bras au-dessus de sa tête d'une main, puis glissa sa main libre le long de son corps, relevant le bas de sa robe et utilisant ses genoux pour lui écarter les jambes. Elle était maintenant ouverte pour lui, son sexe chaud et moite alors qu'il explorait ses replis et son membre palpita, impatient de plonger en elle.

Libérant ses lèvres, Zaron souleva la tête et observa la jeune humaine, se rappelant la première fois qu'il l'avait eue ainsi. Elle le voulait autant alors, mais elle avait eu peur et il l'avait relâchée.

Il ne la relâcherait pas cette fois-ci.

Les yeux d'Emily étaient brillants alors qu'elle le regardait, les lèvres gonflées et humides de ses baisers. Sa chevelure blonde s'emmêlait autour de son visage, et une rougeur colorait ses joues crémeuses alors que les doigts de Zaron jouaient avec son clitoris. Elle était beaucoup trop loin pour l'arrêter maintenant et la partie primitive et sauvage en lui s'en réjouissait.

Il la voulait exactement ainsi : étourdie de plaisir et incapable de le repousser.

— C'est ça, mon ange, murmura-t-il.

Sa respiration s'accéléra alors qu'il plongeait deux doigts dans son sexe étroit et qu'il effleurait son clitoris du pouce.

— Laisse-toi aller. Laisse-toi aller et viens pour moi.

Ses yeux se fermèrent et un léger cri étouffé s'échappa de sa gorge alors que son sexe pulsait, se contractant autour de ses doigts. Elle était si moite maintenant que ses doigts glissaient en elle sans aucune résistance et il continua de plonger en elle à travers son orgasme, ses testicules se serrant davantage à chaque mouvement de ses doigts. S'il n'avait pas passé la moitié de la nuit en elle, il aurait déjà perdu le contrôle, mais dans l'état actuel, Zaron pouvait se retenir… à peine.

Lorsqu'elle fut étendue sous lui, épuisée et haletante, il ouvrit son jean, libérant enfin son membre douloureux.

— Emily, murmura-t-il d'une voix rauque, se pressant à sa douce entrée. Regarde-moi, mon ange.

Ses paupières s'ouvrirent, ses longs cils se soulevant doucement, et une étrange chaleur irradia sa poitrine lorsque son regard croisa le sien.

— Ce qui se passe ici n'a rien à voir avec ce qui se passe ailleurs, dit-il, sa voix basse et grave. Toi et moi, nous ne sommes pas des ennemis, peu importe ce qui arrive. Tu comprends ? Pour les deux prochaines semaines, tu es ici avec moi, et c'est tout ce qui importe.

Emily ne répondit rien, mais son regard était tourmenté, et Zaron sut que ce ne serait pas aussi simple. Elle l'affronterait. Peut-être pas maintenant, mais elle l'affronterait, tout comme son peuple affronterait les Krinars à leur arrivée.

Zaron fut à nouveau submergé de colère, combinée à un désir brûlant, et il plongea en elle, la pénétrant d'un coup sans s'arrêter. Elle laissa échapper un cri, un cri de douleur, nota-t-il vaguement, mais il ne pouvait pas s'arrêter, poussé par une faim qui semblait prendre racine dans une zone sombre de son être. Elle était moite et étroite autour de lui, son corps l'étreignant de sa douce chaleur, et il la voulait plus que toute autre personne, tout en lui se concentrant sur un seul besoin : la prendre, la posséder, la faire sienne.

Rapidement, elle accueillit chacune de ses poussées, ses hanches se soulevant pour le prendre plus profondément. Il pouvait l'entendre gémir et crier, et son envie de prendre son sang, de la savourer ainsi aussi, était aussi forte que la passion dans ses veines. Il baissait déjà la tête lorsque la mise en garde d'Ellet lui revint à l'esprit et, plutôt que de passer les dents sur la peau tendre d'Emily, il détourna la tête et accéléra le rythme, la martelant à chaque poussée. Ses cris s'étaient faits plus forts, plus frénétiques, ses poignets se tendant sous sa poigne, et Zaron sentit les secousses de son orgasme alors qu'elle venait, ses muscles internes se serrant autour de lui. Il voulut se retenir, étirer l'extase de la posséder, mais les serrements convulsifs de son corps le firent chavirer. Il poussa un grognement sourd alors qu'il plongeait en elle une dernière fois, déversant sa semence en elle en longs jets.

À bout de souffle, il roula aux côtés d'Emily et la serra contre lui, ses pensées éparses alors qu'il l'étreignait, son dos contre son torse. Elle respirait fortement aussi, son corps élancé tremblant et sa peau moite de sueur. Fermant les yeux, Zaron resserra sa prise sur elle et plongea la tête dans sa chevelure, se délectant de sa douce odeur.

Un seul mot tournait sans répit dans son esprit, une seule pensée qu'il pouvait formuler.

Mienne.

CHAPITRE 25

Au cours des jours suivants, Emily eut tellement de sexe qu'elle avait l'impression de se noyer dans le plaisir. Zaron était insatiable et il avait une vigueur inhumaine, ce qui voulait dire que lorsqu'il en avait fini avec elle, elle était épuisée et presque inconsciente. Si ce n'avait été de son appareil de guérison, elle aurait été perpétuellement endolorie.

— Seigneur, ton peuple est-il toujours ainsi ? grommela-t-elle alors qu'il la réveillait en entrant en elle par-derrière, son membre la possédant pour la troisième fois cette nuit-là. N'es-tu pas fatigué ?

— Pas de toi, souffla-t-il à son oreille, sa main descendant vers son bas-ventre, trouvant le faisceau de nerfs au sommet de son sexe. Pas de ça. Je pourrais te posséder pour l'éternité.

Emily avait des doutes sur l'éternité, mais il la prenait certainement chaque fois qu'il le pouvait, et un peu plus. Elle soupçonnait que c'était la façon de Zaron de la distraire de ses horribles révélations et, la plupart du temps, la stratégie fonctionnait. Lorsqu'elle était dans ses bras, elle ne pouvait pas réfléchir, encore moins s'inquiéter de l'invasion prochaine de sa planète. Dès qu'il la laissait seule, cependant, ses entrailles se serraient d'anxiété, et leurs conversations aux repas étaient souvent tendues et conflictuelles.

— Il y aura une guerre, une guerre interplanétaire. Ne le comprends-tu pas ? s'exclama Emily lorsque Zaron tenta de la convaincre au petit-déjeuner qu'elle n'avait pas besoin de s'en faire. Ton peuple arrivera et il y aura une guerre.

— Non, il n'y en aura pas, dit-il avec une calme certitude. Un peu de résistance, peut-être, mais pas de guerre.

— Non ? Tu crois que nous allons nous laisser faire et…

— Emily.

Il prit sa main sur la table.

— Il n'y aura pas de guerre parce que nous ne le permettrons pas. Tu avais raison : toutes vos armes ne sont que des jeux d'enfants pour nous. Y aurait-il une guerre si l'armée américaine arrivait dans un jardin d'enfants ? Non. Vos soldats feraient simplement ce qu'ils veulent et c'est tout. Ce sera de même pour nous.

Emily le regarda avec horreur.

— Réalises-tu seulement ce que tu dis ? Tu crois que c'est, d'une certaine façon, mieux parce que ton peuple nous soumettra sans problème ?

— Évidemment.

Zaron lui tapota la main avant de recommencer à manger.

— Pas de guerre est toujours mieux qu'une guerre.

Pendant le reste du repas, Emily refusa de lui parler, faisant de son mieux pour l'ignorer, mais lorsqu'il l'invita à se promener par la suite, il la posséda à nouveau dans la forêt. Emily se détestait pour ça, cette incapacité de résister à son contact, mais son corps continuait de la trahir. Dès que Zaron la touchait, elle se liquéfiait de désir et il le savait, profitant sans pitié de la situation.

— Sais-tu à quel point c'est mal ? lui demanda-t-elle, étendue dans ses bras ce soir-là, son corps rassasié, mais ses pensées pleines de mépris de soi. Ce que tu me fais est vraiment tordu.

Zaron la tourna vers lui, ses yeux sombres indéchiffrables dans la faible lueur illuminant la pièce.

— C'est seulement mal si tu ne me désires pas, mais ce n'est pas le cas.

Sa voix était basse et profonde, l'enveloppant dans un cocon chaleureux et séducteur.

— Tu me veux autant que je te désire, mon ange, alors ne prétendons pas autrement.

— Alors, qu'est-ce que c'est ? murmura Emily, la poitrine compressée. Comment le vois-*tu* ? Parce que de mon point de vue, tu me gardes captive et ton peuple est sur le point d'envahir ma planète. Et pourtant, tu…

Elle s'interrompit devant l'expression de plus en plus sombre de son visage.

— Je quoi ?

Sa main glissa le long de son corps.

— Je te touche ?

Ses doigts serrèrent ses fesses alors qu'il l'approchait de lui.

— Je te possède ?

Le souffle court, Emily sentit son érection pressée contre sa cuisse, aussi dure que s'il ne l'avait pas prise depuis des jours, et non des minutes.

— Oui, exactement, réussit-elle à dire, poussant son torse musclé. Je ne suis pas une poupée sexuelle que tu peux…

— Tu es ce que je veux que tu sois.

Il souleva sa jambe et entra en elle, lui arrachant un cri de stupeur. Elle était encore sensible et endolorie de la fois d'avant et il semblait énorme en elle, son membre étirant les parois délicates de son sexe.

— Ma poupée sexuelle, ou peu importe. Je ne peux pas me rassasier de toi, mon ange. Et pour l'instant, ce n'est pas nécessaire, parce que tu es mienne. N'est-ce pas ?

Il roula des hanches, effleurant son point G et le corps d'Emily se tendit, une vague de désir la submergeant. Elle tenta de s'accrocher à sa colère, de penser au-delà de son désir croissant, mais il l'embrassait déjà, ses grandes mains caressant ses seins alors qu'il imprimait un rythme exigeant, et pour le reste de la nuit, il ne fut plus question de bien et de mal.

Il n'y eut que Zaron et l'ardeur sombre qui les entourait

Le jeudi matin, deux heures avant l'heure de son entrevue pour le fonds spéculatif, Emily se réveilla pour se découvrir seule dans son lit extraterrestre confortable. Le matériel intelligent avait pris la forme de son corps pendant son sommeil et elle le sentait masser son cou et ses épaules, une fonction que Zaron avait activée lorsqu'il avait appris que les muscles du dos d'Emily étaient souvent tendus. Elle resta immobile quelques minutes, profitant des soins du lit, puis se leva. Même si elle avait dormi assez longtemps, elle se sentait épuisée et apathique, presque dépressive.

Mardi, Zaron lui avait permis d'envoyer un courriel à Evers Capital, leur expliquant qu'elle avait été retardée au Costa Rica pour deux semaines et leur demandant de remettre l'entrevue. Le mercredi soir, ils n'avaient toujours pas répondu et Emily savait que c'était la fin : elle avait perdu sa chance de travailler avec une légende des fonds spéculatifs… sans compter, d'avoir tout simplement un emploi dans le domaine. À la suite des récentes mises à pied, Wall Street croulait sous les analystes avec ses compétences et tout le monde rivalisait pour un bassin d'emplois diminuant rapidement.

Si l'invasion prochaine des Krinars ne signait pas la fin du monde, elle serait sans emploi plus longtemps qu'elle ne l'avait espéré.

Cette pensée lui fit reprendre ses esprits. C'était stupide de s'inquiéter à propos d'une entrevue manquée lorsque son espèce était sur le point de faire face à une menace aussi grave que les Krinars. Au cours des derniers jours, Emily avait tenté d'en apprendre plus sur le peuple de Zaron, et ce qu'elle avait appris n'était pas rassurant.

Elle savait déjà que Zaron était plus fort et plus rapide qu'un humain, mais elle en avait attribué une partie à sa carrure athlétique. Son corps était magnifique, sa peau basanée recouvrant des couches de muscles élancés et durs. Tout homme de sa carrure aurait été plus fort que la moyenne, et Emily n'avait réalisé la portée exacte des différences de Zaron que lors de leur promenade, deux jours plus tôt, lorsqu'elle l'avait vu lever un arbre mort d'une main pour l'écarter de leur chemin.

Il l'avait fait nonchalamment, comme si le tronc n'avait été qu'une mince branche, et Emily s'était arrêtée, le fixant avec incrédulité. Selon elle, l'arbre avait un diamètre d'au moins cinquante centimètres.

— Que se passe-t-il ? lui avait-il demandé, mais elle n'avait pu que secouer la tête, muette de stupeur.

S'approchant du tronc, elle s'était accroupie et l'avait poussé de toutes ses forces, espérant qu'il était plus léger qu'il ne le paraissait, mais l'arbre n'avait pas bougé d'un iota. Il était si lourd qu'il semblait soudé au sol et pourtant Zaron l'avait déplacé avec aussi peu d'efforts que si Emily avait soulevé un poids d'un kilogramme.

Zaron avait observé ses efforts avec un amusement flagrant, ses lèvres séduisantes étirées en un sourire, et Emily avait frissonné de peur en se rappelant la vitesse avec laquelle il l'avait rattrapée lors de sa fuite.

Les Krinars n'avaient pas seulement une technologie supérieure ; ils étaient plus puissants sur tous les points.

— Comment avez-vous pu évoluer pour devenir aussi rapide et aussi fort ? lui avait-elle demandé lorsqu'ils avaient repris leur promenade.

Il avait haussé les épaules, sans lui répondre. Elle avait remarqué que, si Zaron semblait hésiter à lui mentir carrément, il n'avait aucun problème à dissimuler de l'information lorsque cela lui convenait. Il y avait certains sujets qu'il préférait éviter et Emily soupçonnait qu'il craignait de l'effrayer. Chaque fois qu'elle tentait de le questionner sur le type d'armes que son peuple possédait ou sur ce qu'ils feraient une fois sur Terre, il changeait de sujet ou la distrayait par le sexe… et il semblait que le sujet de l'évolution des Krinars soit l'un de ces sujets interdits.

La même chose s'était passée lorsqu'elle avait remarqué que tous leurs repas consistaient de fruits, de légumes et d'autres aliments végétaux. Elle avait tout d'abord cru que c'était en raison de sa profession : il adorait les plantes et il lui dévoilait souvent des faits intéressants sur la flore du Costa Rica. Mais elle s'était mise à se demander s'il y avait une autre raison à son régime alimentaire.

— Pourquoi ne manges-tu jamais de viande, lui avait-elle demandé, grignotant une salade que sa demeure avait préparée pour le dîner. Est-ce une préférence alimentaire personnelle ou un trait général des Krinars ?

— Un trait général, avait-il répondu. Comme les humains, nous sommes omnivores, mais nous préférons les plantes. Sur Krina, de nombreuses plantes sont riches en nutriments et denses en calories, alors nous n'avons jamais eu besoin de manger de la viande pour survivre.

— Oh, je vois.

Cela avait surpris Emily. Pour une raison inconnue, elle avait supposé que les Krinars avaient été des chasseurs et des cueilleurs à un certain stade, comme les humains primitifs. Puis, elle avait réalisé pourquoi elle avait fait cette supposition.

Il y avait quelque chose de prédateur dans la grâce avec laquelle Zaron se mouvait, quelque chose qui lui rappelait toujours un grand félin. Elle avait l'impression inquiétante que, si provoqué, il pourrait bondir d'un coup. Son regard était, lui aussi, aigu et vif et suivait souvent ses gestes avec l'intensité d'un chat traquant un papillon.

— Y a-t-il beaucoup de grands prédateurs sur ta planète ? avait-elle demandé.

Les Krinars avaient peut-être été des proies au début de leur histoire et avaient dû développer leur vitesse et leur force pour survivre, même si ça n'expliquait toujours pas la façon singulière qu'il avait de se mouvoir.

— Quelques-uns, avait-il répondu sans rien ajouter, et Emily avait su qu'il ne lui disait pas tout.

Peu importe ce que Zaron lui cachait, cela devait être pire que les plans de colonisation de son peuple, et cela rendait Emily très, très nerveuse.

Pourtant, alors qu'elle se lavait, ses pensées retournaient sans cesse à l'entrevue qu'elle avait manquée et à l'emploi qui ne serait jamais sien. Chaque jour, elle était restée à l'affût de toute occasion de s'enfuir, mais Zaron la surveillait trop attentivement pendant leurs promenades et il n'y avait aucune chance pour elle de sortir de sa demeure intelligente. Et, maintenant, il était trop tard : Evers Capital ne l'embaucherait jamais.

Soupirant, Emily sortit de la douche et laissa la technologie Krinar la sécher. Enfilant l'une des robes que Zaron lui avait laissées, elle retourna vers la chambre, où son portable mort gisait sur la planche flottante près du lit.

S'asseyant, Emily le prit. Il semblait sec, mais l'écran était noir et sans réponse. Automatiquement, elle appuya sur le bouton de côté et le maintint, regardant l'écran sans beaucoup d'espoir.

L'écran s'alluma.

Emily se leva d'un bond, le cœur battant, et fixa avec incrédulité l'écran. Les icônes familières apparaissaient avec une lenteur terrible, mais le portable était indubitablement en marche.

La main d'Emily trembla alors qu'elle glissait un doigt sur l'écran pour déverrouiller le portable. Elle avait payé pour un forfait d'itinérance avant de partir, mais il n'y avait qu'une seule barre de réception, probablement parce qu'ils se trouvaient au cœur d'une caverne. Pas que le nombre de barres fasse une grande différence : la pile était pratiquement vide. Au mieux, elle avait quelques minutes avant que son portable ne s'éteigne et elle devait bien les utiliser.

Qui pouvait-elle appeler ? Ses amis ? La police du Costa Rica ? Emily avait programmé quelques numéros d'urgence dans son portable avant de quitter les États-Unis et elle les passa en revue, son esprit en ébullition. Elle laissa tomber l'idée d'appeler ses amis de prime abord ; il n'y avait aucune garantie qu'ils répondent et cela prendrait trop de temps de leur expliquer sa situation et de leur demander leur aide. Avec la police locale, il y avait le problème de la langue.

Emily parlait un espagnol de base, et il lui serait impossible d'expliquer la situation et de se faire comprendre.

La meilleure option était l'ambassade américaine, décida-t-elle après un moment. Les chances étaient grandes qu'ils la prennent pour une dingue, mais si elle pouvait les convaincre, sa mise en garde pourrait tout changer.

Retenant son souffle, Emily appuya sur la touche d'appel et colla le portable à son oreille. Une seconde, deux, trois, quatre… Le silence semblait s'étirer à l'infini, mais juste au moment où Emily était convaincue que l'appel ne réussirait pas, elle entendit le long bip de la connexion.

— Ambassade des États-Unis.

La voix féminine était plaisante et calme.

— Comment puis-je vous aider ?

Les jambes d'Emily tremblèrent de soulagement.

— Oui, bonjour. Mon nom est Emily Ross, je suis citoyenne américaine.

Elle parlait rapidement, ne sachant pas quand la pile s'éteindrait pour de bon.

— Je suis retenue captive dans la région de Guanacaste. Vous devez m'écouter attentivement. L'homme qui me retient ici m'a dit que notre pays est menacé. Une invasion aura lieu dans quelques jours. Les gens se donnent le nom de Krinars et ils ont des armes bien plus avancées que les nôtres. Vous devez prévenir le président. Je sais que ça semble fou, mais…

Le léger bourdonnement des bruits de fond contre son oreille fit place au silence et Emily réalisa que c'était terminé.

Son portable était complètement mort.

Baissant le téléphone, elle fixa l'écran noir avec frustration. La téléphoniste avait-elle entendu ce qu'Emily lui avait dit et, si oui, transmettrait-elle le message ou le classerait-elle comme les divagations d'une touriste ivre ? Emily avait volontairement évité le mot « extraterrestre », mais ce qu'elle *avait* dit n'était pas bien mieux. Même à ses propres oreilles, elle avait sonné comme une lunatique.

Les paumes d'Emily étaient moites et ses jambes tremblaient alors qu'elle déposait son portable sur la planche flottante et s'asseyait sur le lit. Elle était encore sous l'effet de l'adrénaline et elle eut besoin de plusieurs minutes pour se calmer assez pour attraper la tablette que Zaron lui avait donnée. Tout ce qui arriverait par la suite n'était pas de son ressort. Soit la téléphoniste transmettait son message, soit elle ne le faisait pas. Emily devait se contenter de savoir qu'elle avait fait tout ce qu'elle pouvait.

Prenant une profonde inspiration, elle demanda à la tablette :

— *Independence Day*, s'il vous plaît.

Elle se recula dans le lit. Le mobilier intelligent s'incurva immédiatement autour d'elle, saisissant qu'elle voulait un soutien dorsal pour son expérience cinématographique.

Le choix de divertissement d'Emily était masochiste, mais elle n'en avait cure.

Peut-être que si elle voyait des humains vaincre des extraterrestres à l'écran, elle croirait que la Terre avait une chance de vaincre de vrais extraterrestres.

CHAPITRE 26

*A*lors que les jours passaient, Zaron commença à appréhender l'arrivée des vaisseaux. Pas parce que son équipe n'était pas prête, tout était en place de ce côté, mais parce que chaque heure le rapprochait du jour où il devrait laisser partir Emily.

Dès que les Krinars auraient pris contact avec les dirigeants humains, il ne pourrait plus utiliser le mandat de non-divulgation comme excuse pour la garder ici.

Depuis que Zaron avait avoué les réelles intentions de son peuple à Emily, cette dernière avait fait de son mieux pour le garder à distance… émotionnellement du moins. Il n'y avait plus de révélations sur son passé, de partage d'expériences douloureuses. Mais, petit à petit, Zaron en apprenait un peu plus à son sujet, et chaque parcelle d'information intensifiait sa fascination pour la jeune humaine, une fascination qui commençait à frôler l'obsession.

Elle aimait les fraises, mais détestait les myrtilles, appréciait les films de science-fiction, mais préférait lire de la non-fiction. Son esprit était finement analytique, elle était à l'aise avec les nombres et les feuilles de calcul, mais elle avait besoin de nature et de plein air pour se sentir complète.

— Chaque fois que j'ai un peu de temps, ce qui est très rare, j'aime aller au parc, lui confia-t-elle alors qu'ils étaient assis au bord du lac, pour une fois discutant sans se disputer. Ça me dynamise, m'aide à reposer mon esprit et à me départir du stress du poste de travail.

Zaron le comprenait ; son appréciation de la nature était la raison principale de son choix de spécialisation. Même enfant, il avait été fasciné par toutes les créatures vivantes, plantes ou animaux. Il était pourtant ennuyé par ce qu'Emily avait dit.

— Pourquoi as-tu si peu de temps libre ? demanda-t-il, en fronçant les sourcils. Les humains ne travaillent-ils pas de neuf à cinq ?

— Pas les humains des services de placement, dit-elle avec ironie. Ma race travaille des semaines de quatre-vingts heures, et ça, c'est lorsque notre charge de travail est faible. Pour un projet l'an dernier, j'ai dû travailler des semaines de cent quarante heures pendant trois mois.

Zaron calcula rapidement. Si elle travaillait cent quarante heures par semaine, elle avait alors uniquement quatre heures par jour de libres, soit la moitié des heures de sommeil nécessaires aux humains. *Il* pouvait travailler autant parce que les Krinars avaient besoin de beaucoup moins de sommeil, mais la santé d'Emily pouvait pâtir d'un tel rythme.

— Tu n'aurais pas dû travailler autant d'heures, dit-il, incapable de refouler la condamnation dans sa voix. Tu aurais pu tomber malade avec si peu de sommeil.

Emily lui lança un regard perplexe, puis haussa les épaules.

— Oui, je suppose. Je n'avais pas l'intention de le faire pour toujours, seulement jusqu'à ce que je trouve un emploi semblable avec de meilleurs horaires, ce que l'emploi au fonds spéculatif aurait été, d'ailleurs.

Zaron se sentit inconfortablement coupable à la pensée qu'il lui avait coûté l'emploi qu'elle voulait tellement. Ce n'est que lorsqu'il avait commencé à la connaître davantage qu'il avait compris pourquoi cette entrevue avait été aussi importante pour elle. La jeune humaine était farouchement indépendante, et elle avait fait beaucoup au cours de ses vingt-quatre ans, malgré un départ difficile dans sa vie. D'après la vérification initiale de Zaron, il savait qu'elle avait un diplôme de Northwestern, l'une des meilleures universités américaines, et elle avait décroché un emploi dans une banque de placement importante dès sa sortie de l'université. Toutefois, ce n'est qu'il y a deux jours, lorsque Zaron s'était penché sur le système des familles d'accueil, qu'il avait compris combien difficile le parcours d'Emily avait dû être sans famille pour l'appuyer.

— Qui a payé pour tes études ? demanda-t-il, se renfrognant davantage alors qu'il se posait la question. Ces établissements sont dispendieux dans ton pays, n'est-ce pas ?

Emily acquiesça.

— Ils le sont. J'ai été chanceuse. Je faisais de l'athlétisme et du cross-country, alors on m'a offert une bourse qui a couvert la plus grande partie de mes frais. Pour le reste, j'ai utilisé des subventions gouvernementales, des emplois à temps partiel et des prêts.

— Ta tante ne t'a pas aidée ?

Emily haussa les sourcils.

— Tante Wendy ? Non. Elle est décédée d'un AVC lorsque j'avais dix-sept ans et, depuis plusieurs années, elle vivait sur une pension d'invalidité. Elle n'aurait pas pu m'aider même si elle l'avait voulu.

— Je vois.

Zaron s'efforça de garder un ton calme. Il se sentait furieux pour elle, et il ignorait pourquoi.

— Alors, tu n'as personne vers qui te tourner.

Emily cligna des yeux.

— Ce n'est pas vrai. J'ai des amis, mon chat et mon cop—

Elle s'arrêta brusquement, mais il était trop tard.

La colère de Zaron se changea en une jalousie brûlante.

— Copain ?

Même à ses oreilles, sa voix semblait dangereusement basse.

— Tu as un copain ?

Zaron avait supposé qu'Emily était célibataire parce qu'elle vivait seule dans un studio et qu'elle voyageait seule, mais il réalisait maintenant la folie de sa présomption. Indépendante comme elle l'était, elle pouvait très bien avoir un homme qui l'attendait à New York, un homme qu'elle n'avait pas mentionné jusqu'ici.

Au grand soulagement de Zaron, elle secoua la tête.

— Non, dit-elle, la voix serrée. Je n'en ai pas. Plus maintenant.

La jalousie de Zaron reprit de plus belle. Il était évident que, peu importe qui il était, il avait blessé Emily… ce qui signifiait qu'elle l'avait aimé.

Elle l'aimait peut-être même encore.

— Qui est-il ?

La rage fulgurante qui consumait Zaron était irrationnelle, il le savait, mais il ne pouvait se débarrasser de la conviction qu'Emily lui appartenait, qu'elle était sienne et que tout homme qui la touchait méritait d'être mis en lambeaux. Les mâles Krinars avaient une tendance à être territoriaux et possessifs de leur compagne, mais Emily n'était pas sa compagne. Il n'avait aucune raison de se sentir ainsi pour une jeune humaine qui ne resterait avec lui que pour quelques jours encore. Et pourtant, aucun raisonnement rationnel ne put enlever la fureur de la voix de Zaron alors qu'il exigeait :

— Quel est son nom ?

Emily lui lança un regard méfiant.

— Qu'est-ce que ça change ? C'est terminé. Nous avons rompu il y a plus de quatre mois.

Quatre mois ? Zaron vit rouge. À peine quatre mois plus tôt, un gringalet touchait Emily, l'embrassait… lui faisait l'amour.

— Qui est-ce ? Combien de temps avez-vous été ensemble ?

Zaron pouvait entendre la note ténébreuse dans sa voix et il savait qu'Emily le pouvait aussi, parce qu'elle se leva et fit un pas de côté, le fixant comme s'il était un animal sauvage.

Zaron se força à inspirer profondément. Il se sentait peut-être comme un animal sauvage, mais il ne voulait pas effrayer Emily. Se levant d'un mouvement lent et contrôlé, il s'approcha d'elle et lui prit la main d'une poigne douce.

— Dis-moi, mon ange, dit-il d'un ton plus doux. Qui est cet ex-copain ? Que s'est-il passé entre vous deux ?

Emily avait l'air inquiet.

— Tu… tu ne lui feras rien, n'est-ce pas ?

Bordel. Elle était perspicace. Le prédateur en Zaron avait déjà prévu de traquer cet humain et de mettre fin à son existence. Maintenant, c'était impossible, ne serait-ce que parce qu'Emily en serait bouleversée.

— Évidemment que je ne lui ferai rien, dit Zaron avec un calme qu'il ne ressentait pas. Pourquoi le ferais-je ?

La question s'adressait autant à lui qu'à Emily, mais elle eut l'effet désiré. Elle se détendit quelque peu, mais son regard resta méfiant.

— Je ne sais pas, dit-elle. Tu semblais simplement… furieux pendant un moment.

Zaron prit une autre inspiration et attira Emily vers lui, moulant ses courbes élancées contre son corps.

— Je ne le suis pas, la rassura-t-il.

Et il ne l'était pas… ou plus. L'envie primitive qui montait maintenant en lui était d'une nature bien différente.

Glissant ses mains dans la chevelure soyeuse d'Emily, il baissa la tête et prit ses lèvres en un profond baiser avide.

Zaron n'obtint les réponses à ses questions que quelques heures plus tard, alors qu'Emily était étendue contre lui, épuisée et replète. Avant de perdre tout contrôle, il l'avait amenée à une clairière verdoyante, près de la berge rocailleuse du lac, et ils s'y reposaient maintenant, regardant l'eau briller dans l'éclat du soleil à quelque quinze mètres d'eux.

— Alors, parle-moi de ce mystérieux ex-copain, dit Zaron, tentant de garder un ton léger, malgré son désir persistent de mettre en pièces cet inconnu. Comment vous êtes-vous rencontrés ?

— À l'université, répondit-elle sans lever la tête de son épaule.

Elle semblait détendue et quelque peu ensommeillée et Zaron sut qu'il avait réussi à lui faire oublier sa réaction antérieure.

— Jason et moi étions amis, puis il m'a invitée à sortir. Nous étions tous deux en économie, avions le même cercle d'amis, et posions nos candidatures pour le même genre d'emploi. Nous allions bien ensemble, alors nous avons commencé à nous fréquenter. C'était très simple au début, deux universitaires se côtoyant, mais nous avons tous deux décroché des emplois dans le secteur des placements après nos études et déménagé à New York. Pour économiser de l'argent, nous avons décidé de vivre ensemble, jusqu'à il y a quatre mois, lorsqu'il m'a dit en avoir assez de mon horaire et qu'il est parti.

Elle parlait calmement, comme si la rupture ne la dérangeait pas le moins du monde, mais Zaron sentait son corps élancé se crisper à nouveau.

— Pourquoi en avait-il assez de ton horaire ? demanda-t-il d'une voix posée. N'était-il pas dans la même situation que toi ?

— Il l'était, mais il a eu la chance, environ un an après ses études, avant que le marché ne chute, de se voir offrir un poste dans une société de capital-risque et son horaire s'est amélioré. Alors, voilà.

Emily leva les yeux vers Zaron.

— C'est toute l'histoire. Rien de bien dramatique.

Mais ce l'était, pour elle… Zaron le voyait bien.

— Combien d'années as-tu passées avec ce Jason ? demanda-t-il, luttant contre la jalousie qui menaçait encore de le consumer. Quand avez-vous commencé à vous fréquenter ?

Emily soupira et s'assit, rajustant sa robe, qui était maintenant déchirée et tachée d'herbe.

— Nous nous sommes fréquentés pendant un peu plus de quatre ans, dit-elle en repoussant sa chevelure emmêlée. Pas une éternité.

— Je vois.

Zaron prit son jean dans l'herbe. Se levant, il l'enfila, puis se pencha pour prendre Emily.

— Zaron, dépose-moi ! Je peux marcher, protesta-t-elle alors qu'il la serrait dans ses bras, mais il ignora ses objections.

Il avait besoin de l'étreindre pour contrôler la rage qui bouillait en lui, et pour tenir sa promesse de ne pas traquer le salaud qui avait fait souffrir Emily.

CHAPITRE 27

*A*lors que le jour de l'arrivée des Krinars et de la libération d'Emily approchait, Emily se sentait de plus en plus anxieuse. Elle n'avait pas faim et ses nuits étaient agitées, son sommeil souvent interrompu par des cauchemars. Dans sa jeunesse, elle avait souvent fait des cauchemars de l'accident de voiture de ses parents, mais elle s'en était débarrassée… ou du moins elle le croyait. Dans ces rêves, elle était toujours sur le côté de la route, observant la voiture faire des tonneaux, et elle sentait toujours cette même terreur froide à la pensée qu'elle était maintenant seule, que tous ceux qu'elle aimait étaient morts.

Emily se disait que les cauchemars étaient de retour parce qu'elle s'inquiétait de l'invasion, mais une part d'elle-même savait la vérité.

C'était la séparation prochaine d'avec Zaron qui lui faisait revivre l'ancienne douleur de perte et d'abandon.

— Tu sais, tu es l'une des personnes les plus fortes que je connaisse, lui avait dit son amie Amber après sa rupture avec Jason. Je ne sais pas comment tu fais. N'as-tu jamais peur d'être seule ? Tu agis comme si tu te fichais que ton copain depuis quatre ans t'ait quittée et…

— Parce que c'est le cas, l'avait interrompue Emily. Je n'ai jamais dépendu de lui pour quoi que ce soit.

Et c'était vrai. Même si la rupture l'avait blessée plus qu'elle ne le laissait paraître, Emily ne s'était jamais entièrement ouverte à Jason. Ils habitaient ensemble et étaient perçus comme un couple génial par tous leurs amis, mais ils restaient deux êtres distincts, ne s'étant jamais réellement attachés émotionnellement. Emily avait pensé l'avoir aimé et c'était peut-être le cas, d'une façon très mitigée et superficielle, mais elle ne l'avait jamais laissé s'approcher trop près. Ce n'était pourtant pas une preuve de bravoure, mais bien le contraire.

Elle avait été trop effrayée de dépendre de Jason, de l'aimer réellement. C'était la véritable raison de leur rupture, pas la discordance de leurs horaires de travail, comme l'avait affirmé Jason. Il avait toujours manqué quelque chose dans leur relation et Emily savait maintenant qu'elle était à blâmer.

Elle avait eu si peur d'être abandonnée qu'elle avait tenu Jason à distance, jusqu'à ce qu'il fasse exactement ça.

Mais Zaron avait percé sa carapace. Emily ignorait si c'était l'extraordinaire chimie sexuelle entre eux, ou la touche de vulnérabilité qu'elle avait aperçue derrière sa façade arrogante et assurée, mais elle se sentait plus proche de Zaron que de toute autre personne. Il l'effrayait parfois, mais elle était également attirée par lui, d'une façon qui supplantait une attirance normale ou quelque chose d'aussi simple que l'affection et l'amitié.

Lorsqu'ils étaient ensemble, il lui semblait que son monde était illuminé d'un éclat chaleureux, tous ses sens vrombissant d'une conscience électrique. Autant qu'Emily aurait voulu détester Zaron pour l'invasion, elle ne le pouvait pas. Ils étaient devenus trop proches avant cette révélation, s'étaient trop ouverts à l'autre pour qu'elle le déteste maintenant. Et puis, il lui avait sauvé la vie et, même si Emily lui en voulait de la garder captive et s'inquiétait de l'avenir, elle ne pourrait jamais oublier qu'elle était vivante grâce à lui.

— Pourquoi l'as-tu fait ? lui avait-elle demandé un jour, alors qu'ils se promenaient. Pourquoi se donner tout ce mal pour sauver la vie d'une inconnue ? Tu devais savoir que ce serait difficile, avec le mandat et tout.

La mâchoire de Zaron s'était crispée et sa main s'était resserrée sur la sienne.

— Parce que je le devais, avait-il répondu.

Avant qu'Emily ne puisse aller plus loin, il l'avait attirée contre lui et l'avait embrassée avec une telle passion sauvage qu'elle en avait presque oublié son propre nom.

Et là était le problème. L'expertise sexuelle de Zaron et le pouvoir qu'il avait sur son corps étaient tels qu'elle était incapable de lui résister. Chaque fois qu'elle tentait d'ériger des barrières entre eux, Zaron les mettait à terre avec une facilité pathétique. Elle ne pouvait pas l'ignorer, car alors il la menait jusqu'au lit et lui donnait du plaisir jusqu'à ce qu'elle fonde puis, lorsque toutes ses défenses étaient tombées, il avait un geste tendre, comme demander à sa demeure de préparer l'un des plats préférés à Emily ou l'amener pour une longue promenade dans la forêt. Ses tendances dominantes étaient équilibrées par sa gentillesse, sa sexualité brute mélangée à une tendresse. Il la consumait et la traitait comme du verre délicat en même temps et Emily ignorait comment y faire face.

Si leur connexion avait uniquement été basée sur le sexe, les choses auraient été plus simples. Mais chaque fois qu'ils pouvaient converser sans se disputer, Emily avait la sensation troublante d'avoir trouvé son âme sœur intellectuelle. L'esprit scientifique de Zaron, son dévouement à sa spécialité et même sa tendance à identifier les plantes et les animaux communs par leur genre et leur espèce officiels, tout cela trouvait un écho en Emily, la fascinant complètement. Une promenade dans la forêt avec Zaron était plus instructive qu'une heure sur le canal Découverte ; il avait une connaissance encyclopédique de tout ce qui poussait, rampait, marchait et volait dans la forêt tropicale, et il offrait souvent de petites anecdotes sur des plantes et des animaux analogues sur Krina. Il était prudent de ne pas en dire trop, encore ce stupide mandat, mais ce qu'Emily apprenait était incroyable.

— Un reptile volant qui promène ses œufs dans une poche et les mange lorsqu'il a faim ? Tu dis que c'est quelque chose de commun sur Krina ? demanda-t-elle avec stupeur lorsque Zaron lui décrivit une créature appelée *eponu*. Comment survit-il et se reproduit-il ?

— Il pond des centaines d'œufs, répondit-il en souriant. Il mange environ quatre-vingts pour cent de ces derniers pendant la période d'incubation. Lorsque les autres éclos, ils se battent dans la poche jusqu'à ce que quelques victorieux en sortent et s'envolent pour se nourrir d'insectes et d'autres petites créatures… jusqu'à ce que vienne le temps pour ces nouveaux eponu de se reproduire. Une fois que les femelles ont pondu des œufs, les mâles retournent à la chasse et les femelles utilisent les œufs pour se nourrir, recommençant ainsi le cycle.

Emily l'assaillit de questions à ce stade et il y répondit, décidant manifestement qu'il n'y avait rien de mal à ce qu'elle en sache plus au sujet de certaines des créatures inhabituelles de Krina. Il lui en dit également un peu plus sur son enfance et sur la manière dont sa famille avait encouragé son intérêt de la nature dès son jeune âge.

— Je viens d'une famille de scientifiques, dit-il en guise d'explication. Ma mère est une botaniste, mon père est un physicien et trois de mes grands-parents sont des biologistes comme moi. Je suppose que l'exploration de la nature fait partie de notre sang.

Il le dit avec désinvolture, comme si ça allait de soi, et Emily lutta contre une vague familière d'envie.

Elle aurait tout donné pour avoir ses parents près d'elle pour l'encourager dans les défis de sa vie.

— Que pense ta famille de te savoir ici, sur Terre, si loin d'elle ? demanda-t-elle, tentant de ne pas sembler aussi jalouse qu'elle se sentait.

Si les parents et les grands-parents d'Emily avaient encore été de ce monde, elle ne les aurait jamais laissés pour partir vers une autre galaxie.

À sa grande surprise, les traits de Zaron se crispèrent.

— Je ne sais pas, dit-il en s'arrêtant près d'une fougère arborescente luxuriante.

Son regard était indéchiffrable, mais il y avait une nuance sombre dans sa voix.

— Je ne leur ai pas beaucoup parlé ces dernières années.

Il n'en dit pas plus, mais Emily pouvait lire entre les lignes. L'éloignement de Zaron avait à voir avec la mort de sa femme ; elle en était presque certaine. Il avait dû trouver cela difficile d'être près de sa famille après une telle perte. Le deuil pouvait avoir un effet isolant, Emily le savait mieux que quiconque. Pendant plusieurs années après la mort de ses parents, elle avait eu de la difficulté à se faire des amis à l'école, parce que les autres enfants étaient mal à l'aise auprès de l'orpheline. Comme s'ils avaient peur que son malheur soit contagieux, qu'en étant près d'elle, ils accueilleraient la perte et la souffrance dans leur propre vie. Même des enseignants bienveillants l'avaient fait se sentir comme une exclue par leur sollicitude mal placée. C'était plus que possible que la famille de Zaron ait fait la même chose, le traitant comme une personne brisée pour apaiser leur culpabilité de survivant.

Sans un mot, Emily prit sa main et la serra, et ils continuèrent de marcher en silence. Zaron n'avait pas parlé de sa femme depuis cette seule fois, mais Emily savait qu'il souffrait encore. Elle soupçonnait qu'il lui faisait aussi souvent l'amour parce que le sexe était une distraction pour lui aussi… une façon de gérer son chagrin et sa douleur. Il ne disait ou ne faisait rien en ce sens, mais de temps à autre, elle apercevait une expression de souffrance brute sur son visage et elle savait qu'à ce moment il pensait à la femme qu'il avait perdue.

Par chance, dans les derniers jours, ces moments s'étaient faits de plus en plus rares. En fait, la plupart du temps, Zaron semblait concentré sur Emily à un degré quasiment obsessif. Lorsqu'ils n'étaient pas au lit, il la questionnait constamment sur sa vie, voulant tout savoir, de ses plats préférés à ses amis et à ses ex-copains, bien que ce sujet semble le rendre étrangement tendu, comme s'il était jaloux. En général, il semblait possessif à son égard, bien plus qu'il n'était raisonnable dans leur situation.

— Zaron, tu sais que je pars dans quelques jours, n'est-ce pas ? murmura-t-elle alors qu'ils étaient étendus dans le lit un soir, leurs jambes enchevêtrées après un autre moment torride. Je ne t'appartiens pas, peu importe ce que tu me fais dire au bord de l'orgasme. Cette situation, toi et moi, ce n'est que temporaire.

Il se recula pour croiser son regard, et elle vit que sa mâchoire était crispée.

— Je sais.

Son ton était posé, mais elle pouvait entendre la note tranchante derrière ses mots. Cela lui rappela la fois où il l'avait questionnée au sujet de Jason. Pendant un bref moment au cours de cette conversation, elle avait eu l'impression folle que Zaron pourrait faire du mal à son ex-copain. Cela lui avait semblé ridicule par la suite, mais à ce moment, elle avait été convaincue d'avoir perçu un côté sombre et violent chez l'homme qui la retenait captive… un côté qui l'avait terrifiée.

— Tu vas me laisser partir, n'est-ce pas ? demanda Emily, tentant autant que possible d'écarter sa soudaine anxiété. Lorsque ton peuple arrivera, je pourrai retourner chez moi.

L'expression de Zaron ne changea pas, ses yeux complètement noirs alors qu'il répondait :

— Oui, bien sûr.

Puis il l'attira vers elle et Emily oublia entièrement son trouble.

CHAPITRE 28

$\mathcal{L}$e jour précédant l'arrivée des vaisseaux, Emily s'éveilla particulièrement déprimée. Ses cauchemars avaient été assez horribles pour qu'elle s'éveille en criant deux fois. Zaron s'était inquiété qu'elle ne soit malade ou souffrante, mais lorsqu'elle lui avait expliqué que ce n'était qu'un cauchemar, il lui avait offert exactement ce dont elle avait besoin : le réconfort de ses bras puissants dans l'obscurité.

Cette nuit-là, Emily avait regardé la vérité en face.

Sa peur était devenue réalité. Elle était tombée amoureuse d'un homme d'une autre planète, membre d'une espèce dont elle ignorait encore tant de choses.

Cette réalisation bouleversa Emily. Elle ne pouvait pas aimer Zaron ; c'était impossible. Il la retenait contre son gré et son peuple était sur le point d'envahir sa planète. Quel genre de personne tordue tombait amoureuse dans ses circonstances ? Et puis, il n'était pas humain. Il ressemblait peut-être à un homme, mais il était aussi différent d'Emily qu'elle l'était de son chat. Même leur espérance de vie était incompatible. Dans quelques années, Emily commencerait à vieillir, mais il resterait inchangé. Qu'arriverait-il alors ?

Non, arrête. Reviens en arrière. C'était ridicule de sa part de penser aussi loin. Demain, elle partirait et ce serait la fin. Son étrange possessivité mise à part, Zaron en avait possiblement assez d'elle et il passerait à quelqu'un d'autre, peut-être une femme de sa propre espèce… une femme qui pourrait remplacer la compagne qu'il avait perdue.

Quelqu'un qui n'était pas Emily.

Le cœur d'Emily se serra, les larmes lui montant aux yeux. *Tu ne l'aimes pas*, se convainquit-elle. Ce qu'elle ressentait n'était qu'un engouement, résultat de leur proximité forcée. Ils avaient passé tant de temps ensemble dans les deux dernières semaines qu'il était naturel pour elle de s'attacher. Et puis, même si elle était assez dingue pour rester, il n'y avait aucun avenir pour eux, aucune chance de rester ensemble à long terme.

Non. Déterminée à ne pas se laisser aller à ses sentiments illogiques, Emily se leva et se dirigea vers la douche.

De retour à sa vie normale, son affection pour Zaron se dissiperait avec le temps.

Elle en était certaine.

CHAPITRE 29

— Alors, où est-elle, ta jeune humaine ? demanda Ellet, jetant un œil dans le salon de Zaron.

Elle se trouvait au Costa Rica cette semaine et avait décidé de répondre à l'invitation de Zaron de lui rendre visite.

— Elle est toujours ici, n'est-ce pas ?

— Oui. Elle se lave pour l'instant, dit Zaron en s'asseyant sur une longue planche flottante. Elle vient de s'éveiller donc tu devras attendre un peu avant de la rencontrer.

— Ah, tu la laisses dormir. C'est bien.

Ellet alla s'asseoir à ses côtés. Comme lui, elle portait des vêtements humains : un short, un t-shirt serré et des bottes de randonnée, mais aux yeux de Zaron, elle était sans conteste Krinar, avec la beauté élancée et sombre de leur race. Lui souriant, elle ajouta :

— J'étais un peu inquiète que tu l'épuises. Les humains ont besoin de beaucoup plus de repos que nous, tu sais.

Zaron fronça les sourcils. Ellet venait d'exprimer ses propres préoccupations. Emily semblait plutôt épuisée dernièrement, sans parler qu'elle dormait mal. Était-ce en raison de ce qu'il exigeait à son corps humain ?

— Je suis prudent, dit-il, mais il put entendre le doute dans sa propre voix.

— J'en suis sûre, le rassura Ellet. C'est simplement qu'il est facile pour nos mâles de se laisser emporter et d'oublier combien les humaines sont fragiles.

Elle s'interrompit, puis demanda délicatement :

— L'as-tu fait à nouveau ?

— Boire son sang ? Non.

Zaron leva son genou pour camoufler la réaction automatique de son corps à cette idée.

— Je lui ai promis de ne pas recommencer.

— Recommencer quoi ? demanda Emily en entrant dans la pièce.

Jurant en silence, Zaron se leva et se tourna vers le mur de la chambre d'Emily, un mur qui s'était dissout un moment plus tôt, laissant passer Emily. Par habitude, il avait conversé avec Ellet dans la langue de la jeune humaine et Ellet lui avait répondu de même. Qu'avait entendu Emily ? Le visage de la jeune femme était pâle, ses mains agrippant le bas de sa robe, mais elle était peut-être simplement surprise de voir Ellet.

— Emily, voici mon amie et collègue, Ellet, dit-il avec un sourire qui ne laissait rien paraître de ses pensées. Ellet, voici Emily, mon invitée.

— Bonjour, Emily.

Ellet se leva avec grâce et s'avança vers Emily, une main tendue en un geste de politesse humaine.

— Je suis heureuse de te rencontrer.

Emily hésita un millième de seconde, puis serra la main d'Ellet. Zaron remarqua que la poigne de la jeune humaine était ferme, les muscles et tendons délicats de son avant-bras se contractant alors qu'elle serrait la main d'Ellet.

— Bonjour, dit-elle, ses lèvres s'étirant en un sourire éclatant, le même sourire qu'elle avait souvent offert à Zaron lors de leur rencontre.

C'était, il le savait maintenant, le sourire artificiel d'Emily, celui qu'elle utilisait pour camoufler sa nervosité.

— Moi aussi.

— Ellet est une experte en biologie humaine, expliqua Zaron, observant Emily reculer d'un pas. Ton espèce est sa passion.

— Est-ce la raison de ta présence sur Terre ? demanda Emily. Pour nous étudier ?

— Oui, et pour assister le processus de colonisation.

Ellet lança un bref regard vers Zaron.

— Zaron t'en a parlé, je suppose ?

— Oui.

Emily lui lança à nouveau un sourire trop éclatant.

— Il m'a tout raconté.

— Ouf.

Ellet passa sa main sur son front en un geste exagéré de soulagement.

— J'avais peur de devoir marcher sur des œufs en ta présence. C'est la bonne expression, n'est-ce pas ?

Le sourire d'Emily se fit un peu plus sincère. Ellet était en train de la charmer, pensa Zaron avec amusement.

— C'est bien ça, dit-elle à Ellet. Bien que je suis sûre que tu le sais, puisque ta connaissance de la langue semble parfaite.

Ellet sourit.

— Merci. Tu es si adorable. Pas étonnant que Zaron te trouve irrésistible.

Les joues crémeuses d'Emily rosirent.

— Depuis combien de temps Zaron et toi vous connaissez-vous ? demanda-t-elle, désirant manifestement changer de sujet.

— Oh, pas si longtemps, répondit légèrement Ellet. Douze ou treize ans, c'est bien ça, Zaron ?

Zaron acquiesça.

— Nous nous sommes rencontrés à ce que vous appelez une conférence en biologie, un rassemblement d'experts dans le domaine de l'étude des espèces. Emily, tu n'as pas encore pris ton petit-déjeuner. Ellet, aimerais-tu manger un morceau ?

— Oh oui, répondit la femme Krinar avec un grand sourire. Je n'ai pas goûté à un plat maison depuis bien longtemps.

Zaron fit préparer par sa demeure une variété de plats et ils s'assirent tous les trois pour le petit-déjeuner. Presque aussitôt, Emily se mit à bombarder Ellet de questions, de son rôle dans la colonisation à la vie sur Krina. Zaron fit de son mieux pour diriger la conversation sur des sujets moins délicats, mais Emily continuait de questionner Ellet et cette dernière semblait inconsciente des signaux subtils de Zaron.

— Oh, oui, les femmes sur Krina ont les mêmes droits que les hommes, dit-elle à Emily lorsque celle-ci la questionna sur les relations hommes-femmes. Bon, les hommes ont tendance à être très territoriaux et possessifs de leurs femmes, mais rien ne nous empêche d'obtenir les postes que nous voulons ou même de participer dans les combats d'Arène si nous le souhaitons…

— Des combats d'Arène ? demanda Emily, s'accrochant à l'information que Zaron aurait préféré qu'elle ne relève pas.

— Ce n'est qu'une ancienne tradition, coupa Zaron avant qu'Ellet ne puisse répondre. Un genre de sport, rappelant les arts martiaux mixtes d'ici.

Ellet lui jeta un coup d'œil, sourcils haussés, mais ne le contredit pas. Les défis mortels de l'Arène rappelaient davantage les combats de gladiateurs de Rome que les sports modernes, mais Zaron ne voulait pas qu'Emily l'apprenne. Pour expliquer l'ancienne institution de l'Arène, il devrait expliquer l'histoire violente des Krinars et leurs origines de prédateurs. Si Emily apprenait que son peuple avait déjà chassé des primates plus faibles pour leur sang et que son espèce avait été conçue à l'origine pour servir de substitut à ces primates, elle s'inquiéterait encore plus de l'invasion.

— Qu'en est-il des humains ? demanda alors Emily. Y en a-t-il sur Krina ? Enfin, ce n'est pas la première fois que vous venez ici, alors…

Elle ne finit pas sa phrase.

— Oh, bien sûr.

Ellet prit un morceau d'*Ipomoea batatas* rôti, une patate douce.

— Nous avons un certain nombre d'humains chez nous.

Elle n'élabora pas davantage et Zaron réalisa que sa collègue avait enfin compris qu'il n'était peut-être pas sage d'en dire autant à Emily. Demain matin, il devrait la laisser partir et elle pourrait partager son savoir avec les autres. Ils devaient s'assurer de ne rien lui dévoiler que le Conseil ne voulait pas que les médias humains apprennent.

— Alors, que fait mon peuple sur votre planète, insista Emily. Sont-ils là parce que vous les étudiez ou sont-ils considérés comme des immigrants ? En général, quels sont leurs droits ?

— Il n'y a pas beaucoup d'humains sur Krina pour l'instant, alors il n'y a pas de lois officielles à ce sujet, dit Zaron avant qu'Ellet ne puisse répondre. Cela changera peut-être maintenant que nous serons davantage en contact.

La réalité était que les humains n'avaient aucun droit sur Krina. Dans le dernier millénaire, alors que son peuple visitait la Terre, des centaines d'humains avaient été ramenés sur Krina et Zaron soupçonnait qu'ils n'étaient pas tous là de leur plein gré. La plupart des Krinars plus âgés ne voyaient rien de mal dans cette situation ; ils avaient été là lorsque l'espèce d'Emily vivait encore dans des cavernes. Pour beaucoup d'entre eux, les humains n'étaient donc qu'un peu plus évolués que des animaux. Mais les plus jeunes, de la génération de Zaron et d'Ellet, avaient une vision nuancée, et Zaron ne faisait pas exception. Pour lui, les humains n'étaient pas bien différents des Krinars, du moins pas pour ce qui importait.

— Dis-m'en plus à ton sujet, dit Ellet à Emily.

L'experte en biologie humaine semblait tout à coup pressée de changer de sujet.

— Pourquoi es-tu au Costa Rica et comment t'es-tu blessée aussi gravement ?

Emily sourit poliment et expliqua qu'elle était en vacances et qu'elle était partie en randonnée dans la forêt sans tenir compte des pluies récentes.

— C'était stupide de ma part, je sais, dit-elle avec une grimace. Je n'aurais pas dû tenter de traverser le pont, du moins pas lorsque j'ai vu qu'il était humide.

Elle poursuivit, expliquant comment elle s'était accrochée du bout des doigts dans le bois du pont, et Zaron sentit ses entrailles se serrer alors qu'il se rappelait le corps brisé d'Emily sur ces rochers. S'il n'avait pas entendu son cri, s'il n'était pas arrivé à temps… La souffrance qui le traversa à cette pensée était aussi tranchante que lorsqu'il avait appris la mort de Larita. Pendant un moment, il ne put respirer, ne put penser au-delà du fait qu'il avait presque perdu Emily, avant même d'avoir eu la chance de la connaître. Quelques minutes de plus et sa vie aurait pris fin, son esprit vif éteint dans la coquille brisée de son corps.

— Et comment que tu n'aurais pas dû traverser ce pont !

Il cracha ces mots, lapidaires et hostiles, interrompant de stupeur les deux femmes.

— Mais qu'est-ce qui t'a pris, te promener seule ainsi ? Tu aurais pu être mordue ou piquée ; il y a un tas de créatures venimeuses ici, sans parler que tu étais une proie de choix pour tout criminel qui aurait croisé ta route. Comment te serais-tu défendue ? Tu aurais pu être violée, volée… tuée. N'as-tu donc aucun instinct de survie, aucun bon sens ?

Alors qu'il parlait, Zaron se retrouva debout, ses mains broyant le rebord de la table.

— Quelle idiote part en voyage ici seule ? Bordel, qu'est-ce qui t'a pris, Emily ?

La jeune humaine le fixait comme s'il avait perdu l'esprit, et Ellet n'était pas en reste. Zaron ne pouvait les blâmer ; il pouvait entendre la rage à peine contrôlée dans sa propre voix, et il savait qu'il agissait comme un dément. Mais il n'y pouvait rien. Depuis qu'Emily était devenue si importante pour lui, il avait délibérément évité de penser à son accident, et pour cette raison précise.

Il ne pouvait supporter l'idée que l'humaine qui comblait le vide sombre et douloureux en lui soit passée aussi près de la mort.

Pendant quelques instants, il n'y eut rien de plus qu'un silence tendu. Puis, Ellet prit la parole :

— Je crois que je devrais y aller. J'ai beaucoup à faire aujourd'hui et…

— Non, je t'en prie, tu n'as pas à partir.

Emily se leva d'un bond, son sourire faussement éclatant de nouveau en place.

— Je suis convaincue que Zaron et toi avez à parler boulot et je viens de me rappeler que j'ai quelque chose à faire. Je suis ravie de t'avoir rencontrée, Ellet. Si tu veux bien m'excuser…

Se tournant, elle disparut dans le salon, son pas léger alors qu'elle traversait la pièce. Puis, le silence revint et Zaron sut qu'Emily était retournée dans sa chambre, se sortant d'une situation gênante aussi rapidement qu'elle le pouvait.

— Eh bien, d'accord, dit Ellet, ses yeux brillant d'amusement. Je crois que je devrais y aller…

— Non, je suis désolé.

La fureur coulait encore dans ses veines, mais Zaron se força à s'asseoir et à détendre ses muscles tendus.

— Tu n'as pas à partir. Tu n'as même pas terminé de manger. Je te promets de bien me tenir.

— Es-tu sûr ? demanda Ellet avec flegme. Tu n'as pas envie de hurler un peu plus après ton invitée humaine ?

— Non.

Zaron prit une profonde inspiration et la relâcha lentement.

— Je t'en prie, assieds-toi. Terminons de manger et je m'excuserai auprès d'Emily plus tard.

— Bon, si c'est ce que tu veux. Je ne veux pas m'immiscer dans une querelle d'amoureux.

— Ce n'est pas une querelle d'amoureux.

Zaron prit presque le mors aux dents, mais réussit à adoucir sa voix à la dernière seconde.

— L'accident d'Emily a ravivé de mauvais souvenirs, c'est tout.

— Oh, je vois.

Le regard d'Ellet s'écarquilla de compréhension, toute trace d'amusement disparaissant de ses traits.

— Bien sûr, Zaron. Je suis désolée. C'était irréfléchi de ma part. Après ta compagne et tout…

— Quoi ?

Zaron fonça les sourcils.

— Non, ça n'a rien à voir avec Larita. C'est simplement que…

Il s'interrompit, incapable d'exprimer l'enchevêtrement d'émotions en lui.

— À bien y penser, peut-être que *c'est* à cause de Larita, dit-il, sautant sur l'excuse fournie. Je suis désolé d'avoir ruiné ta visite.

— Oh non, ça va, dit Ellet, avant d'attaquer avec avidité le reste de ses légumes rôtis.

— Tu n'as pas à t'en faire, marmonna-t-elle, la bouche pleine. Maintenant, dis-m'en plus au sujet du plan de demain. Quand présenterons-nous les emplacements finaux au Conseil ?

Le reste du repas passa en conversations d'ordre professionnel et, lorsqu'Ellet se leva pour partir, Zaron se sentait beaucoup plus calme.

— Je suis désolé, s'excusa-t-il à nouveau auprès d'Ellet, tout en l'accompagnant dehors. J'espère que je ne t'ai pas trop embarrassée.

Ellet s'arrêta sous un *Pachira quinata*, un pochote, à quelque dix mètres de sa caverne et lui lança un sourire rassurant.

— Non, pas du tout. Mais, Zaron…

Elle hésita.

— Qu'y a-t-il ?

— As-tu jamais pensé à faire de cette fille ta charl ?

L'expression de Zaron dut refléter le choc qui le figea sur place, car Ellet reprit rapidement la parole.

— Je sais que ça ne me concerne pas, mais il me semble que cette Emily est importante pour toi. Si elle ne devient pas ta charl, elle mourra inévitablement. Peut-être pas demain ou la semaine prochaine, mais dans quelques décennies. Y as-tu pensé ?

Zaron n'y avait pas pensé, parce que cette voie menait vers des tentations sombres et des promesses brisées. Il avait été si concentré sur le présent, sur le fait de profiter de chaque moment avec Emily, qu'il avait refoulé toute pensée de l'avenir et du vide glacial et douloureux qui l'attendait après son départ demain. Il y survivrait, s'était-il convaincu. Le fait qu'une humaine l'ait fait revivre était bon signe. Cela signifiait qu'il se remettait, que la souffrance qui le consumait depuis huit ans s'atténuait finalement. Il ne s'était pas permis de penser plus loin, mais voilà qu'Ellet ramenait les peurs et les rêves qu'il avait tenté d'ignorer.

D'une voix aussi posée qu'il le pouvait, Zaron dit :

— Je ne peux pas en faire ma charl. Je lui ai promis que ce n'était que temporaire, Ellet. Je ne peux pas la garder…

— Tu peux.

Le regard noisette d'Ellet était inébranlable.

— Tu peux faire ce que tu veux et tu le sais.

Ses mots lui firent l'effet d'un coup de poignard. Elle avait raison. Qui l'arrêterait s'il décidait de garder Emily ? Le Conseil n'avait que faire du sort d'une humaine et la loi humaine n'avait aucune emprise sur lui. Il pourrait la garder dans sa demeure, et dans son lit, aussi longtemps qu'il le souhaitait.

— Non, dit Zaron d'une voix rauque.

C'était autant un refus de ses propres désirs tordus que des paroles d'Ellet.

— Je ne peux pas lui faire ça. Pas quand je lui ai promis de la laisser partir.

Ellet l'observa en silence un moment, puis ses lèvres esquissèrent un sourire.

— Je savais que tu étais bon. Cette fille est plus chanceuse qu'elle ne le sait.

Elle se tourna, faisant mine de partir, puis se retourna vers lui.

— Zaron…

Sa voix était douce.

— As-tu pensé à lui demander de rester ?

Zaron la fixa.

— Tu veux dire, de façon permanente ? Comme ma charl ?

Ellet acquiesça.

— Non, dit lentement Zaron. Pas vraiment.

Était-ce ce qu'il voulait ? Était-il prêt à un tel engagement ? C'était une chose de garder Emily encore quelques semaines ou mois, même quelques années, mais prendre une charl était un engagement à vie. Plus encore, cela signifiait reconnaître l'importance d'Emily dans sa vie, et redevenir vulnérable. Encore plus qu'avec Larita, car Emily était humaine, avec toutes les faiblesses de son espèce. Et si Zaron la prenait comme charl et qu'il la perdait, comme il avait perdu sa femme ? Un corps humain était si fragile, si cassable…

Il avait dû rester figé un moment, car Ellet ajouta gentiment :

— Bon, c'est évidemment ton choix. Je suis convaincue que tu sais ce que tu fais.

— Oui.

Zaron s'arracha à sa torpeur inhabituelle.

— Je vais y réfléchir. Merci de ta visite. C'était bon de te voir.

— Ce fut un plaisir.

Ellet lui lança un sourire chaleureux.

— Prends soin de toi, Zaron, et bonne chance.

Elle se détourna et disparut entre les arbres, puis Zaron retourna dans sa demeure, son esprit plein de possibilités et sa poitrine serrée d'émotions qu'il ne pouvait admettre.

CHAPITRE 30

*E*mily était étendue sur son lit, les yeux brûlant de trop fixer le plafond. Se pouvait-il que ce qu'elle avait entendu soit vrai ? Le peuple de Zaron buvait-il vraiment du sang ?

Des vampires extraterrestres. Cela semblait ridicule, comme une scène d'un film de science-fiction des années cinquante. Si quelqu'un avait mentionné une telle chose à Emily il y a un mois, elle aurait éclaté de rire. Mais les Krinars étaient réels et leurs attributs – leur immortalité biologique, leur vitesse surhumaine et leur force exceptionnelle – étaient de ceux que les gens imputaient aux créatures de la nuit depuis des siècles. Était-ce possible ? Les Krinars étaient-ils la source de toutes ses légendes ?

Il lui avait fallu toute sa volonté pour ne pas se trahir, pour sourire et serrer la main d'Ellet comme si tout était normal. D'agir comme si elle était simplement curieuse au sujet des humains qui vivaient sur Krina plutôt que d'imaginer avec horreur la possibilité de fermes de sang sur la planète de Zaron.

Ellet avait demandé à Zaron s'il l'avait fait à nouveau, s'il avait bu le sang d'Emily. Il l'avait donc déjà fait au moins une fois avant. Était-ce lorsqu'elle avait perdu la mémoire ? Elle ne voulait pas tirer de conclusions hâtives, mais ça avait du sens. Il lui avait dit que ce flou mental était une conséquence « naturelle » de leur liaison, et qu'il ne l'avait pas droguée, pourtant il lui avait promis que ça n'arriverait plus, ce qui signifiait que c'était plus qu'une relation normale qui s'était passée entre eux. Il faisait probablement référence à cette promesse lorsqu'il parlait avec Ellet.

Se levant, Emily entra dans la salle de bain et s'aspergea le visage d'eau tiède. Elle l'aurait préférée froide, mais la technologie intelligente Krinar n'était pas assez intelligente pour lire ses pensées. Le lavabo s'entêtait à lui donner de l'eau à une température confortable, même si Emily ne cherchait pas le confort. Elle devait éclaircir son esprit et éloigner les émotions conflictuelles qui pesaient sur sa poitrine.

Elle devait penser à la suite.

De retour dans sa chambre, Emily s'assit sur le lit, fixant le mur par lequel Zaron arriverait. De son point de vue, elle avait deux options : elle pouvait partager ses soupçons avec Zaron ou elle pouvait se taire et continuer de prétendre qu'elle n'avait rien entendu. Chaque option avait ses bons et ses mauvais côtés, mais la première option était plus risquée. Si Emily avait bien compris, si le peuple de Zaron buvait vraiment du sang, et qu'il avait tenté de lui cacher ce fait, il pouvait décider de la retenir ici. En fait, se rappela Emily avec angoisse, lorsqu'elle avait voulu questionner Zaron au sujet de sa perte de mémoire, il lui avait explicitement dit qu'il ne pouvait rien lui dire sans violer le mandat. Ce devait être la raison de sa captivité : les Krinars devaient savoir que les humains seraient perturbés à l'idée de vampires envahissant leur planète.

L'invasion prochaine était l'équivalent d'une meute de loups s'installant dans un poulailler.

— Emily ?

Le mur se dissout devant elle et Zaron entra dans la pièce, ses traits cruellement beaux froncés.

— Tout va bien ?

Le cœur d'Emily s'accéléra alors qu'elle bondissait sur ses pieds.

— Quoi ?

Était-il au courant ? Savait-il qu'elle l'avait entendu ?

— Je suis désolé pour ma réaction.

Se déplaçant avec sa grâce coutumière, Zaron traversa la pièce et s'arrêta près du lit et, cette fois-ci, il n'y eut plus l'ombre d'un doute dans l'esprit d'Emily.

Sa foulée était celle d'un prédateur, fluide et mortelle.

— Je ne voulais pas m'en prendre à toi ainsi, continua-t-il, et Emily réalisa qu'elle avait oublié son étrange comportement, toutes ses pensées tournées vers sa révélation involontaire.

Avec un grand sourire, elle réussit à dire :

— Ça va. Ce n'est rien.

Ses paumes étaient moites, son cœur battait à tout rompre dans sa poitrine et elle se demanda si Zaron pouvait l'entendre… s'il pouvait sentir sa peur. Emily était presque certaine que les Krinars n'avaient pas besoin de tuer les humains pour boire leur sang, du moins Zaron ne l'avait pas fait cette fois-là, mais à la seule pensée de servir de proie, une chape de plomb s'abattit sur elle.

Un vampire. L'homme avec qui elle avait couché ces deux dernières semaines était un vampire.

Emily aurait dû être terrifiée, dégoûtée, mais alors qu'elle l'observait, tout ce qu'elle ressentait était cette chaleur ténébreuse familière, cette conscience qui picotait sa peau et lui coupait le souffle. Elle craignait qu'il sache qu'elle l'avait entendu, terrifiée qu'il la retienne ici pour avoir brisé le mandat, mais elle n'avait pas peur de *lui*. Elle savait que Zaron ne lui ferait jamais vraiment mal, elle le savait de toutes les fibres de son être, et alors qu'elle voyait la même chaleur envahir son regard sombre, l'anxiété bouillant dans ses veines se transforma en autre chose… quelque chose d'aussi perturbant.

Elle s'humecta les lèvres, sa bouche lui semblant soudainement sèche, et ses yeux suivirent le mouvement, sa mâchoire se crispant et son torse puissant s'ouvrant sur une profonde inspiration.

— Emily…

Son nom ne fut qu'une brève expiration sur ses lèvres alors qu'il s'approchait, la poussant contre le rebord du lit.

— Mon ange, j'ai tant besoin de toi.

— Zaron, je…

Elle ignorait ce qu'elle voulait dire, mais ça n'avait pas d'importance, car il était déjà sur elle, revendiquant ses lèvres dans un baiser profond et exigeant. Ses mains agrippèrent ses poignets, levant ses bras au-dessus de sa tête alors même qu'il la pressait sur le lit. Emily sentit la chaleur en elle devenir un brasier torride. Il était souvent ainsi avec elle, sauvage et dominant, mais même dans ces moments, il contrôlait sa force troublante, prudent de ne pas la blesser. Elle l'excitait, cette sauvagerie contrôlée, et son sexe se fit moite, la pointe de ses seins se durcissant. Gémissant contre ses lèvres, elle s'arqua contre son corps puissant, prête à tout pour rassasier la pulsation douloureuse entre ses jambes, et sentit la forte érection dans son jean.

Vampire. Le mot s'insinua en elle, accompagné d'un frisson accablant, mais ce n'était pas suffisant pour étouffer le feu qui liquéfiait ses entrailles. Elle voulait Zaron, le désirait tant qu'elle oubliait tout ce qui n'était pas le plaisir sombre et étourdissant de son étreinte. Rien d'autre que lui n'avait d'importance à cet instant, cet inconnu qui lui avait sauvé la vie et qui avait pris sa liberté, qui lui était devenu si indispensable au cours des deux dernières semaines. C'était à la fois terrifiant et exaltant, comme si elle escaladait une falaise avec uniquement une mince corde de sûreté.

Les poignets d'Emily emprisonnés dans l'une de ses grandes mains, Zaron glissa son autre main le long de son corps, plongeant sous sa robe pour caresser la douce zone entre ses cuisses. Ses yeux étaient d'un noir d'encre alors qu'il levait la tête, soutenant son regard, et ses doigts agiles écartèrent ses replis, cherchant le faisceau de nerfs palpitant en son sein. Emily haleta, ses entrailles se contractant alors qu'il pressait son clitoris, doucement tout d'abord, puis avec une pression plus rude, plus cruelle. Et tout ce temps, son corps musclé la gardait épinglée au lit, la faisant se sentir petite et sans défense, faible de désir.

— Zaron.

Elle n'était pas sûre d'avoir murmuré ou expiré son nom, mais son regard se fit d'une intensité prédatrice, narines dilatées. Il y avait quelque chose dans ses yeux qu'elle n'avait jamais vu, quelque chose qui l'effraya malgré l'excitation qui enflammait son corps.

— Emily, mon ange…

Sa voix n'était qu'un sombre et rauque murmure alors qu'il la retenait, ses doigts jouant toujours avec son clitoris. Son regard était affamé, réalisa-t-elle, et il y avait plus, quelque chose qu'elle ne pouvait déchiffrer.

— Ne pars pas demain, murmura-t-il, la fixant du regard. Je veux que tu restes.

Ses paroles la frappèrent comme une masse. Emily se figea, incapable de respirer, incapable de faire autre chose que de le fixer, bouche bée. Que voulait-il dire ? Savait-il ? La panique qui monta en elle chassa son état d'excitation, ne laissant derrière elle que de la peur.

— Mais tu m'as promis, réussit-elle à murmurer, les lèvres engourdies. Tu m'as promis que tu me laisserais partir.

L'étrange émotion dans le regard de Zaron s'estompa, remplacée par une lueur glacée et dure, et ses lèvres s'étirèrent en une ligne dangereuse. C'était comme si elle observait un homme se transformer en une sculpture de granit, une sculpture qui irradiait de rage.

— C'est bon, dit-il rudement. Si c'est ce que tu veux. Tu pars demain. Mais jusque-là, tu es mienne et je vais te montrer exactement ce que ça signifie.

CHAPITRE 31

Zaron savait qu'il ne devrait pas se sentir aussi furieux face au refus d'Emily, mais il ne pouvait écarter la fureur volcanique qui bouillonnait dans sa poitrine alors qu'il baissait le regard vers elle, remarquant la peur qui brouillait son regard bleu-vert. Cette peur ne fit qu'accroître la douleur de son rejet, l'intensifiant jusqu'à avoir l'impression de saigner de milliers d'entailles.

Il aurait tout aussi bien pu lui avoir offert du poison plutôt que son cœur.

Un autre jour, dans d'autres circonstances, il aurait pu être plus rationnel, aurait pris en compte qu'ils se connaissaient depuis seulement quelques semaines. Mais les vaisseaux arrivaient demain et savoir qu'il était sur le point de la perdre, qu'elle s'éloignerait de lui pour le laisser au vide atroce des huit dernières années, était comme de l'acide sur une plaie ouverte. La seule chose qu'il enregistrait était qu'Emily ne le voulait pas, qu'elle ne ressentait pas cette soif qui le torturait et qui le poussait à désirer quelque chose qu'il ne pensait plus jamais vouloir.

Qu'elle soit étendue sous lui, sa main entre ses mains crémeuses, rendait la chose encore pire. Il pouvait sentir la moiteur de son bas-ventre, la chaleur liquide qui trahissait son désir, et elle ne faisait qu'accroître sa furie. Le corps d'Emily le voulait, accueillait le plaisir qu'il lui donnait, mais son cœur et son esprit lui étaient fermés. Ça n'avait pas de sens, mais Zaron se sentait utilisé, trahi même, un sentiment exacerbé par la passion qui pompait violemment dans ses veines.

Si tout ce qu'Emily voulait de lui était du sexe, alors c'était précisément ce qu'elle aurait.

Se soulevant, Zaron utilisa sa prise sur les poignets d'Emily pour la relever avec lui, puis il la retourna sur le ventre et relâcha ses poignets. Elle hoqueta, ses paumes écartées sur le matelas comme si elle voulait se relever, mais il avait déjà déchiré sa robe et glissé un oreiller sous ses hanches pour soutenir ses fesses douces et fermes. Elles l'obsédaient, ces fesses, comme tout le reste du corps d'Emily, pourtant il ne les avait pas encore faites siennes, tout comme il n'avait pas suivi les mille et une idées salaces qui le taraudaient en sa présence. Il avait fait preuve de patience, ne voulant pas troubler la jeune humaine et ça avait été une erreur.

Elle partait demain et Zaron n'avait pas même commencé à satisfaire sa faim d'elle.

Se penchant vers elle, il baissa la tête jusqu'à effleurer l'oreille d'Emily de ses lèvres. Sa douce chevelure blonde lui taquina le visage et sa douce odeur était si enivrante que son membre perfora presque son jean.

— Je vais te prendre, dit-il d'une voix rauque et dure qu'il eut peine à reconnaître. Aujourd'hui, tu me donneras tout, mon ange.

Elle laissa échapper un doux bruit étouffé – un accord ou une protestation ? – mais lorsque Zaron plongea entre ses jambes, elle était brûlante et moite, prête pour lui. Il poussa deux doigts en elle, pénétrant sa chair soyeuse, et ses testicules se serrèrent en réponse à son gémissement haletant, à la manière dont son corps se contracta autour de ses doigts, les attirant plus profondément. Elle tremblait maintenant sous lui, sa peau nue chaude et moite de sueur, et Zaron sut qu'elle était près de l'orgasme, que dans un autre moment elle serait sienne.

Mienne. Le mot s'imposa à son esprit, amenant avec lui cette intense envie sombre. La faim physique n'était qu'une partie de celle-ci ; le reste enchevêtré avec la perte et la souffrance, et autre chose de si brillante et incandescente qu'elle compensait toute la douleur qu'elle causait. Zaron ne voulait pas nommer cette chose, pas même dans sa tête, mais il la sentait vivant en lui, vibrant et palpitant à chaque battement de son cœur.

Non. Arrête. Ce n'était que du sexe, se morigéna Zaron. Il s'était manifestement trop retenu ; c'est pourquoi il ne pouvait s'imaginer laisser Emily partir, pourquoi il se sentait si vide à la pensée des jours à venir. Il devait la purger de son système, tout faire pour se débarrasser de cette envie impossible et tordue.

Plongeant ses doigts en un lent va-et-vient dans sa chaleur humide, Zaron utilisa son autre main pour ouvrir son jean. Il libéra son membre, si dur et gonflé qu'il courbait vers son abdomen. Retirant ses doigts, Zaron les essuya sur sa verge pour l'enduire de sa moiteur. L'odeur d'Emily, chaude et si féminine, monta à son nez et il eut peine à aligner son membre palpitant contre son ouverture et à pousser lentement plutôt qu'à plonger en elle d'un coup. Dans cette position, les jambes serrées, elle était si étroite autour de lui et il sut qu'il pourrait la blesser s'il n'était pas prudent. Mais elle gémit alors, arquant son dos pour le prendre plus profondément, et il ne put se contrôler. Avec un grognement sourd, Zaron glissa sa main sous son ventre pour trouver son clitoris et, le caressant, plongea en elle jusqu'au bout.

Emily cria, ses mains serrant les draps, et il sentit son tremblement sous lui, ses muscles internes enserrant son membre.

— Zaron…

Son nom était comme une prière essoufflée sur ses lèvres.

— Oh mon dieu, Zaron…

Il sut le moment précis où elle l'atteignit, sentit les spasmes persistants de son orgasme, et il grinça des dents pour retenir sa propre libération. Attrapant la chevelure d'Emily, il entortilla les mèches blondes autour de son poing, forçant sa tête vers l'arrière. Puis, en se tenant sur un coude, il poussa les doigts de son autre main, ceux qu'ils venaient de sortir de son sexe, dans sa bouche. Ses lèvres et sa langue étaient incroyables sur sa peau, sa bouche aussi fluide et chaude que son sexe et il poussa davantage ses doigts, les enduisant de sa salive avant de descendre la main vers ses fesses.

— As-tu déjà fait ça ? demanda-t-il d'une voix rauque, utilisant sa prise sur sa chevelure pour appuyer son visage contre le matelas.

Ses doigts recouverts de salive glissèrent entre ses fesses courbées, trouvant le cercle étroit de muscles là, et il la sentit se tendre de stupeur alors qu'il touchait la minuscule ouverture.

— Est-ce que quelqu'un t'a déjà prise là ?

— Non.

Elle hoqueta lorsqu'il appuya davantage, forçant le bout de son doigt en elle.

— Je… je n'ai jamais…

— Parfait. Alors, il est à moi, rien qu'à moi.

La satisfaction que Zaron ressentit à cette pensée était plus que primitive. Son membre se gonfla en elle, jusqu'à ce qu'il se retrouve au bord du précipice, mais avec une volonté prodigieuse, il retint son plaisir. Il murmura un ordre à sa demeure en Krinar et un lubrifiant spécial recouvrit sa main, facilitant l'entrée de son doigt dans son anus serré.

— Détends-toi, murmura-t-il lorsqu'Emily geignit et contracta ses fesses, luttant contre l'intrusion.

Son sexe enserra sa verge, la massant involontairement, et Zaron grogna alors que son doigt touchait son membre par la mince paroi séparant les deux orifices.

— Tu t'y habitueras dans un instant.

Elle haletait dans le matelas, sa peau brillant de sueur, mais il sentit la chaleur humide en elle s'intensifier, enduisant son membre de sa moiteur. Après quelques secondes, la plus grande partie de sa tension s'apaisa, ses muscles se détendant quelque peu, et Zaron se pencha pour embrasser son oreille.

— C'est ça, mon ange. Comme ça, dit-il d'une voix caressante.

Ses mots apaisants furent accompagnés par la pression d'un deuxième doigt contre son ouverture. Elle se tendit à nouveau, mais il avait réussi à insérer le bout de son doigt et, aidé par le lubrifiant, le reste glissa facilement en elle.

— Ça va ? murmura-t-il en sentant son tremblement.

Il lui sembla qu'un temps fou passa avant qu'elle hoche doucement la tête.

— C'est bien.

Zaron embrassa à nouveau son oreille et se redressa en position assise. Luttant pour garder le contrôle, il se mit à se mouvoir, plongeant en elle simultanément avec son membre et ses doigts. Emily geignit, le son terriblement érotique l'amenant au bord du déversement. Il eut peine à rester tendre, à garder ses mouvements lents et contrôlés pour ne pas la blesser. Comme il continuait à bouger, une partie de la tension d'Emily s'apaisa, et ses gémissements se firent plus fort, son sexe se contractant autour de lui.

Grognant, Zaron agrippa sa hanche de sa main libre et se mit à plonger en elle avec plus de force, ses doigts bougeant en rythme avec son membre. Il se sentait comme un volcan prêt à exploser et il savait qu'il ne pourrait pas se retenir davantage, puis il n'eut plus à se contrôler.

Avec un léger cri, Emily atteignit l'orgasme, ses muscles intimes l'enserrant en un étau soyeux et humide. Il sentit les spasmes secouer son corps, entendit ses halètements, puis il vint, l'orgasme envoyant des chocs extatiques à toutes ses terminaisons nerveuses. Sa vision se brouilla alors qu'une vague incroyable de plaisir le percuta, l'assommant par sa force, et sa semence se répandit en secousses incontrôlables en elle.

Respirant avec force, Zaron retira son membre et ses doigts d'Emily. Puis, il se leva, la prit dans ses bras, et la porta jusqu'à la douche. Elle semblait hagarde, à peine capable de se tenir droite lorsqu'il la déposa dans la cabine, alors il la prit à nouveau dans ses bras, la serrant contre son torse, laissant la technologie intelligente les lavait tous deux.

Il laisserait quelques minutes à Emily pour se remettre, puis ce serait la deuxième ronde.

Entourée par les bras de Zaron, Emily se sentait sans force et bouleversée. Son corps palpitait à des endroits dont elle ignorait l'existence et ses muscles semblaient faits de coton. Le féroce mélange d'extase et de douleur qu'elle venait de vivre était trop difficile à digérer, surtout combiné avec tout le reste.

Il la laisserait partir demain.

Emily aurait dû être soulagée, mais elle sentait plutôt un poids énorme en elle, comprimant sa cage thoracique et tordant ses entrailles. Zaron lui avait-il demandé de rester et non menacé de la retenir prisonnière ? Était-ce la raison de sa colère lorsqu'elle lui avait rappelé sa promesse ? Pendant un moment, elle avait craint qu'il la punisse sexuellement, mais il avait été doux, du moins aussi doux qu'un homme la possédant ainsi pût être. Son anus brûlait encore de la présence de ses doigts, mais quelque chose dans cette étrange plénitude, dans cette sensation d'être complètement possédée, avait intensifié infiniment plus son orgasme.

Lorsqu'ils furent tous deux lavés et séchés, Zaron la porta vers la chambre. Emily s'attendait à ce qu'il la dépose et s'éloigne, mais il l'étendit sur le lit et couvrit son corps du sien. Soutenu par ses coudes, il encadra son visage de ses grandes mains et, avant qu'elle n'ait la chance de dire quoi que ce soit, il l'embrassa.

Son souffle était doux et mentholé après le nettoyage, mais il n'y avait rien de doux dans son baiser. Il était brut et passionné, aussi affamé que s'il ne venait pas juste de se répandre en elle. Aussitôt, Emily sentit une chaleur l'envahir et le désir pulsé dans ses veines. Avec le corps musclé de Zaron sur elle, elle était enveloppée dans une bulle de sensualité ténébreuse, et rien d'autre n'existait en dehors de ce baiser : pas d'invasion, pas de peur, pas de lendemain. Tout sembla s'écrouler, ne laissant derrière que l'homme qui dévorait ses lèvres et le désir désespéré bouillant dans ses veines.

Les heures suivantes ne furent qu'une masse confuse de sexe, de sa bouche et ses doigts et son membre partout sur elle. Il la posséda comme si c'était la dernière fois qu'il le pourrait, et elle vint encore et encore, criant son nom. Et lorsqu'Emily crut qu'elle ne pourrait plus en prendre, il enduisit son sexe de lubrifiant, la plia en deux en drapant ses jambes par-dessus ses épaules, et pénétra son anus, centimètre par centimètre. C'était douloureux et brûlant, son sexe beaucoup plus gros que ses doigts, mais elle était trop épuisée par tout ce sexe pour protester. Tout ce qu'elle pouvait faire était de rester là, sans force, tentant de respirer alors qu'il la remplissait douloureusement. Mais, lorsque le pire de la douleur cuisante s'apaisa, le plaisir sombre revint, aidé par ses doigts agiles caressant ses replis.

— Viens pour moi, murmura-t-il, pinçant son clitoris alors qu'il plongeait davantage en elle, et Emily fit exactement cela, son corps épuisé secoué d'extase encore et encore.

Elle ne sut pas si elle dormit ou si elle perdit simplement le cap, mais lorsqu'elle revint à elle, elle était propre et Zaron était assis au bord du lit, un plateau de baies et de noix grillées à la main.

— Mange, ordonna-t-il, en approchant une fraise de ses lèvres et Emily mordit dedans docilement, trop fatiguée et bouleversée pour faire autrement. Des muscles dont elle ignorait jusqu'à l'existence étaient douloureux et son sexe était si sensible que la plus petite friction contre son clitoris la faisait souffrir. Et pourtant, lorsque Zaron eut fini de la nourrir et qu'il l'attira à nouveau contre lui, elle répondit, son corps conditionné au plaisir indescriptible que son contact lui donnait toujours.

Ils firent à nouveau l'amour, cette fois tranquillement, et lorsqu'Emily fut étendue dans les bras de Zaron, en morceaux et sans force, elle sentit une douleur sourde l'étreindre. Il était encore tôt dans l'après-midi, mais le lendemain matin se dessinait comme un nuage sombre, cette seule pensée la remplissant de crainte. Après ce qu'elle avait appris au sujet du peuple de Zaron, elle était terrifiée par l'invasion prochaine, mais elle craignait encore plus le moment où elle serait séparée de Zaron… loin de son étreinte pour toujours.

Et si elle restait ? La pensée s'insinua en elle, sombre et tentante. Il lui avait dit vouloir qu'elle reste. Le pensait-il vraiment et pour combien de temps ? Il se lasserait sans doute d'elle un jour, peut-être pas tout de suite, mais du moins lorsque son corps humain commencerait à montrer des signes de vieillesse. Sans parler la question du sang et le fait que son peuple était sur le point de prendre possession de la Terre avec des intentions mystérieuses et possiblement sinistres.

Le syndrome de Stockholm. Emily savait ce dont il s'agissait, ayant même rédigé un texte à ce sujet lors de son cours de psychologie à l'université. Zaron n'était pas violent, mais il l'avait retenue dans sa demeure contre son gré. Il était fort probable que la dynamique ravisseur/captive ait faussé sa pensée, amplifiant son attirance physique jusqu'à ce qu'elle devienne une dépendance malsaine. Depuis qu'Emily s'était éveillée chez lui, elle avait dû se fier à Zaron pour tout : les repas, l'eau, les promenades… même le plaisir et le confort. En ce moment, il était un dieu dans son univers, un souverain avec tous les pouvoirs. Il la contrôlait entièrement. Comment pouvait-elle prendre une décision saine et rationnelle dans cet état ? Comment pouvait-elle se faire confiance et tout laisser pour un extraterrestre dont l'espèce voulait peut-être du mal à la sienne ?

Elle ne le pouvait pas. C'était aussi simple que ça.

La douleur la transperça, aussi tranchante qu'un poignard, mais Emily sut qu'elle devait être forte. C'était la seule solution. Pourtant, elle ne put empêcher le picotement de ses yeux alors qu'elle soulevait sa tête de l'épaule de Zaron pour croiser son regard brillant.

— Je veux que tu le fasses, dit-elle, sa voix tremblant sous l'effort de retenir ses larmes. Ce que tu as fait la deuxième fois que nous avons couché ensemble. Ce que tu m'as promis de ne plus refaire. Je veux que tu me prennes et que tu me fasses oublier.

Le corps de Zaron semblait de pierre, ses yeux comme deux lacs noirs dans son visage aux traits parfaits.

— Es-tu sûre ?

Sa voix était basse et profonde.

— En es-tu sûre, mon ange ?

Emily hocha la tête, effrayée, mais résolue. Elle était plus qu'endolorie et épuisée, mais elle ne pouvait pas continuer ainsi jusqu'au matin. Et une partie d'elle voulait la vivre encore, cette sombre béatitude, cette perte d'identité totale. Elle voulait que Zaron boive son sang, autant pour le vivre que pour oublier ses soucis.

— Vas-y, dit-elle.

Il serra la mâchoire, puis se mit en mouvement et, en un instant, Emily se retrouva à nouveau sur le dos, le corps puissant de Zaron la pressant contre le matelas. Ses mains glissèrent dans ses cheveux alors qu'il baissait la tête, ses lèvres effleurant son cou, puis elle la sentit : la douleur vive et tranchante.

C'était sa morsure, réalisa-t-elle, puis toute pensée la déserta, ses sens submergés par l'extase explosant dans ses veines.

CHAPITRE 32

Zaron observa Emily alors qu'elle s'agitait, se tournant pour exposer ses seins pleins et le haut de son abdomen élancé. Sa peau pâle était parfaitement lisse, ses mamelons rose tendres au repos. Elle était belle, sa jeune humaine, et il la voulait avec une force qui lui coupait le souffle. La nuit dernière n'avait pas aidé, elle avait rendu les choses encore pires. Son goût était encore sur sa langue, doux et vital, et la certitude qu'il ne pourrait plus jamais l'avoir était aussi atroce qu'une piqûre de *Chironex fleckeri*.

Elle ne voulait pas rester. Il devait l'accepter, même si la voix ténébreuse en lui murmurait qu'il pouvait la garder, que personne n'interférerait. Il pouvait en faire sa charl et, avec le temps, elle l'accepterait et l'apprécierait peut-être même.

Non. Zaron étouffa cette voix. Il avait promis à Emily sa liberté et il devait tenir cette promesse. Il ne pourrait vivre avec sa conscience si elle en venait à le haïr ; peu importe à quel point il avait besoin d'elle, il ne la voulait pas réticente et amère.

Levant une main, il caressa doucement la courbe satinée de sa mâchoire.

— Réveille-toi, mon ange. Il est temps de partir si tu ne veux pas manquer ton vol.

Les yeux d'Emily s'ouvrirent tranquillement et elle cligna des yeux, le fixant.

— Quoi ?

— Tu dois t'habiller et manger pour que nous puissions partir, dit Zaron.

Il avait voulu garder les choses légères, mais les mots sortirent avec rudesse.

— Tu ne veux pas manquer ton vol.

— Mon vol ?

S'asseyant, Emily tira le drap sur sa poitrine et lui lança un regard perplexe.

— Que veux-tu dire ?

— J'ai acheté un billet d'avion pour remplacer celui que tu n'as pas utilisé, dit Zaron. Je dois maintenant te conduire à l'aéroport.

— Oh. Merci. C'est très gentil de ta part.

Elle sortit du lit, ses douces courbes lui mettant l'eau à la bouche alors qu'elle traversait la pièce, nue.

— Je reviens.

Elle disparut dans la salle de bain et, un instant plus tard, Zaron entendit la douche. La tentation de la rejoindre était forte, mais il résista à l'envie. S'il la touchait à nouveau, il y avait de fortes chances qu'elle ne prendrait pas l'avion aujourd'hui.

Lorsqu'elle sortit de la douche, toujours nue, il lui tendit une pile de vêtements et observa ses sourcils se hausser.

— Ce sont les miens, dit-elle en le fixant avec incrédulité. Où as-tu trouvé mes vêtements ?

— Je les ai pris à l'hôtel où tu restais, en même temps que tes autres biens personnels, dit Zaron en se forçant à ne pas laisser courir son regard sur son corps. Je savais que tu aurais besoin de ton passeport.

Il s'y était rendu le jour après son réveil, lorsqu'il avait décidé de la garder jusqu'à l'arrivée des vaisseaux.

— Alors, tu les as depuis tout ce temps ?

Ses yeux se plissèrent.

— Pourquoi ne pas me l'avoir dit ?

— Tu n'avais pas besoin de ça ici, dit-il, ignorant la manière dont ses lèvres se serrèrent à sa réponse. Je t'ai donné des vêtements et des chaussures plus confortables et de meilleure qualité.

En fait, Zaron ignorait pourquoi il ne lui avait pas remis ses choses. Elle n'avait pas apporté beaucoup pour son voyage, un seul sac à dos rempli des indispensables, et il n'y avait pas vraiment pensé. Il avait seulement récupéré le sac d'Emily à l'hôtel et l'avait rangé. Les vêtements qu'il lui avait faits étaient en effet supérieurs aux vêtements humains primitifs et il avait été heureux de la voir se promener dans les robes qu'il avait créées.

Les mouvements d'Emily étaient rigides et saccadés alors qu'elle s'habillait, mais elle resta silencieuse, ce qui était sage de sa part, pensa Zaron. Vu la colère qui frémissait en lui, il n'aurait pas besoin de beaucoup pour éclater.

Lorsqu'Emily fut vêtue, il lui tendit un frappé aux fruits que sa demeure avait préparé et lui dit :

— Allons-y.

Attrapant son sac en chemin, il la précéda hors de la maison.

Ses pensées en ébullition, Emily suivit Zaron à l'extérieur, sirotant le frappé sans le goûter. Ses vêtements, un short, un t-shirt et des chaussures Nike, lui semblaient étrangement rêches et inconfortables, comme s'ils appartenaient à quelqu'un d'autre. Son corps, lui, était en bon état, ne gardant aucune trace des courbatures de leur marathon sexuel de la veille. Zaron l'avait probablement guérie pendant qu'elle dormait.

La nuit dernière et le reste de la journée d'hier se brouillaient dans l'esprit d'Emily, un enchevêtrement d'images et de sensations floues. Tout ce dont elle se souvenait était un plaisir qui semblait trop intense pour être uniquement sexuel. Une sensation qui lui rappelait la fois où elle avait essayé par erreur une drogue de synthèse à l'université. C'était comme si tout avait été intensifié, l'extase irréellement vive. Était-ce sa morsure ou avait-il utilisé une drogue extraterrestre comme aphrodisiaque ? Elle voulut le lui demander, mais n'osa pas trahir sa connaissance de ce trait Krinar, pas alors qu'elle était si près de la liberté.

— Comment vais-je me rendre à l'aéroport, demanda-t-elle plutôt, alors que Zaron se mettait en marche vers le lac.

Le soleil était déjà haut dans le ciel, Emily avait dû dormir tard, et l'air était lourd et humide.

— Nous ne pouvons pas marcher jusque-là, n'est-ce pas ?

— Non, bien sûr que non.

Sa réponse était mordante.

— J'ai un véhicule pas trop loin.

— Oh.

Il avait une voiture dans la jungle ?

— Où ?

— Tu verras.

Ils poursuivirent leur marche en silence. Lorsqu'Emily termina son frappé, la tasse se dissout dans sa main, la faisant sursauter. Elle voulut questionner Zaron à ce sujet, mais lorsqu'elle lui jeta un coup d'œil et vit son expression fermée, elle se retint. Son ravisseur, bientôt son *ancien* ravisseur, n'était pas de bonne humeur.

Rapidement, le t-shirt d'Emily colla à son dos. L'humidité était telle qu'elle avait de la difficulté à respirer. Il pleuvrait cet après-midi, elle pouvait le sentir, et elle se demanda si cela retarderait son vol. Ou peut-être que l'invasion extraterrestre s'en chargerait, pensa-t-elle, et elle ne put s'empêcher de rire devant le ridicule de sa situation.

— Qu'y a-t-il de si drôle ?

Zaron lui lança un regard acéré.

— Les vaisseaux sont-ils déjà arrivés et ont-ils pris contact ? demanda-t-elle, ignorant sa question.

Zaron secoua la tête.

— Pas avant quelques heures.

— Et tu me laisses déjà partir ?

Emily ne put retenir la note sarcastique dans sa voix.

— Et si je parle avant ça ?

La mâchoire de Zaron se crispa, mais il ne répondit rien et Emily soupira de soulagement lorsqu'il ne fit pas mine de s'arrêter. Pourquoi avait-elle tenté de le provoquer ? Elle savait qu'il était déjà sur les nerfs. Est-ce qu'une partie tordue d'elle espérait qu'il se mettrait assez en colère pour la forcer à rester ?

Repoussant cette pensée, Emily le suivit à travers la forêt dense. Très vite, il tourna à l'ouest et prit un sentier étroit qui serpentait entre les arbres et les buissons. Ils marchèrent ainsi pendant un peu moins de deux kilomètres, avant d'atteindre une clairière.

Là, à moitié caché par les arbres, se trouvait un camion géant.

— Nous le prendrons pour le reste du trajet, dit Zaron, en sortant les clés de sa poche.

Emily le fixa, bouche bée, ouvrir la porte, jeter son sac à l'intérieur et s'installer derrière le volant.

— Tu conduis cette chose ? demanda-t-elle avec incrédulité, et il lui lança un regard perplexe.

— Évidemment que je conduis. Comment pourrais-je me déplacer sur ta planète sinon ? Nous n'avons pas droit à nos capsules volantes encore.

— Évidemment.

Emily grimpa dans le camion, littéralement, comme la marche lui arrivait à la cuisse, et s'attacha.

— Je ne t'ai simplement jamais imaginé au volant de quelque chose comme ça.

Elle n'avait jamais imaginé son ravisseur extraterrestre au volant de quoi que soit, mais si ça avait été le cas, elle l'aurait imaginé au volant de quelque chose d'élégant et de futuriste, comme une Tesla.

— Désolé de te décevoir.

L'expression de Zaron était indéchiffrable alors qu'il démarrait le camion.

— J'avais besoin de quelque chose de solide pour ce terrain.

— Je vois ça, dit Emily alors que le véhicule se mettait en branle et avançait à travers un mur quasi impénétrable d'herbes hautes et de petits buissons.

Elle fut reconnaissante pour sa ceinture de sécurité lorsqu'ils traversèrent un fossé.

— Je comprends ce que tu veux dire.

Elle s'attendait à continuer ainsi encore longtemps, mais en quelques minutes, ils atteignirent un chemin de terre et, à l'exception de quelques nids-de-poule, le reste du trajet se fit en douceur. Zaron ne parla pas, et Emily non plus. Ses épaules étaient tendues alors qu'il conduisait, ses jointures blanches sur le volant. Emily sentait qu'un seul mot ou geste de sa part serait suffisant pour qu'il fasse marche arrière. Elle pouvait le sentir dans la tension électrique entre eux et dans le silence aussi lourd que l'air à l'extérieur.

Se mordant la langue pour s'empêcher de parler, Emily détourna le regard, regardant sans le voir le paysage. Elle ne pouvait pas se laisser faiblir. Elle avait une vie chez elle qui ne tournait pas autour d'un séduisant extraterrestre, une vie pour laquelle elle avait travaillé d'arrache-pied. Elle ne pensait manifestement pas clairement ; autrement elle n'aurait pas été tentée de se laisser aller à cette folie.

Le trajet sembla sans fin, mais lorsqu'Emily jeta un œil à l'horloge, elle vit que deux heures seulement s'étaient écoulées depuis qu'ils étaient dans le camion.

— Nous allons à l'aéroport de Liberia ? demanda-t-elle alors qu'ils entraient dans la ville, et Zaron acquiesça.

— C'est le plus près avec des vols internationaux. J'ai réservé un vol direct jusqu'à l'aéroport John F. Kennedy.

— Merci.

Emily ne savait que dire de plus. Pour quelqu'un qui ne voulait pas qu'elle parte, Zaron était grandement prévenant.

— C'est très apprécié.

Il ne répondit pas et, quelques minutes plus tard, ils s'arrêtèrent dans la zone des départs. Zaron arrêta le camion près du trottoir et sortit, faisant le tour pour ouvrir la portière d'Emily. Elle était sur le point de sauter lorsqu'il l'attrapa et la déposa près de lui, sa poigne sur sa taille incroyablement forte, et pourtant douce.

— Euh, merci, marmonna Emily, lorsqu'il la relâcha et recula d'un pas.

Son contact l'avait ébranlée, la chaleur de ses paumes pénétrant le mince tissu de son t-shirt, et son cœur cognait dans sa poitrine, alors que Zaron sortait son sac du camion avant de le lui tendre.

— Ton passeport est dans le compartiment extérieur, tout comme ton portefeuille, dit-il, son expression toujours fermée. Le billet est dans ton passeport.

Emily hocha la tête. Elle voulut le remercier à nouveau, mais sa gorge était serrée et elle sut que si elle tentait de parler, elle éclaterait en sanglots. Du coin de l'œil, elle remarqua que les gens autour les observaient, ou plutôt observaient Zaron. Les femmes de tous âges semblaient hypnotisées par l'homme grand et basané, comme tout droit sorti de leurs rêves les plus fous. Est-ce qu'elles percevaient sa différence, se demanda Emily avec morosité, ou étaient-elles trop aveuglées par sa superbe beauté mâle ?

Les yeux de Zaron s'attardèrent sur ses traits et, pendant un moment, elle crut qu'il lui demanderait à nouveau de rester. Cette fois-ci, Emily ignorait si elle pourrait refuser. Maintenant que son départ n'était plus hypothétique, elle pouvait à peine respirer à travers la douleur cuisante. L'air lourd et humide semblait l'étouffer de toutes parts, lui donnant l'impression d'être enfermée dans un minuscule placard. Elle n'était pas encore dans l'avion et il lui manquait déjà, le désirant de la pire façon possible.

Mais il ne lui demanda pas de rester.

— Adieu, Emily, dit-il et, avant qu'elle ne puisse se reprendre, il grimpa dans le camion et s'éloigna.

———

Emily ne sut pas comment elle passa la sécurité et se retrouva dans l'avion. Les larmes qui coulaient sur ses joues l'aveuglaient, et la boule dans sa gorge l'étranglait, la sensation de perte la suffoquant. Elle tentait de se rappeler toutes les raisons pourquoi elle avait pris la bonne décision, mais ça ne changeait rien.

Elle ne pouvait refouler sa douleur par la logique.

— Tout va bien, señorita ? lui avait demandé un garde inquiet dans la file de sécurité et elle avait marmonné quelque chose au sujet d'une rupture avec son copain.

L'homme lui avait lancé un sourire compatissant et lui avait fait signe de passer, et Emily s'était retrouvée dans l'avion où elle était maintenant assise, écoutant les annonces du pilote avant le départ.

Son billet était pour un siège côté hublot en classe affaires, un autre geste attentionné de la part de Zaron. Dans des circonstances normales, Emily aurait grandement apprécié le surclassement, mais elle était trop bouleversée pour profiter du repas gastronomique ou de l'alcool gratuit. Elle faisait son possible, mais elle était incapable d'empêcher les larmes de couler et le vol de cinq heures lui sembla éternel. La seule chose qu'elle réussit à faire fut de brancher son portable, espérant ainsi qu'il fonctionnerait une fois de retour chez elle.

Finalement, ils atterrirent à l'aéroport JFK.

Son premier indice que quelque chose n'allait pas fut les foules affolées dans le terminus. L'aéroport toujours occupé de New York débordait de passagers à l'air contrarié qui occupaient chaque siège disponible aux portes et s'alignaient le long des murs. Chaque comptoir de service à la clientèle présentait une file de plusieurs centaines de passagers et les employés derrière ces comptoirs semblaient éreintés et submergés.

— Que se passe-t-il ? demanda Emily à un homme semblant relativement calme qui se tenait près d'un stand de collations.

— Vous ne savez pas ? répondit-il. La FAA a annulé tous les vols. Elle n'a pas dit pourquoi, mais le président tiendra une conférence de presse ce soir.

CHAPITRE 33

*L*e temps d'attente pour un taxi étant d'environ deux heures, Emily prit l'airtrain jusqu'au métro, puis le train E vers la ville. La foule dans le métro bourdonnait de conjectures paniquées ; personne ne connaissait le sujet de la prochaine annonce, mais tout le monde pensait qu'elle concernait une menace terroriste importante. Pourquoi sinon la FAA aurait-elle annulé tous les vols ?

Emily connaissait la réponse, mais elle se tut et tenta d'ignorer les conversations autour d'elle. Les New-yorkais étaient des créatures solitaires, conditionnées à ne pas interagir avec les inconnus, mais la peur générée par les événements anormaux semblait avoir ébranlé ces barrières. Les gens discutaient entre eux, offrant leurs hypothèses : l'État islamique, Al-Queda ou bien quelque chose de totalement différent.

Lorsqu'Emily arriva enfin à son arrêt de Times Square, elle avait mal à la tête et au cœur, un mélange de décalage horaire et de faim. Elle avait été trop bouleversée pour manger dans l'avion et son frappé était bien loin. Pas que manger aurait calmé l'anxiété qui lui rongeait les entrailles.

L'invasion était en cours. Elle était réelle. Jusqu'au moment où elle avait débarqué de l'avion, une partie d'Emily avait sottement espéré que quelque chose empêcherait les Krinars de mettre leur plan à exécution, qu'ils changeraient d'idée pour une raison inconnue. Mais, évidemment, ce n'était pas le cas. Ils avaient pris contact et le gouvernement américain avait réagi en annulant tous les vols.

Et ce n'était pas seulement le gouvernement américain, réalisa-t-elle, en voyant défiler les gros titres sur les écrans géants de Times Square. Les vols avaient été annulés partout en Europe et en Asie. Emily supposa qu'ils voulaient ainsi éviter que le transport civil entrave les manœuvres militaires, si ceux-ci devenaient une nécessité.

Frissonnant à cette pensée, Emily traversa la foule de Times Square et se hâta vers l'appartement d'Amber, qui se trouvait à environ cinq rues de son propre studio de Midtown West. Sa bonne idée de charger son portable dans l'avion lui fournissait maintenant quelques barres de réception, mais chaque fois qu'elle tentait de joindre Amber, l'appel ne se rendait pas. Elle soupçonnait les réseaux mobiles d'être submergés ; la totalité de la population tentait de joindre quelqu'un pour discuter de la mystérieuse menace qui avait interrompu le transport aérien. Elle espérait qu'Amber était chez elle : il était plus de vingt heures un dimanche et Amber devait généralement se lever tôt les lundis pour son emploi à temps partiel au restaurant de petit-déjeuner.

L'appartement d'une chambre d'Amber se trouvait sur la dixième avenue, au quatrième étage d'un immeuble sans ascenseur qui n'avait pas été rénové depuis les années quatre-vingt. L'immeuble avait une allure et une odeur terrible, mais le loyer était bas, du moins pour Manhattan, et Amber pouvait se le permettre avec son revenu de caissière et d'écrivaine pigiste.

Se sentant totalement épuisée, Emily monta péniblement les quatre étages et sonna chez Amber.

— Emily ! Quel soulagement !

Amber sauta presque sur Emily, l'enveloppant dans une étreinte écrasante dès l'instant où la porte s'ouvrit.

— J'étais si inquiète !

— Je vais bien, dit Emily en souriant à son amie, qui comme d'habitude portait une robe bohémienne tachée de peinture et avait des éclaboussures de peinture dans sa chevelure rousse.

Amber était une artiste en herbe en plus d'une écrivaine et elle passait tous ses temps libres sur ses toiles.

— Je suis si désolée d'avoir été retardée. Je ne voulais pas t'imposer George si longtemps. Comment va-t-il ?

— Ton chat va très bien, c'est un amour, vraiment, dit Amber, précédant Emily dans son appartement. Ce n'était vraiment pas un problème de le garder. Mais, dis-moi, que s'est-il passé ? Tu devais revenir il y a deux semaines, puis je reçois ce mystérieux courriel de ta part, et plus rien.

— Oui, à ce propos…

Emily déposa son sac sur le plancher.

— Pouvons-nous allumer le téléviseur avant ? Je crois que ce sera plus facile à expliquer après le discours du président.

— Quoi ?

Amber lui lança un regard perplexe.

— Quel discours ?

— Tu n'as rien entendu, hein ?

Ce n'était pas inhabituel pour Amber d'ignorer son téléphone et son ordinateur lorsqu'elle était dans une phase d'inspiration artistique.

— J'ai peint tout le week-end, dit Amber, confirmant ainsi la supposition d'Emily. Pourquoi ? Quelque chose s'est produit ?

— En quelque sorte. Viens, allumons le téléviseur.

Dès qu'elles entrèrent dans le salon, une boule de poils grise s'élança à travers la pièce, miaulant avec force. En riant, Emily se pencha et prit son chat, qui se mit à ronronner dès qu'il fut dans ses bras.

— Tu lui as beaucoup manqué, dit Amber en prenant la télécommande pour allumer le téléviseur. Il a à peine mangé les premiers jours, assis à la fenêtre et… oh, merde !

La chaîne d'information montrait les passagers immobilisés dans les aéroports à l'échelle mondiale, les gens couchés, assis ou debout partout dans les terminus. Les files de taxis à l'extérieur s'étiraient à l'infini et les embouteillages autour des grands aéroports étaient terribles.

— Oui, c'est pareil à JFK. Je suis embarquée juste avant qu'ils n'annulent les vols, dit Emily.

S'asseyant sur le canapé, elle étreignit avec force George, trouvant du réconfort contre son petit corps chaud et soyeux.

Le présentateur commentait la situation et spéculait sur le contenu de la conférence de presse du président. Ce qui intriguait tout le monde était que le président n'était pas le seul qui prendrait la parole à vingt et une heures. Tous les dirigeants du monde s'adresseraient à leurs citoyens à la même heure.

— Que se passe-t-il ?

Les taches de rousseur d'Amber se détachaient avec force sur son visage pâle lorsqu'elle se tourna vers Emily.

— Tu sais ce qui se passe ?

— Regarde, dit Emily alors que les caméras passaient à la Maison-Blanche, où le président des États-Unis faisait son entrée dans la salle.

S'arrêtant devant une haute tribune, il fixa directement la caméra et Emily remarqua les lignes de tension qui couraient sur son visage normalement stoïque.

— Bonsoir, dit-il, et Emily ne put qu'admirer son sang-froid.

Malgré tout, sa voix était calme et rassurante.

— Je suis convaincu que beaucoup d'entre vous se questionnent sur la raison derrière les événements inhabituels d'aujourd'hui, alors j'irai droit au but. Plus tôt ce matin, la NASA a détecté un objet anormal en orbite autour de la Terre. Peu de temps après, nous, ainsi que la plupart des autres pays développés, avons été contactés par une espèce extraterrestre humanoïde, les Krinars, selon leurs propres dires. Ils auraient prétendument créé la vie sur Terre il y a de cela des milliards d'années en envoyant de l'ADN de Krina, leur planète. Par la suite, ils ont guidé notre évolution avec l'objectif de développer une espèce semblable à la leur sur bien des points. *Nous* sommes cette espèce, et ils ont jugé que le temps était venu de prendre contact avec nous. Leur ambassadeur m'a assuré que, bien qu'ils aient l'intention de construire quelques colonies ici, ils sont intéressés par une coexistence paisible, et non la guerre.

Il s'interrompit pour reprendre son souffle, et il fut bombardé de questions, chaque journaliste tentant de dominer les autres.

— Comment savez-vous que ce n'est pas un canular ? cria une femme blonde.

— À quoi ressemblent-ils ? Où se trouve leur planète ? hurla un grand homme chauve.

— L'objet en orbite est-il leur vaisseau ? Comment ont-ils pu s'approcher autant sans être vus ?

— Comment sont-ils arrivés ici ? Peuvent-ils voyager plus vite que la lumière ?

— Quel genre de technologies possèdent-ils ? Quel genre d'armes ?

— Que veulent-ils réellement ? Comment savons-nous que leurs intentions sont vraiment pacifiques ?

— Pourquoi vouloir construire des colonies ici ? Veulent-ils nous coloniser ?

Cet assaut de questions continua pendant une bonne minute avant que le président ne lève une main pour imposer le silence.

— Silence, je vous prie, dit-il de sa voix calme, cette voix qui l'avait bien servi pendant les élections et sa présidence.

Aussitôt, les journalistes se calmèrent, le fracas frénétique dans la pièce s'apaisant jusqu'à n'être plus qu'une rumeur anxieuse.

— Maintenant, dit le président, je ferai mon possible pour répondre à certaines de vos questions. La NASA a confirmé que l'objet en orbite était bien l'un de leurs vaisseaux. Plusieurs autres vaisseaux se trouvent à proximité dans notre système solaire. À ce stade, nous sommes convaincus qu'il ne s'agit *pas* d'un canular. Leur ambassadeur nous a dit que Krina se trouvait dans une autre galaxie. Sachant cela, les Krinars doivent avoir la technologie pour voyager plus vite que la lumière. Leur technologie semble beaucoup plus avancée que la nôtre, et nous supposons qu'il en va de même pour leurs armes. Toutefois, nous n'avons aucune raison de croire que leurs intentions sont hostiles, il n'y a donc pas lieu de s'inquiéter. Pour ce qui est de leur apparence, elle est humaine. La photo de l'ambassadeur des Krinars sera distribuée aux chaînes d'information tout de suite après cette conférence de presse. Nous n'en savons pas plus pour l'instant, mais nous communiquerons les informations au fur et à mesure qu'elles nous arrivent. Entre-temps, je vous demande de rester calmes et de continuer vos vies aussi normalement que possible. Il s'agit d'un tournant majeur dans notre histoire. Veillons à ce qu'il soit motif de fierté. Merci à tous et bonne soirée.

La salle résonna de questions à nouveau, mais le président sortait déjà de la pièce, entouré de ses conseillers. Dès qu'il eut quitté la pièce, l'image sur l'écran se divisa en huit pour montrer des conférences similaires partout à travers la planète et le présentateur, qui semblait aussi choqué que les téléspectateurs devaient se sentir, résuma le discours du président.

Emily laissa échapper le souffle qu'elle avait retenu et déposa un George encore ronronnant sur ses genoux. Elle se sentait étrangement soulagée. Jusqu'à ce moment, une partie d'elle avait craint que Zaron ait tenté de la pacifier avec ses promesses de colonies pacifiques. Mais il avait dit vrai, du moins la même vérité que les Krinars avaient communiquée aux dirigeants du monde. Les intentions réelles des visiteurs n'avaient pas encore été déterminées, surtout en connaissant leurs tendances secrètes de buveurs de sang, mais Emily se sentait tout de même mieux.

À ses côtés, Amber regardait l'écran avec une expression d'incrédulité stupéfaite.

— Des extraterrestres ?

Elle se tourna vers Emily.

— C'est une blague, n'est-ce pas ? Un genre de canular d'Halloween super en avance ?

— Je ne crois pas, répondit Emily.

Amber était sa meilleure amie, elles avaient été inséparables depuis leur première année universitaire, mais sans savoir pourquoi, Emily était réticente de parler de Zaron avec elle. Elle voulait croire que c'était parce qu'elle était totalement épuisée de son voyage, mais elle savait que ce n'était pas la réalité.

Elle ne voulait pas parler de sa captivité à sa meilleure amie, parce qu'elle se sentait à vif et démolie, brisée à l'idée de ne plus jamais revoir Zaron. Aborder cette histoire serait comme d'arracher les points de suture d'une plaie qui saignait encore et Emily ne savait pas si elle pouvait le supporter, pas tout de suite du moins.

— Allons. Des extraterrestres ?

Amber sauta sur ses pieds et commença à faire les cent pas.

— Des putains d'extraterrestres ? C'est impossible, tout simplement impossible. Ce doit être un canular, ou bien ils se sont trompés et la Corée du Nord ou la Chine teste de nouvelles armes. Ou bien c'est l'un de ses groupes d'hacktivistes. Ils ont accès aux ordinateurs de la NASA et ils leur font croire que ce sont des extraterrestres. Ou bien…

Elle continua ainsi, trouvant des solutions encore plus originales alors qu'Emily caressait George et écoutait, trop épuisée et démoralisée pour faire plus.

Enfin, après près d'une demi-heure, Amber réalisa qu'Emily ne partageait pas son choc et son incrédulité.

— Tu ne sembles pas surprise par tout ça, dit-elle, ses sourcils roux froncés alors qu'elle s'arrêtait devant Emily. Pourquoi donc ? Tu as appris quelque chose en chemin ?

— Je…

Même si Emily ne voulait pas parler de son voyage, elle ne voulait pas non plus mentir.

— Quelque chose comme ça, se déroba-t-elle en caressant la douce fourrure de George.

— Qu'est-ce que ça veut dire ?

Emily soupira. Elle aurait dû savoir qu'Amber ne laisserait pas tomber. Avec son regard souvent rêveur et son style bohémien, son amie avait peut-être l'air d'une artiste distraite, mais elle était aussi vive qu'un détective. Il ne fallait jamais sous-estimer Amber, surtout qu'elle connaissait Emily si bien.

— Pouvons-nous en discuter demain ? demanda Emily, bien qu'elle sut la futilité de sa remarque. Je suis vraiment fatiguée après mon voyage et…

— Quoi ? Non, évidemment pas ! Tu disparais pendant deux semaines au Costa Rica, puis tu reviens et il y a une invasion extraterrestre qui ne semble pas te surprendre ?

Amber s'assit et se croisa les bras.

— Raconte. Maintenant. Tu n'as pas d'emploi alors tu pourras dormir demain matin.

— C'est bon.

Ça valait le coup d'essayer. Prenant une profonde inspiration, Emily se lança dans son récit, commençant par sa chute dans la forêt. Amber l'écouta, bouche bée, son regard noisette s'attardant sur le visage d'Emily avec une fascination horrifiée. Alors qu'Emily arrivait à la partie où elle avait rencontré Zaron pour la première fois, la télévision se mit à diffuser les images à peine reçues de l'ambassadeur des Krinars, un homme grand à la chevelure foncée, qui était aussi séduisant que son ravisseur. Selon le gouvernement, il se nommait Arus.

L'attention d'Amber se tourna vers le téléviseur.

— Merde, souffla-t-elle, fixant les images sur l'écran. Ton Zaron ressemble-t-il à cet Arus ?

Emily hocha la tête.

— Assez.

Le visage de Zaron était un peu plus élancé, ses lèvres plus pleines et sensuelles que celles de l'ambassadeur, mais la symétrie sans défaut de sa structure osseuse et la finesse de bronze de sa peau étaient identiques.

— J'ai aussi rencontré une femme Krinar et elle avait un teint foncé semblable.

— Tu as rencontré *deux* extraterrestres ?

Amber en oublia la télévision, toute son attention à nouveau sur Emily.

— Oh mon dieu, dis-m'en plus !

Grattant George derrière les oreilles, Emily poursuivit son histoire. Elle raconta à Amber comment Zaron l'avait retenue pendant dix-sept jours et à quel point leur technologie semblait intelligente. Elle décrivit son apparence physique et son incroyable force, décrivit certaines de leurs conversations sur Krina, et aborda même la mort tragique de la compagne de Zaron. La seule chose qu'elle ne put avouer fut à quel point elle s'était rapprochée de son ravisseur pendant ces dix-sept jours, mais elle n'eut pas besoin de le dire.

— Tu as couché avec lui, n'est-ce pas ? dit Amber lorsqu'Emily s'interrompit pour reprendre son souffle.

Sa voix était catégorique.

— Tu as couché avec cet extraterrestre.

Emily sentit une rougeur envahir son cou. Pour cacher son malaise, elle souleva George contre sa poitrine et le serra.

— Pourquoi dis-tu cela ? demanda-t-elle, espérant ne pas être aussi rouge qu'elle se sentait.

Amber pencha la tête de côté.

— Parce que je ne suis pas idiote, voyons. La façon dont tu en parles, la façon que tu *rayonnes* pratiquement alors que tu le décris… je ne t'ai jamais vue ainsi, pas même au début de ta relation avec Jason. Tu es belle et si ces Krinars sont aussi humains que tu le dis, ce n'est pas si difficile d'imaginer que deux personnes séduisantes, bon une humaine et l'autre pas vraiment, se rapprocheraient en étant forcés de vivre ensemble.

Emily ne répondit rien, alors Amber se pencha et prit George, le déposant sur ses propres genoux.

— Tu sais que je ne lâcherai pas le morceau, alors dis-le-moi. As-tu couché avec ce Zaron ?

George laissa échapper un miaulement mécontent et sauta à terre. Distraite, Emily se pencha pour prendre son chat, mais il s'éloigna vers la cuisine, queue levée, apparemment contrarié par tous les humains.

— Emily…

Le ton d'Amber contenait une note d'avertissement.

— C'est bon, c'est bon.

Il était difficile de résister à une Amber déterminée en temps normal, mais lorsqu'Emily était aussi épuisée et bouleversée, c'était tout simplement impossible.

— Oui, nous avons couché ensemble et, avant que tu ne me le demandes, oui il est fait comme un homme. Heureuse ?

Malgré sa volonté de garder son sang-froid, la voix d'Emily semblait fragile, comme si elle était au bord des larmes.

— Emily, chérie, ce n'est pas la raison de ma question.

Amber fronçait maintenant les sourcils.

— Je veux dire, oui, je suis évidemment curieuse, mais je t'ai questionnée parce que je suis inquiète pour toi.

Personne ne sait quoi que ce soit sur ces visiteurs et cet homme, cet extraterrestre qui t'a gardée captive, t'a guérie avec leur technologie, puis tu as eu des rapports sexuels avec lui. Tu comprends combien fou et dangereux c'est, non ? À tout le moins, tu devrais consulter un médecin ou...

— Non.

Emily se leva d'un bond, horrifiée.

— C'est la dernière chose qu'il me faut. Ils voudraient m'étudier et... non. C'est non.

— Mais...

— Non. Pas question. Amber...

Emily lança un regard implorant à son amie.

— Tu ne peux pas parler de ce que je t'ai confié à qui que ce soit, d'accord ? Je ne veux pas que les gens apprennent ce que j'ai vécu.

— Évidemment. Je n'irai pas voir les médias.

Amber se leva. Elle avait cinq centimètres de moins qu'Emily et une silhouette plus frêle, mais son énorme personnalité la faisait toujours paraître plus grande.

— Pour qui me prends-tu, une idiote ?

— Non, bien sûr que non.

Emily passa une main lasse dans sa chevelure.

— Mais je ne veux pas que *quiconque* le sache, pas même tes parents ou ta sœur. Tu peux faire ça pour moi ?

Lorsqu'Amber hésita, elle ajouta :

— Je t'en prie, c'est très important.

— D'accord.

Amber laissa échapper un soupir.

— Je n'en parlerai à personne. Mais, promets-moi quelque chose.

Son regard noisette se fit sombre.

— Consulte un médecin, pour un examen régulier. Tu n'as pas besoin de raconter quoi que ce soit, mais au moins tu sauras ainsi si tu vas bien, physiquement je veux dire.

— Amber...

Emily soupira.

— S'il voulait me faire du mal, il ne m'aurait pas guérie. Je vais parfaitement bien, plus que jamais en fait.

— Il ne t'a peut-être pas fait volontairement de mal, mais tu as peut-être attrapé quelque chose qui pourrait te rendre malade plus tard ou qui pourrait en infecter d'autres ? dit Amber.

Emily réalisa alors que son amie maintenait délibérément une certaine distance entre elles.

— Les Européens ont pratiquement décimé les Premières Nations avec leurs maladies. Même si les Krinars ne prévoient pas de nous tuer, leurs virus le pourraient. Notre système immunitaire n'est pas équipé pour affronter une grippe extraterrestre, tu sais.

Emily la fixa du regard, frappée par cette pensée. Puis, son cerveau se remit en marche et elle secoua la tête.

— Non, dit-elle. C'est un bon argument, mais je ne crois pas que le peuple de Zaron serait venu ici s'il y avait un risque d'infection. Ils visitent la Terre depuis des milliers d'années. Si nous avions dû tomber malades, ce serait déjà fait. Je crois que leur technologie médicale est telle qu'elle peut prévenir une telle situation.

— Bon, c'est peut-être vrai, concéda Amber, avec un air légèrement soulagé. Mais je m'inquiète tout de même pour toi, Emily. Tu vas vraiment bien ? Enfin, après ta chute et tout le reste…

— Oui, bien sûr.

Emily se força à sourire.

— Je suis seulement épuisée de mon voyage. Je crois qu'il serait mieux que je prenne George et que je rentre chez moi. Il se fait tard et je dois m'arrêter à l'épicerie si je veux manger demain matin.

— Es-tu sûre ? Parce que tu peux rester ici. J'ai le futon…

— Quoi ?

Emily rit.

— Non, merci. Je peux marcher cinq rues jusqu'à chez moi. Je ne suis pas *si* épuisée.

— Bon, dit Amber. Mais appelle-moi dès que tu seras chez toi, d'accord ?

— D'accord, enfin si ça fonctionne.

Emily se rendit à la cuisine, Amber derrière elle. Elle trouva George à la fenêtre, la queue en mouvement alors qu'il fixait la rue plus bas. Emily prit son chat et le ramena dans le salon pour le déposer dans sa cage. Puis, elle prit son sac et se dirigea vers la porte.

— Emily, attends, dit Amber alors qu'elle était sur le point de sortir.

Emily lui fit face.

— Qu'y a-t-il ?

— Crois-tu…

La voix d'Amber vacilla.

— Crois-tu que ce qu'ils disent de leurs intentions est vrai ? Sont-ils pacifiques ?

Emily se figea. En décrivant Zaron à son amie, elle avait délibérément omis toute mention de ses caractéristiques de prédateur et du vampirisme possible des Krinars. Elle n'avait aucune raison d'effrayer Amber alors qu'elle n'avait que des soupçons. De plus, même si les Krinars buvaient le sang humain, cela ne signifiait pas qu'ils voulaient détruire l'humanité, du moins l'espérait-elle.

— Je crois que ce qu'ils ont dit est vrai, dit-elle après un moment. Du moins, cela coïncide avec ce que Zaron m'a dit. S'ils mentent, ils sont constants, mais je ne vois pas pourquoi il voudrait nous tromper. Je ne sais pas grand-chose de leurs armes, mais avec tout ce que j'ai vu dans la demeure de Zaron, je ne crois pas que nous aurions une chance s'ils décidaient de nous détruire. Et si c'était leur intention, toute cette histoire d'ambassadeur n'aurait pas de sens.

À moins que ce soit pour garder les humains calmes pendant qu'ils implantaient leurs fermes de sang, mais Emily garda cette possibilité pour elle.

— C'est sensé, dit Amber, bien qu'elle soit à nouveau pâle. Mais crois-tu, au cas où, que nous devrions quitter la ville ? Nous pourrions nous rendre chez mes parents au Connecticut ? Dans les films, ils s'attaquent toujours aux plus grandes villes en premier et nous voilà, au centre de Manhattan.

Emily se mordilla la lèvre. Comment pouvait-elle rassurer Amber lorsqu'elle se sentait elle-même si peu à l'aise.

— Écoute, si tu es inquiète, tu devrais probablement partir. Je suis sûre que tes parents seraient ravis de te voir.

Amber fronça les sourcils.

— Et toi ?

— Tout ira bien, dit Emily. Je viens d'arriver et je n'ai vraiment pas envie de repartir. La circulation doit être horrible. Et puis, si les Krinars ont l'intention de raser Manhattan, nous avons un plus gros problème.

— Bon, c'est ton choix, dit Amber. Je vais tenter de joindre mes parents et de voir comment ils vont. Fais-moi savoir si tu changes d'idée et décides de me suivre.

— D'accord. Je vais bien. Comme le président a dit, nous devons rester calmes et tout ira bien.

Resserrant sa prise sur la cage de George, elle ouvrit la porte et sortit.

Tout n'allait pas pourtant, quelque chose qu'Emily réalisa dès qu'elle quitta l'appartement d'Amber. La panique dans les rues était tangible, les piétons et les cyclistes se hâtant frénétiquement, alors que les véhicules attendaient, pare-chocs à pare-chocs. Les conducteurs klaxonnaient et juraient et quelques policiers éreintés donnaient des coups de sifflet en une tentative futile de dégager les embouteillages. Les bruits de la ville étaient dix fois plus forts que d'habitude, et la tête d'Emily la faisait souffrir alors qu'elle se frayait un chemin sur les trottoirs bondés.

— Une dernière rue, dit-elle à George, ses miaulements mécontents ajoutant à la cacophonie. Nous y sommes presque.

Finalement, elle arriva à son immeuble. Tout comme celui d'Amber, il était vieux et en piteux état, avec aucun ascenseur en vue. Même si Emily aurait pu se permettre un studio dans l'un des plus récents gratte-ciel, elle avait préféré mettre de l'argent de côté et investir pour sa retraite, un objectif qui lui semblait risible à cet instant.

Au moins, son studio était au deuxième étage, et non au quatrième.

— Et voilà, Georgie, chantonna-t-elle en entra dans l'appartement.

Déposant son sac, elle ouvrit la cage et laissa le chat sortir.

— Enfin à la maison.

La queue frémissante, George partit inspecter son territoire et Emily s'assit sur le fauteuil confortable qui était son équivalent d'un canapé. Elle se sentait si épuisée qu'elle avait peine à penser, mais elle savait qu'il lui fallait des essentiels pour demain. Se forçant à se lever, elle prit ses clés et son portefeuille dans son sac, les glissa dans la poche arrière de son short et se rendit à la petite épicerie, une rue plus loin.

Le propriétaire était sur le point de fermer lorsqu'elle arriva.

— Attendez, s'il vous plaît, supplia Emily, attrapant la poignée alors qu'il commençait à descendre le rideau métallique. S'il vous plaît, je n'ai besoin que de quelques trucs. Je ferai vite, promis.

L'homme à la chevelure blanche hésita un instant, puis ouvrit le rideau et déverrouilla la porte en verre.

— C'est bon, mais faites vite, dit-il d'une voix bourrue, en poussant la porte. Je dois me rendre chez moi dans le Queens et c'est la pagaille ici.

— Pas de problème, merci !

Emily s'élançait déjà dans les allées avec un panier, y jetant quelques essentiels, en plus d'un sac de moulée pour George. Elle prit moins de cinq minutes pour tout rassembler, mais lorsqu'elle vida son panier au comptoir, le propriétaire semblait impatient.

— J'ai dit de faire vite, marmonna-t-il alors qu'il comptait ses achats.

Mettant de côté sa fatigue, Emily lui fit son sourire le plus brillant.

— Merci beaucoup. C'est très apprécié. Faites attention sur la route !

Attrapant ses achats, elle sortit de l'épicerie, mais avant d'avoir parcouru la moitié d'une rue, quelque chose de lourd la heurta, l'envoyant au sol et éparpillant ses sacs autour d'elle. Elle tomba sur ses mains et ses genoux, l'asphalte dur égratignant la peau de ses paumes alors qu'elle glissait et, la seconde suivante, elle sentit quelque chose tirer sur sa poche arrière.

— Hé ! hurla-t-elle, se levant et se tournant, mais l'adolescent était déjà loin, son portefeuille à la main.

— Arrêtez-le !

Emily se lança à la poursuite du voleur, mais il avait déjà disparu dans la foule et personne ne lui prêtait attention, pas même les policiers qui sifflaient dans la circulation.

Tremblante, Emily s'arrêta et revint sur ses pas pour prendre ses achats. Les piétons avaient écrasé une partie de ceux-ci, alors elle se hâta de rassembler ce qu'elle put, remettant ses achats dans les sacs, les mains tremblantes. Par chance, elle n'avait rien acheté dans des contenants de verre, alors la plupart des produits avaient survécu. Emily, quant à elle, se sentait sur le point de s'écrouler. Ses paumes éraflées la brûlaient et saignaient, et son cœur battait à tout rompre, l'excès d'adrénaline se combinant à son mal de tête pour la rendre physiquement malade.

Elle ne sut comment elle retourna à son appartement, mais elle finit devant sa porte, les clés en main. Elle se demanda vaguement comment elles étaient restées dans sa poche, mais elles étaient là et c'était tout ce qui importait.

Entrant dans l'appartement, Emily verrouilla la porte, nettoya ses mains ensanglantées, rangea ses achats et donna de la moulée à George. Elle se contint jusqu'au moment où elle entra dans la douche, mais dès qu'elle sentit le jet d'eau chaude sur sa peau, tout vestige de force la déserta.

Se laissant glisser sur le sol, Emily entoura ses genoux de ses bras et pleura.

CHAPITRE 34

— *B*onsoir à tous. Notre émission de ce soir marque la septième semaine depuis le Jour K et, aussi incroyable que ce soit, nous n'avons toujours pas été pulvérisés, annonça l'animateur d'émission de variétés, alors qu'Emily fixait avec apathie l'écran. Pour ceux d'entre vous qui vivent au fin fond d'une grotte, sept semaines plus tôt aujourd'hui, les Krinars, familièrement connus comme les K, sont arrivés et ont chamboulé notre univers. Pour célébrer cette occasion mémorable, nous accueillons aujourd'hui le docteur Edmonds, qui nous parlera des dernières théories sur la biologie de nos visiteurs.

— Merci, James, dit son invité, en se redressant sur sa chaise devant la caméra. Je suis heureux d'être ici et de voir que beaucoup d'entre vous sont restés en ville et sont présents ici. Vous êtes tous très braves… ou très stupides.

Le public éclata de rire et applaudit en réponse.

— Maintenant, continua Edmonds, comme vous le savez tous, nous soupçonnons que les Krinars ont une espérance de vie beaucoup plus longue, de même qu'une vitesse et une force beaucoup plus grandes que nous. James, si vous pouvez mettre la vidéo…

L'image changea pour l'enregistrement pris par un smartphone. Celui-ci montrait un combat beaucoup trop rapide, ponctué par des éclats de balles et d'explosions. Sans ralentir l'enregistrement, il était impossible de savoir ce qui se passait, mais Emily, comme tous ceux dans la salle, savait déjà ce que contenait la vidéo.

L'enregistrement montrait une allée sombre à Riyad où un groupe de trente-trois Saoudiens, armés de grenades et de fusils d'assaut automatiques, avait attaqué une petite délégation de Krinars, deux semaines plus tôt. Ils avaient réussi à blesser six Krinars non armés et c'est là que les choses s'étaient gâtées. Les blessures n'avaient pas empêché les visiteurs de mettre en pièces les Saoudiens, littéralement dans certains cas. La vitesse floue avec laquelle ils se déplaçaient et leur force extraordinaire – un K avait projeté deux hommes sur vingt mètres, un dans chaque main – avaient stupéfié la population humaine, tout comme la sauvagerie pure du combat.

Comme Emily l'avait senti auprès de Zaron, les K avaient un penchant terrifiant pour la violence.

La vidéo avait traumatisé Emily lorsqu'elle l'avait vue la première fois, et elle n'était pas seule dans son cas. L'exode hors des grandes villes, la migration opposée qui avait commencé le Jour K, avait pris de l'ampleur au cours des deux dernières semaines, avec des embouteillages qui menaçaient d'empêcher tout déplacement. Étrangement, les gens semblaient penser que les petites villes et les régions rurales étaient plus sûres, et ils quittaient les villes, malgré l'annonce du mois dernier des Nations unies concernant le Traité de coexistence.

— Voyons, avait grommelé Amber lorsqu'Emily lui avait parlé sur Skype après l'annonce.

Elle avait quitté la ville le lendemain du retour d'Emily et restait chez ses parents dans le Connecticut.

— Tout le monde sait que le traité est un simulacre. Les Nations unies se sont simplement roulées sur le dos, queue entre les jambes. Tu sais ce qu'ils disent sur les bombes nucléaires ?

— Oui, bien sûr.

Des rumeurs circulaient sur Internet que la Chine avait tenté d'attaquer l'un des vaisseaux Krinars avec un missile nucléaire et que les extraterrestres avaient répondu en détruisant tout l'arsenal nucléaire sur Terre. Personne ne savait si c'était réellement le cas, le gouvernement niait tout, mais périodiquement une source anonyme ajoutait un nouveau détail et l'histoire reprenait vie.

Les théoriciens du complot étaient aux anges.

— Alors voilà, sans arme, ils se sont rendus, avait ajouté Amber avec dégoût. Quels lâches !

— Qu'étaient-ils censés faire ? Partir en guerre contre les K ? avait demandé Emily, mais Amber n'avait pas voulu entendre raison.

Il était plus facile de voir les gouvernements comme des lâches plutôt que d'accepter la vérité effrayante que les

Krinars étaient tellement supérieurs technologiquement que toute résistance militaire était futile.

Pas que les gens n'essayaient pas de résister de façon individuelle. Le combat vicieux avec les Saoudiens n'était qu'un exemple des escarmouches qui éclataient à travers le monde, alors que la population entrait en contact avec les envahisseurs. Personne ne se réjouissait de savoir qu'ils voulaient installer des colonies sur Terre, sans savoir pourquoi, et de nombreux groupes étaient purement hostiles. Des combats contre les envahisseurs éclataient un peu partout et, chaque fois, les humains apprenaient à quel point les Krinars étaient réellement dangereux et violents. Bien que les intentions des visiteurs soient prétendument pacifiques, le nombre de victimes attribuées aux Krinars se trouvait dans les centaines et il n'y avait aucun signe que la violence se calmerait dans un avenir proche.

La situation était encore plus exacerbée par la panique apocalyptique qui s'était emparée de la population alors que différentes histoires, certaines vraies, d'autres fausses, circulaient sur le web. La rumeur la plus récente, qui selon Emily pouvait être vraie, était que les Krinars avaient l'intention de fermer les fermes industrielles et de forcer les producteurs de lait et de viande à se tourner vers la production de fruits et de légumes. Conséquence de cette rumeur, beaucoup avaient commencé à accumuler les produits animaux et les prix pour la volaille, le bœuf et le lait étaient montés en flèche, se soldant par encore plus d'accumulation et une fréquence encore plus importante de pillages.

Et c'était là le plus important problème : l'incapacité des gouvernements à contrôler leurs citoyens paniqués.

L'agression d'Emily le Jour K n'avait été que le début d'une vague de crimes inégalée qui avait submergé les villes à travers le globe. New York, qui avait perdu plus de la moitié de sa population, était maintenant si dangereuse qu'Emily ne sortait plus de chez elle après le coucher du soleil. Ce n'était pourtant rien comparé à des endroits comme Moscou, Beijing et Johannesburg. Il était encore possible d'acheter quelques produits à Manhattan et la plupart des entreprises locales, y compris les banques et les médias, étaient toujours fonctionnelles, mais ces villes étaient maintenant en plein chaos. Un commentateur avait surnommé les semaines suivant l'arrivée des K « la Grande Panique » et le nom était resté.

Ce n'était pas la fin du monde comme certains l'avaient prédit, mais à certains endroits, ça y ressemblait.

Alors que la vaste majorité de la population était concentrée sur les envahisseurs, Emily regardait les nouvelles avec un désintérêt qui frôlait la dépression. Elle savait qu'elle devrait s'inquiéter et, parfois, elle pensait se rendre aux autorités pour divulguer le peu de connaissances qu'elle avait, mais la plupart du temps elle se sentait trop apathique pour faire plus que sortir du lit, prendre soin de George et remplir quelques demandes d'emploi. Pas que quiconque embauchait dans ce climat. Les actions, les obligations et les autres titres avaient chuté immédiatement après le Jour K et chaque nouvelle histoire au sujet des envahisseurs faisait osciller dangereusement les marchés, résultant en une volatilité qui supplantait les pires mois de la Grande Récession. Des trillions de dollars dans des fonds investis avaient été perdus dans les ventes suscitées par la peur et Emily connaissait personnellement au moins dix fonds spéculatifs qui s'étaient écroulés dans les récentes semaines, incapables de combler les pertes. Il n'y avait aucun refuge possible, même dans les obligations gouvernementales cotées AAA, normalement les investissements les plus sûrs qui soient. Lorsqu'on ignorait si les États-Unis seraient toujours là le mois prochain, la garantie explicite du gouvernement américain n'avait aucun poids.

Le propre portfolio d'investissements d'Emily, déjà décimé par la récession, était maintenant lamentable, et ses économies fondaient à un rythme alarmant. Ou du moins à un rythme qui aurait alarmé l'ancienne Emily, celle qui ne se sentait pas aussi vide à l'intérieur. L'Emily qui était revenue du Costa Rica n'avait pas l'énergie pour s'en faire, le simple fait d'*exister* lui prenait toute son énergie.

Son envie de Zaron était comme une plaie qui refusait de guérir. Peu importe ce qu'elle faisait, elle était consciente qu'il lui manquait : son sourire, son rire, son contact... même son intensité prédatrice qui l'avait parfois effrayée. Les récits d'horreur des nouvelles auraient dû alimenter sa haine pour lui, pour tous les Krinars, mais tout ce qu'elle pouvait penser était la manière dont il l'étreignait la nuit et le sentiment d'avoir été plus proche de lui que de tout autre homme.

Elle avait tenté de sortir une fois. Deux de ses amies du travail étaient restées en ville et les trois avaient fait la tournée des bars le week-end avant que la vague de crimes ne s'envenime. Emily avait ri et flirté avec les hommes qui l'avaient approchée, mais ils l'avaient tous laissée de marbre et elle était revenue chez elle, seule et se sentant encore plus vide qu'avant.

Si elle avait pu mettre la main sur une machine à voyager dans le temps, elle serait retournée au moment où Zaron lui avait demandé de rester et elle aurait pris une autre décision. Ses sentiments pour Zaron étaient peut-être le résultat de sa captivité, mais ils n'en étaient pas moins réels. Son départ n'avait pas été une décision rationnelle, elle le réalisait maintenant. Toutes ses rationalisations avaient été une tentative pour justifier quelque chose d'irrationnel, pour réprimer et ignorer la peur qu'elle portait en elle depuis la mort de ses parents.

Elle avait été si effrayée que Zaron la laisse qu'elle l'avait repoussé, comme elle l'avait fait avec Jason.

Grognant, Emily éteignit le téléviseur et se leva pour faire les cent pas dans son minuscule studio. Même si elle était sortie faire des courses à peine quelques heures plus tôt, elle commençait à se sentir prisonnière et claustrophobe. Elle voulait sortir courir, faire quelque chose qui repousserait la dépression qui lui enlevait toute énergie, mais il était trop risqué de sortir à cette heure. Pire, penser à sortir lui rappelait sa joie au cœur de la nature luxuriante du Costa Rica lors de ses promenades avec Zaron dans la forêt.

Leur joie à *tous deux*.

Une douleur plus aiguë lui perça le cœur à ces souvenirs et des larmes lui brûlèrent les yeux. Pour combattre son envie de pleurer, Emily sortit son tapis de yoga et commença à faire des redressements assis. Ce n'était pas comme une course à l'extérieur, mais c'était mieux que rien, et c'était beaucoup mieux qu'une autre crise de larmes dans la douche. Elle pouvait s'en sortir, elle *devait* s'en sortir.

Elle était une survivante et elle était déterminée.

Elle en était à son vingt-septième redressement lorsqu'une idée lui vint. Elle n'avait aucun moyen de joindre Zaron, il ne lui avait laissé aucun courriel ou numéro de téléphone, ou peu importe ce que les Krinars utilisaient, mais elle savait l'emplacement approximatif de sa demeure. Pouvait-elle le faire ? Pouvait-elle ravaler sa fierté et le supplier de la reprendre ? Oui, il y avait un risque qu'il ne la désire plus, qu'il ait trouvé quelqu'un d'autre et, oui, ils n'avaient que quelques années devant eux avant qu'Emily ne commence à vieillir, mais quelques années étaient mieux que rien du tout.

N'était-il pas mieux de connaître le bonheur, même pour un court moment, que de traverser la vie avec uniquement ce vide solitaire ?

Soudainement pleine d'énergie, Emily laissa le tapis derrière elle et courut jusqu'à son ordinateur. Le transport aérien pour les civils était à nouveau permis et, malgré les prix exorbitants en raison de la forte demande, rien n'empêcherait Emily de prendre ses dernières économies pour acheter un aller-simple vers le Costa Rica.

Au diable sa peur et sa fierté. Elle allait sauter dans cette machine à voyager dans le temps et tenter de réparer son erreur.

Elle entrait ses détails de paiement sur le site d'United Airlines lorsque le carillon retentit. Perplexe, Emily se dirigea vers la porte et jeta un coup d'œil dans le judas. Son cœur manqua un battement.

Deux hommes en costume se trouvaient devant sa porte. L'un était de taille et de corpulence moyennes alors que l'autre était pratiquement aussi large que grand.

— Oui ? lança Emily sans faire mine d'ouvrir la porte.

Elle avait les paumes moites et son estomac se serra d'un pressentiment troublant.

— Comment puis-je vous être utile ?

— Mademoiselle Ross, je suis l'agent Wolfe et voici l'agent Janson, dit l'homme élancé en sortant un badge à l'allure officiel. Nous sommes du service de la sécurité nationale. Nous aimerions vous parler de l'appel que vous avez fait à l'ambassade américaine au Costa Rica plusieurs jours avant le Jour K.

CHAPITRE 35

*L*es plants de *shari* s'adaptaient bien au sol du Costa Rica. Les racines étaient épaisses et saines, et l'analyse montrait que, d'ici quelques mois, les plants fleuriraient et donneraient des fruits. En général, il semblait que Zaron avait bien choisi cet emplacement. Le climat était plaisant et le sol accueillant. Comme Zaron l'avait espéré, à son arrivée, le Conseil avait décidé d'utiliser ce centre comme principale base d'opérations. Il avait reçu le nom de Lenkarda, ou « un départ triomphant ». Le Conseil avait aussi loué Zaron et son équipe pour les autres emplacements. Tout cela aurait dû ravir Zaron, mais tout ce qu'il ressentait était une certaine indifférence morose, la même sensation sourde d'engourdissement qui l'avait saisi depuis le départ d'Emily.

Laissant derrière lui la zone agricole du centre, il retourna vers sa demeure. Même à sa vitesse naturelle, il avait un trajet de plus d'une heure à parcourir à pied, mais Zaron n'en avait cure. Il aurait pu se rapprocher de Lenkarda, mais il aimait être isolé. Être près d'autres Krinars était désagréable, presque douloureux, ces jours-ci. Les rares fois où l'engourdissement qui l'accablait s'estompait, il se sentait à vif à l'intérieur, comme un arbre ayant perdu son écorce protectrice, et interagir avec des gens semblait aggraver les choses.

Perdre Emily était aussi ravageur qu'il l'avait craint.

Entrant dans sa demeure, Zaron prit une douche et se rendit dans la chambre d'Emily. Son odeur flottait encore ici, dans les draps que sa demeure avait pour ordre de ne pas changer. Il s'étendit et inhala son odeur, fermant les yeux pour prétendre qu'elle était toujours là, que s'il le voulait, il pourrait la toucher… l'étreindre.

Mais ce n'était bien sûr pas possible. Pas parce qu'elle était loin, quelques milliers de kilomètres n'étaient rien pour un Krinar, mais parce qu'il le lui avait promis.

— Tu peux la retrouver tu sais, lui avait dit Ellet la semaine dernière, lui faisant miroiter la tentation à nouveau. Va à New York et ramène-la. Qui sait ? Elle sera peut-être heureuse de te voir. Tu connais la situation dans les villes humaines. Veux-tu vraiment qu'elle y reste ?

Zaron s'était emporté, lui ordonnant de se mêler de ses affaires, mais une pensée semblable lui avait traversé l'esprit plus d'une fois, chaque nuit en fait. Emily lui manquait tant qu'il pensait parfois devenir fou de cette profonde nostalgie. D'une certaine façon, c'était pire que lorsque Larita était décédée. Il n'avait eu d'autres choix alors que d'accepter que sa compagne n'était plus, qu'il l'avait perdue pour toujours, mais avec Emily, savoir qu'il pouvait la retrouver le narguait, le poussant à oublier tous ses principes et les promesses qu'il avait faites.

Il pouvait l'avoir, tout ce qu'il avait à faire était d'aller à l'encontre de sa volonté et de lui retirer sa liberté.

Repoussant cette pensée, Zaron ferma les yeux et tenta de s'endormir. À sa grande irritation, le sommeil le fuit. Il se tourna et se retourna pendant une heure avant d'abandonner. Se levant, il toucha son ordinateur de poignet et dit :

— Montre-la-moi.

Une image en trois dimensions de l'appartement d'Emily apparut devant lui. Le jour après son départ, Zaron avait accédé à la caméra de son portable, se convainquant que, vu la réaction paniquée des humains à l'arrivée des Krinars, il devait s'assurer qu'Emily était bien arrivée chez elle. C'était sa responsabilité ; après tout, il était la raison de son retour retardé à New York.

À son grand soulagement, elle était chez elle ce soir-là, regardant la télévision, un félin gris couché sur ses genoux. C'était son chat George, avait réalisé Zaron, en observant avidement l'image. Après quelques minutes, il s'était forcé à mettre fin à l'enregistrement, se disant qu'il devait la laisser seule, mais le jour suivant, il avait à nouveau accédé à la caméra et observé Emily alors qu'elle mangeait un sandwich et lisait un livre. Le jour d'après, elle était sortie et il s'était affolé, inquiet que quelque chose lui soit arrivé, mais elle était revenue une heure plus tard et il s'était calmé. Assez, s'était-il alors dit, mais l'ordinateur l'appelait et à tous les quelques jours, il se laissait tenter et l'observait alors qu'elle dormait, mangeait, jouait avec son chat ou cherchait un emploi sur l'Internet humain. C'était une terrible atteinte à sa vie privée, il le savait, mais il ne pouvait s'en empêcher.

La voir sur ses enregistrements était la seule chose qui procurait de la joie à Zaron ces jours-ci.

Il étudia alors avidement l'image devant lui, cherchant des signes qu'Emily était là. Parfois, elle était dans la salle de bain et il ne la voyait pas tout de suite, mais elle revenait toujours dans la pièce principale après quelques minutes. L'appartement complet d'Emily tenait dans cette pièce, alors si elle était chez elle, il la verrait assez vite.

Mais il ne la vit pas. Seul son chat était là, assis sur le plancher et se léchant la patte avant de la passer sur son visage poilu. Zaron dut admettre que les frasques de l'animal étaient fascinantes et, en d'autres circonstances, il aurait adoré le spectacle, mais l'absence d'Emily l'inquiétait. Il était déjà tard et elle avait cessé de sortir le soir au cours des dernières semaines, possiblement en raison du taux croissant de criminalité dans sa ville. Alors où était-elle ? Que pouvait-elle bien faire ?

Il attendit une heure et demie, son inquiétude montant chaque seconde, mais elle ne revenait toujours pas.

Zaron regarda l'heure. Il était bien après minuit à New York. Il n'y avait aucune raison pour qu'Emily soit dehors aussi tard. Elle devait connaître les dangers pour une jeune femme de se promener seule dans la ville en ce moment.

À moins… à moins qu'elle ne soit pas seule.

Tout en lui bondit à cette pensée, la fureur explosant dans ses veines. Il savait qu'Emily trouverait un compagnon, tôt ou tard ; elle était trop intelligente et belle pour que ce ne soit pas le cas, mais il y avait un monde de différence entre le savoir et y être confronté. Emily, *son* Emily, se trouvait peut-être avec un autre homme en ce moment et Zaron ne pouvait le supporter. Il l'imagina assoupie dans les bras d'un homme et ses poings se serrèrent, l'envie de le tuer, de le mettre en pièces de ses mains nues s'emparant de lui. Que Zaron ait laissé partir Emily ne comptait pas ; l'ancestral instinct territorial en lui soutenait qu'elle était sienne, qu'elle serait *toujours* sienne.

Sa rage était si grande qu'il eut à peine conscience d'avoir donné l'ordre à son ordinateur. Ce ne fut que lorsque les textos et les courriels d'Emily apparurent devant lui en une image en trois dimensions que Zaron réalisa à quel point il faisait preuve de folie. Il ne pouvait pourtant pas s'en empêcher. Il lut toutes ses récentes communications, cherchant un indice de l'endroit où elle se trouvait et avec qui, mais à sa grande déception, il ne trouva rien : aucun rendez-vous accepté, pas même un soupçon de flirt.

La jalousie de Zaron se changea en inquiétude.

— Localise son portable, dit-il sèchement et son ordinateur obéit, utilisant les satellites humains pour trouver le signal GPS.

Mais il n'y avait pas de signal, du moins aucun que son ordinateur puisse détecter.

Se renfrognant, Zaron essaya encore. Et encore.

Rien.

C'était comme si le portable d'Emily s'était volatilisé.

— Accède à son ordinateur, ordonna Zaron. Recherche son historique de navigation.

Et c'est là, sur le navigateur d'Emily, que Zaron la vit : une commande en cours pour un aller-simple vers le Costa Rica.

Son cœur manqua un battement, puis reprit vie, battant la chamade.

Emily revenait.

Elle revenait vers lui.

Pendant une seconde, l'euphorie fut presque aveuglante, mais Zaron réalisa alors qu'Emily n'avait pas finalisé la commande.

Elle était partie avant d'avoir acheté son billet et il n'était pas plus près de découvrir où elle était et ce qui lui était arrivé.

CHAPITRE 36

— Je vous ai déjà dit tout ce que je sais, dit Emily, sans pouvoir cacher sa frustration.

Ils l'avaient interrogée dans cette petite pièce étouffante pendant des heures et elle commençait à sentir les murs se refermer sur elle. Elle tenta de gérer sa claustrophobie en prenant de profondes inspirations, mais rien n'aidait. Pire, elle était si épuisée qu'elle avait besoin de toutes ses forces pour rester droite sur la chaise en métal dur. Quelle heure était-il ? Deux heures du matin ? Trois ? Il n'y avait pas d'horloge sur le mur et ils lui avaient pris son portable. Elle avait toujours cru que les fonctionnaires travaillaient de neuf à cinq, mais ce n'était manifestement pas le cas pour la sécurité nationale, ou du moins pour ce bureau.

Emily soupçonnait fortement que les agents qui s'étaient présentés à sa porte n'étaient pas de simples patrouilleurs frontaliers.

— Vous ne nous avez pas dit grand-chose, mademoiselle Ross, dit l'agent Wolfe, son visage étroit indéchiffrable. Vous avez fait une chute, avez été sauvée par un Krinar qui vous a ensuite retenue captive pendant deux semaines et demie, puis vous êtes retournée chez vous le Jour K. Vous attendez-vous vraiment à ce que nous croyions que c'est toute l'histoire.

— *C'est* toute l'histoire, dit Emily avec lassitude. Oui, je savais que l'invasion se préparait, c'est pourquoi j'ai appelé l'ambassade, mais c'est tout. Je ne connais rien de plus sur leurs plans. Je n'ai pas gardé contact avec Zaron. Dès qu'il m'a relâchée, je suis retournée chez moi. Je ne sais rien sur leurs armes et je vous ai déjà décrit la technologie que j'ai vue, ce qui n'est pas grand-chose puisque tout se trouvait dans une demeure résidentielle.

— Et pourtant, ce Zaron vous a sauvé à deux doigts de la mort avec la technologie médicale qui se trouvait dans cette maison, dit l'agent Janson, son double menton tremblotant à chaque mot. Réparant votre colonne vertébrale, c'est ça ?

— Oui.

Emily regrettait de leur avoir raconté cela, mais lorsqu'ils avaient commencé à la questionner, elle était trop intimidée pour inventer un mensonge plausible. Dès qu'elle avait ouvert la porte, ils l'avaient escortée au bas de l'escalier, l'installant dans un véhicule noir et l'amenant dans cet entrepôt décrépit de Queens, ou plutôt dans l'établissement qui se trouvait au sous-sol de cet entrepôt. Emily avait eu le temps d'attraper son portefeuille, ses clés et son portable – articles qui avaient été confisqués avant qu'elle ne soit enfermée dans cette pièce et questionnée comme si elle était une terroriste.

Par chance, elle avait eu la présence d'esprit de ne rien dire sur l'aspect sexuel de sa relation avec Zaron et de ses soupçons sur la nature vampirique des Krinars. Elle avait omis le deuxième point parce qu'elle ignorait encore si elle avait raison et parce qu'elle redoutait ce qui arriverait si de telles rumeurs se mettaient à circuler. La panique dans les rues et les guérillas contre les Krinars s'intensifieraient-elles ? Une guerre pourrait-elle éclater ?

Elle ne pourrait le supporter si elle était la cause de plus de violence. Cette invasion « pacifique » était déjà suffisamment sanglante.

— Mademoiselle Ross…

L'agent Wolfe se pencha vers elle.

— Vous n'aidez pas votre cas en restant évasive. Il est évident que vous en savez plus que vous ne voulez l'admettre. Vous avez passé deux semaines et demie avec l'un d'*eux*. Vous devez nous raconter tout ce que vous avez vu et entendu, chaque détail, même les plus insignifiants. Ils peuvent vous sembler ainsi, mais ils nous permettront de dresser un portrait plus complet de l'ennemi.

— L'ennemi ? Je croyais que nous étions en paix, dit Emily, trop épuisée pour cacher son sarcasme. N'est-ce pas le but du Traité de coexistence ?

Janson croisa les bras, les appuyant sur son immense panse.

— Ne soyez pas naïve, mademoiselle Ross. Les Krinars ne sont pas nos amis et ils ne le seront jamais tant que nous ignorerons tout à leur sujet. Pourquoi sont-ils ici ? Que veulent-ils de nous ? Nous l'ignorons et cela ne changera pas tant qu'ils ne daigneront pas nous le dire. Mais vous savez peut-être quelque chose et, si c'est le cas, il est de votre devoir de citoyenne américaine, de citoyenne *humaine*, de nous le dire.

— Je ne sais rien de plus que ce que je vous ai déjà dit, répondit Emily pour la quinzième fois.

Les murs semblaient se rapprocher d'elle chaque seconde et respirer lui était difficile. S'ils ne la laissaient pas sortir de cette pièce sous peu, elle deviendrait folle.

— C'est toute l'histoire.

— Non, dit Wolfe. Ce ne l'est pas. Mais si vous ne souhaitez pas nous parler ce soir, nous continuerons demain. Entre-temps, voyons si nous pouvons obtenir des réponses autrement.

Il se leva et se tourna vers l'autre agent.

— Janson, escorte mademoiselle Ross au service médical. Voyons voir si cette guérison extraterrestre a laissé des traces.

— Quoi, non. Vous ne pouvez pas faire ça, s'écria Emily, en se reculant lorsque Janson se leva et s'avança vers elle.

Son cœur battait si vite qu'elle crut qu'elle serait malade.

— Je n'y consens pas. Je veux un avocat.

Mais Janson enroula simplement ses gros doigts sur son bras et la leva de force.

— Allons-y, dit-il, sa paume moite contre sa peau. C'est le moment d'en apprendre plus sur votre épreuve.

CHAPITRE 37

—*T*u veux que je trouve une jeune humaine ? dit Korum, en fronçant les sourcils, ses étranges yeux dorés se plissant.

Le conseiller semblait à la fois perplexe et contrarié par la demande de Zaron.

— Pourquoi ?

— Parce qu'elle est mienne et je veux qu'elle me revienne, dit Zaron.

Il n'avait pas le temps de prétendre que cette requête était autre chose qu'une faveur personnelle. Il ne pouvait se débarrasser de l'impression que quelque chose n'allait vraiment pas. Chaque seconde sans pouvoir localiser Emily lui semblait une heure, la peur en lui montant inexorablement.

— Je l'ai sauvée lorsqu'elle était blessée et elle est restée avec moi un moment, expliqua-t-il. Toutefois, j'ai fait l'erreur de la laisser repartir à New York et quelque chose lui est arrivé. Je ne la trouve plus nulle part.

Korum se renfrogna davantage.

— Alors comment veux-tu que je la trouve ?

— Par les nanocytes dans son corps, dit Zaron.

L'idée lui était venue plus tôt le matin même et il avait immédiatement demandé une rencontre en personne avec le conseiller.

— J'ai appris que votre entreprise a conçu le jansha que j'ai utilisé pour la soigner. Je n'ai pas le code pour activer la fonction de suivi des nanocytes, mais je sais qu'elle existe. C'est le cas ?

— Oui, confirma Korum. Tous les nanocytes ont une signature unique qui peut être détectée. Mais je dois voir le jansha pour savoir quel lot précis de nanocytes a été utilisé sur elle.

— Le voici.

Zaron tendit la main et l'ouvrit pour révéler le petit appareil tubulaire de guérison.

— Je me suis dit que vous en auriez besoin.

— Parfait, dit Korum en prenant l'appareil. Je me pencherai là-dessus pour toi. Cela prendra quelques jours, alors…

— Non, dit Zaron fermement, ses muscles se tendant avec rage. Je n'ai pas quelques jours.

— Pardon ?

Le regard de Korum se durcit.

— C'est important, dit Zaron, se forçant à tempérer son ton.

Il ne pouvait pas se mettre à dos la seule personne qui pouvait l'aider.

— *Elle* est importante.

— Plus importante que mes tâches de conseiller ou les concepts sur lesquels je travaille ?

Korum renifla.

— Je comprends que tu veux retrouver ton jouet humain, mais…

— Elle est ma charl.

Zaron soutint le regard glacial de Korum, refusant de s'incliner. Le conseiller notoirement impitoyable n'était pas de ceux qu'on contrariait, mais rien n'empêcherait Zaron de retrouver Emily.

Il défierait Korum dans l'Arène s'il le fallait.

— Ta charl ?

La voix de Korum avait perdu une partie de sa colère glacée.

— Comme Delia pour Arus ?

— Oui.

Zaron ne voyait pas le besoin d'expliquer qu'Emily n'était pas encore sa charl. Elle le serait dès qu'il la trouverait : il en avait décidé ainsi la nuit dernière. Elle avait décidé de lui revenir, c'était la raison de son aller-simple, mais même si elle avait encore quelques réticences à être sienne, Zaron les surmonterait.

Lorsqu'il aurait Emily, il ne la laisserait plus jamais aller.

— Je vois.

Une note d'amusement apparut dans le regard de Korum.

— Je n'avais pas réalisé qu'Arus et toi aviez tant en commun. Je ne comprendrai jamais l'attrait d'une charl, mais si tu veux une humaine, je suppose que c'est ton choix.

Zaron fit de son mieux pour cacher son soulagement.

— Alors, vous m'aiderez ? Aujourd'hui ?

— Oui, répondit Korum. Reviens dans deux heures, je devrais savoir où elle est.

Les deux heures s'égrenèrent à un rythme lent. Pour se distraire, Zaron se rendit au lac et nagea cinquante longueurs, puis courut trente kilomètres dans la jungle. Malgré sa nuit blanche, il se sentait électrifié, son corps vibrant d'une énergie violente.

S'il croisait des guérilleros humains, ils seraient en danger.

Mais Zaron ne croisa personne et, deux heures après leur conversation, il était de retour dans la salle de réunion du Conseil à Lenkarda.

Korum l'attendait devant une image flottante en trois dimensions.

— Elle est là, dit-il sans préambule, pointant un entrepôt en ruine dans une ruelle jonchée de détritus. C'est un immeuble dans une zone industrielle semi-abandonnée de Queens, l'un des quartiers de New York. J'ai fait des recherches pour toi. Il s'avère que l'immeuble est la propriété du gouvernement américain. Ils ont utilisé plusieurs sociétés fictives pour camoufler ce fait, ce qui me fait penser que ce n'est pas un lieu officiel.

— Un immeuble gouvernemental ?

Zaron fronça les sourcils.

— Pourquoi se trouverait-elle là ?

— Je ne sais pas, dit Korum. Elle a peut-être décidé de leur parler de toi, de leur raconter ce qu'elle a appris pendant son séjour avec toi. Combien de temps l'as-tu gardée ?

— Environ deux semaines et demie. Mais elle ne connaît que notre technologie résidentielle de base, alors je doute qu'elle leur soit d'une quelconque aide.

— Tu n'aurais pas dû lui montrer cela, dit Korum et l'image s'effaça. Le mandat de non-divulgation ne tient plus, mais nous sommes toujours liés par le mandat de non-interférence. Nous ne pouvons leur donner ou leur montrer quoi que ce soit qui pourrait affecter le cours de leur développement technologique naturel. Dans l'ensemble, c'est un problème si le gouvernement la retient. Les nanocytes sont inactifs, mais ils sont toujours dans son corps et ce n'est pas une technologie que nous partagerons dans un futur proche avec les humains.

— Ne vous en faites pas. Ce ne sera pas un problème bien longtemps, dit Zaron. Je la récupérerai.

Il doutait que les humains aient une technologie suffisamment avancée pour faire quoi que ce soit avec les nanocytes, mais il n'ajouta rien.

Il avait l'emplacement d'Emily et c'était tout ce qui lui importait.

Korum lui lança un regard acéré.

— Tu sais que tu ne peux pas uniquement te pointer et la sortir de là. Ils pourraient avoir des mesures de sécurité qui ne paraissent pas de l'extérieur. S'il s'agit réellement d'un immeuble gouvernemental, tu pourrais causer un incident interplanétaire grave si tu les attaques et es blessé.

— Que suggérez-vous alors ? demanda Zaron, réprimant une vague d'impatience.

Maintenant qu'il savait où était Emily, il ne pouvait attendre.

— Arus peut déposer une demande pour toi par les réseaux diplomatiques appropriés, dit Korum. Cela prendra quelque temps, mais…

— Non.

Le refus de Zaron était instinctif, un pressentiment issu de son besoin d'avoir Emily près de lui à l'instant, mais lorsqu'il vit l'expression de Korum, il sut qu'il devait fournir une explication raisonnable.

— Si nous déposons une demande pour elle, ils croiront qu'elle est importante, dit-il. Ils pourraient nier la détenir ou retarder son retour pour pouvoir la questionner. Il serait beaucoup plus simple si je la ramène moi-même. Si j'y entre comme un cambrioleur, ils ne sauront jamais qu'un Krinar était impliqué et…

— Non.

C'était le tour de Korum de l'interrompre.

— Ce n'est pas la meilleure approche. Si ton Emily leur a raconté quoi que ce soit, ils s'attendent peut-être à te voir débarquer. Tu ne peux t'y rendre sans arme et non préparé. Si tu ne peux vraiment pas attendre, je t'aiderai. J'ai quelques inventions que j'aimerais beaucoup tester.

Le conseiller expliqua son plan, ses yeux dorés brillant, et alors qu'il parlait, Zaron sentit le nœud de tension dans sa poitrine se relâcher.

D'une façon ou d'un autre, il retrouverait Emily.

Il était temps que son ange rentre à la maison.

CHAPITRE 38

$\mathcal{S}$on cœur battant la chamade, Emily fixa l'infirmière à la chevelure blanche qui se préparait à insérer une énième aiguille dans son bras. La femme âgée avait un visage bienveillant lui rappelant l'actrice Betty White, mais jusqu'à présent elle avait ignoré toutes les suppliques d'Emily de cesser et de la laisser appeler son avocat.

La première ronde de tests avait consisté en le prélèvement de plusieurs fioles de son sang, la prise de radiographies de tout son corps, un tomodensitogramme, et une IRM. Par la suite, ils avaient laissé quelques heures une Emily à peine consciente sur un matelas dur dans une petite pièce grise, et elle s'était éveillée avec l'impression de suffoquer. Elle avait besoin d'air frais, au point tel qu'elle se sentait sur le point de mourir, mais plutôt que de la laisser sortir, ils lui avaient donné un sédatif pour qu'elle reste calme. Elle avait flotté dans un brouillard toxique pendant un moment, rêvant que Zaron venait la sauver, mais le sédatif commençait à se dissiper et sa claustrophobie revenait en force, accompagnée d'une nausée causée par le sédatif et d'une sensation désagréable dans son estomac vide. Emily avait vomi le café et les beignets qu'ils lui avaient donnés une demi-heure plus tôt et sa faim intensifiait le mal de tête qui battait à ses tempes.

— Arrêtez, je vous en prie, supplia-t-elle à nouveau, alors que le sosie de Betty White s'approchait d'elle avec une seringue.

Sa langue semblait épaisse et lourde dans sa bouche sèche.

— Je vous en prie. Je suis une citoyenne américaine. Je n'ai rien fait de mal.

L'infirmière l'ignora, son visage bienveillant figé en un masque stoïque. Emily tenta d'éloigner son bras de la seringue, mais la menotte rembourrée entourant son poignet l'en empêcha. Deux infirmiers l'avaient menottée à une chaise métallique lorsqu'elle avait tenté de résister à la deuxième ronde de tests et cela n'avait qu'aggravé sa claustrophobie, son cœur battant si vite qu'elle se sentait malade. Elle était aussi bien ligotée que si elle s'était trouvée dans un asile psychiatrique, incapable de se lever ou de s'enfuir. Emily n'avait jamais toléré les aiguilles, allant jusqu'à éviter les vaccins contre la grippe, mais il lui était impossible d'éviter ces tests.

Elle était prisonnière et il n'y avait aucune fuite possible.

L'infirmière agrippa le bras d'Emily pour l'immobiliser et l'aiguille entra dans sa peau, perçant la veine à l'intérieur de son coude.

— Arrêtez, gémit Emily, la bile montant dans sa gorge alors que son sang coulait dans une fiole fixée à la seringue. Je vais être malade.

Tenant la seringue en place d'une main, l'infirmière attrapa un plateau en plastique à proximité.

— Tenez, dit-elle, en appuyant le plateau vide sous le menton d'Emily. Vous pouvez vomir là-dedans.

Emily tremblait, sa peau couverte d'une sueur froide, mais elle réussit à se retenir. Voyant que le plateau n'était pas nécessaire, l'infirmière le déposa. Retirant l'aiguille du bras d'Emily, elle plaça un tampon sur la plaie et le fixa avec un bandage.

— C'est fini pour le moment, dit-elle. Reposez-vous. Les agents Wolfe et Janson seront avec vous sous peu.

Elle sortit de la pièce sans ouvrir les menottes d'Emily et, deux minutes plus tard, Wolfe et Janson entrèrent dans la pièce. Aucun des deux agents ne réagit en voyant Emily ligotée à la chaise et elle réalisa que, pour eux, elle n'était pas une personne.

Elle était une ennemie et ils n'épargneraient aucun effort pour la briser.

— Pouvez-vous retirer ces menottes ? demanda-t-elle.

Elle eut besoin de toutes ses forces pour parler d'une voix ferme. Elle était étourdie et il lui semblait que tout l'oxygène de la pièce se dissipait.

— Je ne vous attaquerai pas.

Wolfe lui fit un léger sourire.

— J'en suis sûr, mais les infirmières auront peut-être d'autres tests à réaliser, alors il est plus facile de les laisser là pour l'instant. Je suis sûr que vous comprenez.

— Non, je ne comprends pas, dit Emily, incapable de contenir sa colère et son désespoir. Je n'ai commis aucun crime, mais même si c'était le cas, il y a une procédure officielle dans ce pays. Si vous avez l'intention de me garder ici, j'exige de voir un avocat et…

— Mademoiselle Ross, s'il vous plaît.

Janson s'assit sur une chaise devant elle, ses grosses bajoues tremblotant à ce mouvement.

— Vous êtes une jeune femme intelligente. Je suis convaincu que vous savez que la Patriot Act nous donne beaucoup de latitude lorsqu'il est question de menaces à la sécurité nationale. Et vous ne doutez pas que les Krinars sont la plus grande menace jamais rencontrée. Comme vous refusez de coopérer avec nous…

— Je coopère avec vous !

— … nous n'avons d'autres choix que de vous garder ici, continua Janson comme si Emily n'avait rien dit. Les tests préliminaires montrent que vous avez en effet été soignée par une technologie qui dépasse grandement tout ce que nous connaissons. Vos empreintes dentaires par exemple…

Il continua sur sa lancée, énumérant tout ce qu'ils avaient découvert, mais Emily n'écoutait plus.

Un vrombissement, quelque chose rappelant le bourdonnement distant d'un nid d'abeilles, avait attiré son attention.

Soudainement, les lumières clignotèrent et s'éteignirent et le bourdonnement s'intensifia.

— Bordel, dit Wolfe, en sortant son portable pour éclairer la pièce. Janson, ça va ?

Mais Janson ne lui prêtait pas attention. Il était silencieux, son portable au-dessus de sa tête pour illuminer le plafond.

— Qu'est-ce que c'est ? demanda Wolfe, renversant sa tête vers l'arrière, et Emily suivit son exemple.

Le plafond semblait chatoyer… non, il semblait *fondre*.

Wolfe se leva d'un bond, sortant son arme, mais il était trop tard.

Une grande partie du plafond se désintégra, l'épaisse couche de béton s'évaporant comme s'il s'agissait de fumée. Le soleil entra à flots par l'ouverture, aveuglant un moment Emily, puis elle la vit.

La silhouette d'un homme grand et large d'épaules se tenant à la lisière de l'ouverture.

Le soleil éclatant au-dessus de lui jetait de l'ombre sur ses traits, mais il n'y avait aucun doute sur la grâce féline avec laquelle il se déplaçait.

Stupéfaite, Emily fixa Zaron, une profonde euphorie s'emparant d'elle.

Son ravisseur extraterrestre était venu à sa rescousse.

Il la voulait toujours.

— Arrêtez-vous ! cria Janson, en levant son arme, mais Zaron avait déjà sauté dans la pièce.

Les détonations assourdissantes emplirent la pièce et Emily en eut le souffle coupé, un frisson de terreur glacée la parcourant. Elle savait que les Krinars étaient rapides et forts, mais ils pouvaient tout de même être blessés ou tués. Si quelque chose arrivait à Zaron… Avant que la peur ne l'étouffe, elle le vit atterrir sur ses pieds, indemne.

Les secondes qui suivirent se brouillèrent. Zaron se déplaça comme une tornade mortelle. En ce qui sembla n'être qu'un clin d'œil, les deux agents se retrouvèrent sur le plancher, hurlant de douleur, et Emily observa avec une stupeur paralysée alors que Zaron soulevait Janson par la gorge, tenant d'une main l'homme de cinq cinquante kilos comme s'il ne pesait rien. Le bras droit de Janson pendait en un angle étrange le long de son corps, mais sa main gauche agrippait les doigts de Zaron avec une terreur frénétique, ses pieds s'agitant dans les airs avec désespoir.

Zaron était en train de l'étouffer à mort.

— Arrête ! hurla Emily, horrifiée. Zaron, je t'en prie, arrête !

Son amant se figea, et elle vit un frisson parcourir son corps puissant. Il détourna son visage, de sorte qu'elle ne put voir que sa mâchoire tendue, mais elle pouvait sentir sa rage à peine contenue. L'air était empli de violence, sombre et toxique, et Emily sut que si elle ne faisait pas quelque chose, Zaron tuerait les deux hommes.

Comme les K dans ces vidéos, il les mettrait en pièces.

— Zaron, je t'en prie.

Ravalant sa panique, Emily dit d'une voix apaisante, doucement cajoleuse :

— Dépose-le.

Les mouvements de Janson avaient déjà faibli, ses jambes s'agitant avec moins de force et, pendant un moment, Emily crut que Zaron ne l'écouterait pas. Mais alors ses doigts se desserrèrent et l'agent tomba au sol, peinant à respirer. Wolfe était étendu près de lui, geignant, ses deux bras pliés à des angles impossibles.

La nausée s'empara à nouveau d'Emily, mais elle se força à regarder Zaron alors qu'il enjambait l'énorme masse de Janson pour se diriger vers elle, son regard noir empli d'une émotion sombre et terrifiante.

— Ils t'ont fait du mal.

Sa voix était emplie de rage alors qu'il s'arrêtait devant elle, et elle réalisa qu'il examinait les marques et les ecchymoses sur ses bras.

— Ces salauds t'ont fait mal.

Il tremblait de fureur, ses mains fortes incertaines alors qu'il la libérait et la mettait sur ses pieds.

— Ils ont seulement pris du sang, dit Emily, hébétée, mais Zaron se penchait déjà pour la prendre dans ses bras.

Malgré sa colère, sa poigne était douce, sa force inhumaine bien contrôlée alors qu'il la serrait contre son torse.

Enveloppée par sa chaleur et son odeur familière, Emily se mit à trembler. Entourant son cou de ses bras, elle cacha son visage contre son épaule, tentant de retenir les larmes qui la brûlaient. Elle se sentait à la fois euphorique et bouleversée, la joie intense de revoir Zaron luttant contre l'horreur de ce qu'il avait fait.

Après près de deux mois de nostalgie tourmentée, elle était avec l'homme qu'elle aimait, le prédateur extraterrestre qui avait passé si près de tuer deux êtres humains.

— Tiens bon, dit Zaron, et Emily sentit ses muscles se tasser.

Instinctivement, elle resserra sa prise autour de son cou, puis ils s'envolèrent, ou du moins c'est ce qui lui sembla pendant une seconde. Avant qu'elle ne puisse comprendre ce qui se passait, ils se retrouvèrent au rez-de-chaussée de l'immeuble, debout sur la partie toujours intacte du plafond.

Zaron avait sauté du sous-sol, avec elle dans les bras, réalisa Emily, troublée. À tout autre moment, elle se serait émerveillée devant ce tour de force inhumain, mais ce n'est pas ce qui attirait maintenant son attention.

Tout autour d'elle se trouvaient des corps, des corps humains. Grands et petits, minces et gros, armés ou non, ils étaient tous étendus sur le plancher dans d'étranges poses, leurs visages relâchés illuminés par l'éclat du soleil qui entrait par le toit maintenant inexistant.

— Sont-ils…

Emily ne pouvait pas se résoudre à prononcer le mot. Frissonnante, elle poussa sur le torse de Zaron pour le regarder.

— Zaron, sont-ils…

— Ils dorment, dit Zaron en resserrant sa prise. Je les ai assommés pour ne pas faire de victimes.

Emily reposa la tête sur son épaule et prit une inspiration tremblante, une vague de soulagement la frappant de plein fouet. Elle ignorait si elle aurait pu vivre avec sa conscience si le Krinar qu'elle aimait avait été l'auteur d'un tel massacre.

— Où allons-nous ? demanda-t-elle alors qu'il enjambait quelques corps, la portant toujours.

— Tu vas voir, dit Zaron et elle sentit ses muscles se tasser pour un autre saut surhumain.

Ils atterrirent sur la partie encore intacte du toit et Emily sentit la chaude brise estivale sur sa peau. Ses poumons s'ouvrirent, inhalant l'air, et la tension claustrophobe qui étouffait sa poitrine se dissipa, refoulant par le fait même les doutes qu'elle avait encore.

Elle était enfin près de Zaron.

Il l'avait trouvée.

— Comment m'as-tu trouvée ? demanda-t-elle, se reculant pour croiser son regard, et son cœur bondit devant ce qu'elle y vit.

Zaron l'observait avec une possessivité implacable, avec une faim si intense que ses entrailles se liquéfièrent.

— Les nanocytes qui m'ont permis de te guérir, dit-il.

Emily eut besoin d'un moment pour réaliser qu'il répondait à sa question.

— J'ai pu les traquer.

— Oh.

Un malaise palpita en elle, mais avant qu'elle puisse questionner davantage Zaron, il se tourna vers la gauche et elle aperçut quelque chose d'étrange.

Sur la partie intacte du toit se trouvait une capsule sphérique faite d'un insolite matériau ivoire. De diamètre restreint, elle ne présentait aucune fenêtre ou porte visible.

— Est-ce…

— Notre moyen de retourner à la maison, oui, dit Zaron en se dirigeant vers l'appareil.

Alors qu'il s'approchait, la paroi de la capsule se désintégra, créant une ouverture.

Y entrant, Zaron déposa doucement Emily sur une planche flottante, l'une des deux qui se trouvaient dans l'habitacle. Instantanément, la planche se conforma à son corps, se moulant à son dos et à la courbe de ses fesses. Le confort était incroyable et, pour la première fois, Emily réalisa à quel point elle s'était ennuyée de la technologie intuitive des Krinars.

— Allons-nous quelque part ? demanda-t-elle en regardant alentour.

Les parois de la capsule étaient transparentes de l'intérieur, lui donnant l'impression d'être assise dans une énorme bulle de verre. Elle aurait dû être effrayée, mais elle se sentait plutôt légère et libre. Elle ne se sentait pas enfermée par ces parois transparentes, même si elle était autant prisonnière maintenant qu'elle l'avait été dans le sous-sol sous elle. Zaron ne la laisserait plus partir, elle le savait avec une certitude qui transcendait toute raison, mais cette certitude ne l'effrayait pas.

Elle ne voulait pas plus être séparée de lui.

— Nous retournons au Costa Rica, dit Zaron en s'asseyant sur l'autre planche. Il y a une nouvelle colonie Krinar du nom de Lenkarda. Ce n'est pas bien loin de ma demeure, qui est maintenant aussi la tienne.

— Et mon chat ?

Emily aurait dû poser un millier de questions avant celle-ci, mais son souci pour George était primordial.

— Nous passerons le chercher, répondit Zaron sans aucune surprise ou hésitation, et elle sut qu'il s'était préparé.

Son intuition ne s'était pas trompée : il ne la laisserait pas partir.

— Et mon appartement ? demanda Emily, les questions logiques s'imposant enfin à elle.

La poussée d'adrénaline, résultat de son sauvetage violent, se dissipait et elle commençait à se sentir à nouveau submergée.

— Et mes choses ? Comment vivrai-je si…

— Emily.

Zaron pivota sur la planche pour lui faire face. Prenant sa main entre ses larges paumes chaudes, il ajouta doucement :

— Tu n'as pas à t'en faire, mon ange. Je m'occuperai de tout.

Emily le fixa, l'esprit en effervescence. Personne n'avait pris soin de quoi que ce soit pour elle depuis la mort de ses parents.

— Mais…

— Chut, murmura-t-il, levant une main pour caresser sa joue, et elle vit que la possessivité dans son regard était mêlée de tendresse, que la faim était tempérée par quelque chose de doux et de chaleureux.

— Tu n'as rien à craindre, mon ange. Tu n'es plus seule.

Elle prit une inspiration, ses yeux soudainement emplis de larmes.

— Zaron…

— Nous discuterons lorsque nous serons à la maison, dit-il, et elle acquiesça, trop bouleversée pour protester.

Avec une légère poussée silencieuse, la capsule décolla, se soulevant dans les airs. Emily en eut le souffle coupé, alors qu'ils parcouraient la distance entre Queens et Manhattan en moins d'une minute. Une telle accélération aurait dû l'étourdir, mais elle ne ressentit aucun malaise devant cette vitesse. Le trajet fut aussi paisible et facile que s'ils s'étaient déplacés à une vitesse de moins de dix kilomètres-heure.

Ils atterrirent sur le toit de son immeuble et Zaron sauta au bas de la capsule dès que la paroi s'ouvrit.

— Reste ici. Je reviens, dit-il et, avant qu'elle ne puisse protester, il disparut derrière une cheminée.

Emily sortit de la capsule et fit mine de le suivre, mais avant qu'elle n'ait avancé de plus d'une dizaine de pas, Zaron revint, tenant un chat furieux dans ses bras. La voyant, George laissa échapper un miaulement indigné, et Emily le prit des bras de Zaron. Elle rit lorsque le chat la frappa de sa patte, exprimant ainsi son indignation d'être porté par un inconnu.

— Et son bac à litière ? demanda-t-elle, regardant Zaron lorsque George s'installa dans ses bras et se mit à ronronner. Et sa moulée, ses jouets et…

— Je lui fournirai tout ce dont il a besoin, dit Zaron, en plaçant une main dans le bas de son dos pour la conduire vers la capsule. Nous devons y aller. Je crois que les autorités aériennes nous ont détectés.

Emily pouvait en effet entendre le grondement distant des hélicoptères et le hurlement des sirènes. Les agents du Queens avaient-ils signalé l'attaque de Zaron ? Serait-elle vue comme une violation du traité ? Emily voulut poser la question, mais Zaron l'installait déjà dans la capsule, fermant l'ouverture. Elle eut à peine le temps de s'asseoir sur la planche, George sur les genoux, que la capsule décolla, s'élevant rapidement au-dessus de la ville.

Les nuages sous eux se brouillèrent et George miaula, agrippant la jambe d'Emily dans sa détresse. Elle le caressa pour l'apaiser, sachant à quel point tout cela était terrifiant pour un chat qui n'avait jamais même quitté Manhattan. Même pour elle, se déplacer dans une bulle de verre à cette vitesse folle avait quelque chose de totalement irréel.

— Quand arriverons-nous ? demanda-t-elle, et les lèvres pleines de Zaron s'étirèrent d'amusement.

— Nous y sommes, dit-il, et elle réalisa que la capsule descendait déjà sous la voûte verdoyante de la forêt tropicale, ayant couvert la distance entre New York et le Costa Rica en quelques minutes.

Ils atterrirent dans une clairière près de la petite montagne qui abritait la demeure de Zaron. Pour Emily, il lui semblait étrangement qu'elle était de retour chez elle. Elle avait passé moins de trois semaines ici, mais l'air frais et humide et la végétation luxuriante l'appelait, la faisant se sentir vivante et complète, comme jamais les rues encombrées de New York ne l'avaient pu.

Sortant de la capsule, elle tint George contre elle et suivit Zaron dans la caverne invisible qui était sa demeure.

À l'intérieur, rien n'avait changé, des meubles flottants aux murs ivoire. L'ouverture se referma derrière Zaron, les enfermant à l'intérieur de la maison, et Emily se pencha pour déposer George à terre. Le chat sembla incertain un court instant, mais son assurance habituelle refit surface et il partit à la découverte de son nouveau foyer.

Se redressant, Emily fit face à Zaron, le cœur battant de fièvre nerveuse. Le regard de Zaron était voilé alors qu'il l'observait, ses traits séduisants figés en des lignes dures et tendues.

Ils y étaient. Ils n'étaient plus pressés par le temps, n'avaient nulle part où aller.

Il n'y avait qu'eux deux et la tension qui frémissait entre eux, une attirance mutuelle si puissante qu'Emily pouvait la sentir comme un courant électrique sur sa peau.

— Zaron…

Elle ne sut pas si elle s'était avancée ou s'il avait bougé en premier, mais cela n'avait pas d'importance, car elle se retrouva dans ses bras, la bouche de Zaron dévorant la sienne avec une faim brute et exigeante, alors que ses mains parcouraient son corps. Sa saveur, son odeur, son contact, c'était tout ce qu'elle avait désiré au cours des sept dernières semaines, et même plus, la réalité plus nette et plus intense que ses souvenirs. Sa langue plongea entre ses lèvres, prenant sa bouche avec une passion effrénée et elle sentit la force de son érection alors qu'il la soulevait contre lui, écartant ses cuisses pour écraser son pubis contre son sexe palpitant. Son jean et son pantalon de yoga étaient entre eux, mais ils auraient aussi bien pu être nus. Emily s'enflamma, chaque mouvement de ses hanches envoyant des éclats de plaisir torride à travers son corps. Ses mamelons durcis étaient douloureux contre son soutien-gorge et son clitoris était gonflé et sensible, son sous-vêtement humide sous son désir palpitant.

Gémissant sous la bouche de Zaron, Emily agrippa son épaisse chevelure soyeuse pour l'attirer davantage contre elle, en voulant plus. Au loin, elle enregistra des bruits de déchirure ; puis leurs deux pulls furent à terre et ses seins nus se pressèrent contre son torse, le soulagement de ce contact presque orgasmique. Leurs pantalons étaient toutefois toujours en place et Emily ne le supportait plus. Toute barrière entre eux était de trop. Comme s'il le sentait, Zaron la déposa au sol, la laissant glisser contre son corps musclé et, dans la seconde suivante, elle se retrouva avec son pantalon et son sous-vêtement aux chevilles.

Elle retira ses chaussures et laissa ses vêtements derrière elle, puis Zaron la retourna et l'inclina, la plaçant à quatre pattes sur le plancher. Elle entendit sa fermeture éclair s'ouvrir, puis il était derrière elle et au-dessus d'elle, un bras musclé sous ses hanches pour l'empêcher de bouger et une main agrippant sa chevelure. Sa poigne était brutale et possessive, son souffle dur et lourd contre son cou, et les muscles d'Emily se serrèrent sous l'appréhension instinctive qui l'emplit lorsqu'elle sentit la tête lisse et large de son membre contre ses replis. Il était tellement plus imposant qu'elle, tellement plus fort. Même s'il avait été humain, elle aurait été impuissante dans ses bras.

— Tu es mienne, grinça-t-il à son oreille, la faisant frissonner. Ce joli petit sexe rose est mien. Tu m'appartiens entièrement. Je vais te prendre jusqu'à ce que tu oublies ce que c'est de ne pas me sentir en toi, mon ange… jusqu'à ce que tu ne veuilles plus jamais partir.

Sa promesse imagée effraya et fascina à la fois Emily, mais avant qu'elle puisse répondre, il plongea en elle, son membre imposant la transperça en un seul mouvement brutal. L'air s'échappa de ses poumons, ses tissus délicats tremblant sous le choc de sa pénétration. Elle était moite, mais elle se sentait tout de même étirée et dépassée, son corps n'étant plus habitué à sa taille. Et pourtant la chaleur en elle resta, le plaisir se disputant à l'inconfort de son invasion rude.

— Zaron, je t'en prie…

Elle ignorait pourquoi elle le suppliait, mais il semblait le savoir, car le bras sous ses hanches se déplaça et ses doigts se déposèrent sur son sexe, écartant ses plis humides pour trouver son clitoris palpitant. Il trouva sans faillir ce point si sensible, et l'inconfort d'Emily se dissipa, sa respiration s'accélérant et son dos se contractant alors qu'il se mettait à bouger en un rythme régulier, chaque mouvement puissant de son membre poussant son clitoris contre ces doigts agiles.

— Mienne, souffla-t-il, ses dents effleurant la peau sensible de son cou et la tension en Emily se concentra en un point incroyablement serré, la chaleur se transformant en un brasier torride. Pendant un instant, elle ne put respirer, ne put voir, puis l'orgasme explosa en elle, le plaisir sombre et incandescent, bouleversant dans son intensité. Il sembla s'étirer sans fin, les mouvements réguliers de Zaron intensifiant et prolongeant les sensations. La sueur coula dans le dos d'Emily et ses orteils se recroquevillèrent alors que Zaron continuait de la prendre à travers son orgasme et, au moment où l'extase indescriptible commençait à s'estomper, ses doigts pincèrent son clitoris et la projetèrent dans un deuxième orgasme.

Les vagues de plaisir étaient si bouleversantes qu'Emily fut prise de court lorsque Zaron plongea plus profondément en elle avec un grognement sauvage et qu'elle sentit son membre grossir et tressaillir en elle. Ses mouvements saccadés envoyèrent une vague de soubresauts à travers son corps et elle gémit, son sexe se contractant alors que sa semence se déversait en elle.

Épuisée, elle voulut s'étendre sur le plancher, mais Zaron l'en empêcha. La prenant dans ses bras, il la porta dans la douche et lava tout son corps, ses caresses d'une telle tendresse contre sa chair endolorie.

———

Propre et vêtue de la robe rose que Zaron lui avait donnée, Emily avait juste assez d'énergie pour s'asseoir droite à la table de cuisine flottante alors que Zaron ordonnait à sa demeure de lui préparer un repas. Quelques minutes plus tard, le repas arriva et elle s'y attaqua dès qu'il apparut, aussi affamée que si elle n'avait pas mangé depuis des semaines.

— Comment as-tu su que j'avais aussi faim ? demanda-t-elle lorsqu'elle eut dévoré presque toute sa salade et un gros bol d'un délicieux mijoté.

C'était une question anodine, mais elle ne pouvait se résoudre à poser les questions importantes, comme la raison pourquoi Zaron l'avait retrouvée et ce qu'il voulait. Le repas lui avait redonné de l'énergie, mais son corps pulsait encore de sa possession et ses joues brûlèrent lorsque George sauta sur ses genoux et renifla son entrejambe avant de lâcher un miaulement bruyant. Emily supposa que le chat pouvait sentir Zaron sur elle et qu'il n'était pas sûr de l'accepter.

— Ton estomac criait plus tôt, répondit Zaron, observant les singeries de George de l'autre côté de la table.

Comme elle, il avait enfilé des vêtements propres, un jean et un t-shirt blanc, et il était si séduisant assis devant elle, ses yeux sombres s'attardant sur elle avec une intensité possessive.

— Ils ne t'ont rien donné à manger, n'est-ce pas ?

— Ils m'ont donné quelque chose ce matin, mais je l'ai vomi, admit Emily. Les sédatifs qu'ils m'ont donnés m'ont rendue malade.

La mâchoire de Zaron se crispa.

— Tu n'aurais pas dû m'empêcher de les tuer.

Le cœur d'Emily fit une embardée et elle se pencha pour déposer George sur le sol.

— Zaron…

Elle se redressa pour lui faire face.

— Qu'est-ce que ton peuple est exactement ?

— Que veux-tu dire ?

Il fronça les sourcils.

— Êtes-vous…

Elle avait peine à former les mots.

— Êtes-vous une espèce vampirique ?

Son regard se fit acéré.

— Pourquoi demandes-tu cela ?

— Je vous ai entendus, Ellet et toi, parler, dit Emily en repoussant son assiette. Puis…

Elle se mordit la lèvre.

— Eh bien, je suis pas mal sûre que ce que tu m'as fait la nuit avant mon départ n'était pas que du sexe normal.

— Tu le savais et tu voulais tout de même que je le fasse ?

— Qu'est-ce que c'est exactement ? demanda Emily avec frustration. Est-ce que j'ai raison à propos du sang ?

Zaron croisa les bras devant lui et se recula.

— Oui… et non.

Ses yeux brillaient comme des joyaux sombres.

— Le sang humain contient une hémoglobine qui était autrefois nécessaire à notre survie, mais nous avons modifié notre constitution génétique pour ne plus en avoir besoin, sur le plan biologique du moins. Une certaine faim psychologique reste, toutefois, et en l'absence d'un besoin biologique, nous en retirons plutôt une sensation de plaisir qui est presque sexuelle de nature.

La bouche d'Emily s'assécha.

— Mon sang te donne du plaisir ?

— Oui, mais simplement lorsqu'il est pris pendant le sexe. Alors, ne t'en fais pas, mon ange. Je ne te mordrai pas sans raison, mais même si c'était le cas tu aimerais l'expérience. Notre salive a un effet droguant sur nos proies, c'est pourquoi tu y as pris plaisir les deux fois où je l'ai bu.

Nos proies. Un frisson parcourut Emily et elle dut se forcer à ne pas reculer. C'était une chose d'avoir des soupçons, mais que Zaron les confirme aussi nonchalamment…

— Je ne comprends pas, dit-elle, l'esprit en ébullition. Comment le sang humain peut-il avoir une hémoglobine vitale pour ton espèce ? Nous aurions alors dû évoluer côte à côte, mais tu m'as dit que les Krinars étaient beaucoup plus anciens que mon espèce. À moins que…

Elle inspira vivement.

— À moins qu'une espèce comparable aux humains existe sur votre planète et que vous ayez manipulé notre ADN pour que nous soyons semblables à cette espèce ?

— Très bien, approuva Zaron. Tu ferais une excellente biologiste. Oui, c'est exactement ça. Il existait sur Krina une espèce rappelant les primates, appelée les lonars, que mes ancêtres chassaient. Leur sang contenait l'hémoglobine dont nous avions besoin. Malheureusement, c'était une espèce faible et frêle, avec une faible natalité et une espérance de vie courte. Lorsqu'une maladie a pratiquement décimé leur population, nous avons réalisé qu'il nous fallait une solution de rechange. Les humains, ou plutôt vos ancêtres primates, étaient censés être cette solution. Mais il s'est avéré que nous n'en avions plus besoin : lorsque les primates terrestres ont été assez évolués pour avoir cette hémoglobine, nous avions développé des substituts sanguins synthétiques et avions modifié nos gènes pour nous débarrasser de cette dépendance.

— Alors, pourquoi avoir continué de manipuler notre évolution ? demanda Emily, confuse. C'est bien ce qui s'est passé, non ? Pourquoi les humains seraient-ils aussi semblables à ton espèce sinon ?

Zaron hocha la tête.

— Oui, tu as raison. Une fois que notre besoin pour votre sang a disparu, le but de l'expérience a changé. Nos scientifiques décidèrent de voir s'ils pouvaient créer une espèce rappelant les Krinars en encourageant l'évolution de l'une des espèces de primates terrestres.

— L'espèce qui est devenue les *Homo sapiens* modernes ?

— Oui, exactement.

Il semblait ravi qu'elle comprenne et elle se demanda s'il était en fait surpris de son intelligence. Puis, une pensée horrible la frappa.

Et si Zaron ne la voyait que comme un singe particulièrement intelligent ou un genre d'expérience génétique ?

Le souffle lui manqua, ses entrailles se crispant pendant un horrible moment, mais elle se rappela alors que Zaron s'était confié à elle au sujet de sa compagne, qu'il n'avait pas voulu qu'Emily le quitte, mais qu'il avait tout de même respecté sa volonté.

Non. Elle put à nouveau respirer. Cette inquiétude-là était infondée. Peu importe comment les Krinars voyaient son espèce, Zaron ne la voyait pas comme un animal de laboratoire, de cela elle était convaincue.

Comme s'il devinait la direction de ses pensées, Zaron se pencha vers l'avant et lui prit la main.

— Emily… écoute-moi, mon ange.

Sa voix était douce, mais elle ne pouvait ignorer l'intensité de son regard.

— Je sais que ce que je suis, ce que mon peuple est, est encore nouveau pour toi et que ça peut sembler terrifiant par moment. Mais tu n'as rien à craindre, crois-moi. Je prendrai soin de toi. Je te donnerai tout ce dont tu as besoin et je ferai tout en mon pouvoir pour te rendre heureuse et te protéger.

Ses yeux brillèrent dangereusement lorsqu'il ajouta :

— Plus personne ne te fera du mal.

Emily prit une inspiration tremblante.

— Zaron…

Il y avait une boule croissante dans sa gorge.

— Pourquoi m'as-tu retrouvée ?

— Parce que tu es mienne, dit-il, sa main enserrant ses doigts. Parce que tu es mienne depuis le moment où je t'ai aperçue étendue sur ses rochers, brisée et pourtant t'accrochant à la vie de toutes tes forces. Je ne le savais pas alors, mais lorsque je t'ai sauvée, lorsque je t'ai rendu la vie, tu m'as rendu la mienne, Emily.

La boule dans sa gorge se fit encore plus grosse et ses yeux se mirent à brûler alors que Zaron se levait et faisait le tour de la table flottante, utilisant sa prise sur la main d'Emily pour la mettre sur ses pieds et l'attirer contre lui. Baissant les yeux vers elle, il prit ses deux mains dans les siennes, les plaçant contre son torse, et la vulnérabilité brute de son expression la transperça.

— Après avoir perdu Larita, je vivais dans les ténèbres, dit-il doucement. Je vivais dans un monde si morne et gris que j'avais peine à me lever chaque matin. Il y avait des jours où je ne pensais pas survivre et des nuits où…

Il déglutit avec peine.

— Où je ne voulais *pas* survivre.

— Oh, Zaron.

Emily avait l'impression qu'on lui avait arraché la poitrine.

— Je suis si désolée…

— Non.

Il pressa doucement ses mains, ses doigts forts et chauds autour de ses paumes.

— Tu ne comprends pas, mon ange. Je ne te raconte pas tout ça pour avoir ta pitié. Je veux seulement que tu comprennes.

— Comprendre quoi ? murmura Emily, clignant des yeux pour effacer le voile de larmes.

Son cœur battait à un rythme rapide et court, l'éclat chaleureux de son regard faisant trembler son souffle.

— Comprendre pourquoi je t'aime, dit-il. Pourquoi je te veux près de moi pour le reste de mes jours. Tu m'as redonné ce que je pensais avoir perdu pour toujours, et je ne peux supporter de le perdre, Emily. Je ne peux supporter de *te* perdre. Je t'ai laissée partir avant parce que je t'avais fait une promesse, mais cette fois-ci je ne peux pas. J'ai besoin de toi, mon ange. J'ai besoin de toi à mes côtés pour toujours.

— Tu...

La voix d'Emily se brisa, les larmes coulant sur ses joues.

— Tu m'as, Zaron. Je suis là. Je t'aime et je serai tienne aussi longtemps que tu le voudras. Je suis désolée. Je suis si désolée de t'avoir quitté. Je pensais que je le devais, je me disais que c'était la chose rationnelle à faire, mais c'était seulement ma peur. Je ne voulais pas que tu me quittes, alors je t'ai quitté avant et...

— Et je ne t'ai pas arrêtée, parce que *j*'avais peur, dit Zaron, serrant avec plus de force ses mains. J'avais peur de te perdre comme j'ai perdu Larita, alors je n'ai pas tenté de t'expliquer, de te faire comprendre ce que je t'offrais.

Ses lèvres se tordirent avec amertume alors qu'il relâchait ses mains et laissait tomber ses bras de chaque côté.

— J'aurais dû envoyer promener le mandat et te dire la vérité, mais comme un lâche, j'ai gardé le silence et je t'ai laissée sortir de ma vie.

— De quoi parles-tu ? murmura Emily, clignant des yeux de confusion.

Elle se sentait perdue sans son contact, comme une enfant abandonnée.

— Tu m'as demandé de rester. Qu'est-ce que le mandat a à voir avec tout ça ?

— Rien… pas vraiment.

Une note d'autorécrimination durcit sa voix.

— Ce n'était qu'une excuse. Je pensais que je ne pouvais pas tout te dire, parce que si tu refusais de rester, alors j'aurais brisé le mandat. Mais ce n'était rien d'autre que ma propre peur.

Il prit une inspiration.

— Je suis désolé, mon ange. La vérité est que je t'ai laissée partir parce que je suis tombé amoureux de toi et que je ne pouvais affronter l'idée que je pourrais te perdre un jour… qu'un accident stupide pourrait t'enlever la vie au moment où je l'attendais le moins.

— Oh, Zaron…

Emily ne pouvait en entendre davantage. S'approchant de lui, elle prit ses larges mains dans les siennes et les serra contre sa poitrine, imitant sa posture précédente. Les larmes l'étouffaient à nouveau, la joie douce-amère de sa confession lui enserrant la gorge.

— Tu *vas* me perdre, c'est inévitable, dit-elle d'une voix rauque. Mais ça ne veut pas dire que nous ne pouvons être ensemble… que nous ne pouvons nous aimer jusque-là. Même quelques années sont préférables à…

— Non, mon ange.

À la surprise d'Emily, les lèvres de Zaron esquissèrent un léger sourire.

— Tu ne comprends toujours pas.

Dégageant doucement ses mains de sa prise, il agrippa ses épaules, sa poigne chaude et tendrement possessive.

— Ce ne serait pas quelques années… pas si tu es totalement mienne.

— Quoi ?

Emily le fixa. Il n'insinuait tout de même pas…

— Il existe un autre type de nanocytes, beaucoup plus avancés et complexes que ceux qui t'ont guérie, dit Zaron, les yeux brillants. Ces nanocytes sont conçus pour réparer le dommage cellulaire et génétique pour aussi longtemps qu'ils se trouvent dans un corps humain vivant.

Emily ouvrit la bouche, puis la referma. Secouant la tête, elle recula d'un pas, bougeant ses coudes en un cercle pour se dégager de la prise de Zaron sur ses épaules.

— Réparer le dommage génétique ? Tu…

Elle avait peine à parler.

— Tu parles d'immortalité biologique.

— Oui.

Il s'approcha d'elle et lui prit le poignet, l'empêchant de reculer.

— Alors, tu vois, mon ange, ce ne sera pas seulement quelques années, pas lorsque tu es ma charl.

— Ta quoi ?

La tête d'Emily lui tournait.

— Charl, dit-il. C'est ce que nous nommons les humains que nous accueillons entièrement dans notre société. Le terme est sans importance, toutefois. Ce qui importe est ce que je peux t'offrir : l'accès à ces nanocytes et une vie sans les ravages de la maladie et du vieillissement, une vie qui peut durer des millénaires ou plus à mes côtés.

— Oh mon dieu, Zaron…

Ce qu'il lui racontait était si incroyable, mais s'il disait vrai…

— Ton peuple peut nous offrir l'immortalité ?

Il secoua la tête.

— Pas à vous tous, non. Seulement à ceux que nous revendiquons comme nos charls, comme ce que je fais avec toi.

— Mais, si vous avez cette technologie…

— Emily.

Il relâcha son poignet pour encadrer son visage entre ses paumes. Baissant les yeux vers elle, il balaya les larmes sur ses joues de ses pouces et dit doucement :

— Écoute-moi, mon ange. Je comprends ce que tu peux ressentir, mais je ne peux rien faire pour l'espèce humaine dans sa totalité. C'est du ressort du Conseil et des Anciens. Ils partageront peut-être un jour cette technologie avec ton espèce, mais d'ici là, nous ne pouvons offrir ces nanocytes qu'à nos charls. *Je* ne peux l'offrir qu'à toi.

Levant les yeux vers lui, Emily entoura ses poignets de ses doigts. Ses os étaient forts et solides, aussi robustes que l'homme lui-même. Elle ne savait que penser, comment digérer ce qu'il lui avait dit. Devait-elle se réjouir égoïstement du cadeau unique que Zaron lui offrait ou être horrifiée du fait que les Krinars refusaient cette technologie au reste de la population terrestre ? Combien de vies pourraient être sauvées par la technologie Krinar ? Quelle quantité de souffrance pourrait être évitée ? Son cœur se serra à l'idée de tous les malades et mourants sur Terre, et à l'idée qu'elle ne serait jamais l'un d'eux.

Elle ne serait jamais l'un d'eux, parce qu'elle appartiendrait à Zaron.

Au lieu des quelques années qu'elle avait imaginées pour eux, ils auraient une éternité.

— Ne pleure pas, mon ange, murmura-t-il, et Emily réalisa que les larmes coulaient à nouveau, ses mains tremblant alors qu'elle agrippait ses poignets.

Baissant la tête, il embrassa les larmes sur ses joues, mais elle ne pouvait les arrêter, le déluge d'émotions impossible à contrôler. Sa joie était accompagnée de culpabilité, son bonheur terni par le fait qu'elle était privilégiée, que ses amis vieilliraient et mourraient alors qu'elle resterait ainsi auprès de l'homme qu'elle aimait.

Elle essaya de tarir ses larmes, de détourner son visage des baisers apaisants de Zaron, mais ses lèvres capturèrent les siennes et la passion sombre qui brûlait entre eux s'embrasa à nouveau, fléchissant ses genoux et brouillant ses idées. Elle laissa échapper un gémissement et son baiser se fit sauvagement exigeant, sa langue envahissant sa bouche alors qu'il la reculait jusqu'au mur, l'une de ses mains clouant ses poignets au-dessus de sa tête, alors que l'autre attrapait la fermeture éclair de son jean, libérant son membre érigé. Sans cesser de l'embrasser, il relâcha ses poignets et agrippa ses cuisses pour la soulever. Bouleversée, Emily s'accrocha à ses épaules. Elle ne portait pas de sous-vêtement et la large pointe de son membre pressait contre son sexe dénudé, alimentant le feu palpitant en elle.

— Zaron, grogna-t-elle, arquant la tête vers l'arrière alors que ses lèvres glissaient le long de sa mâchoire, laissant une traînée brûlante et humide sur sa peau, puis elle le sentit : le tranchant saisissant de ses dents sur la peau délicate de sa gorge.

— Mienne, grinça-t-il, ses lèvres se fixant à la morsure, et son monde se brouilla, consumé par l'extase torride qui les emporta tous deux.

CHAPITRE 39

*C*e n'est que le lendemain matin, lorsqu'Emily s'éveilla aux côtés de Zaron, qu'elle eut une chance de tout digérer.

Il était étendu sur le côté, l'observant, lorsqu'elle ouvrit les yeux et la chaleur possessive de son regard l'emplit d'un mélange troublant de joie et de gêne.

Elle appartenait maintenant à Zaron. Pour toujours. Il ne l'avait pas dit explicitement, mais elle savait que même si elle le suppliait, il ne la laisserait pas partir. Et ce n'était pas seulement parce qu'il avait rompu le mandat en lui confiant les capacités poussées de la technologie médicale des Krinars.

Il la garderait parce qu'il avait besoin d'elle, et parce qu'il savait qu'elle avait besoin de lui.

— Bonjour, mon ange, murmura-t-il, repoussant une mèche de cheveux de son visage et la peau d'Emily s'échauffa alors qu'elle se rappelait ce qui s'était passé la veille.

Il avait pris son sang et le sexe qui avait suivi avait été épique. Elle s'en rappelait davantage que les deux premières fois, peut-être parce que son corps s'habituait à l'effet de sa salive, et ces souvenirs envoyèrent une vague de moiteur à son sexe. Zaron avait été insatiable, la prenant de toutes les manières possibles, et elle s'en était délecté, son corps désirant chaque chose perverse et obscène qu'il lui avait faite.

— As-tu faim ? demanda-t-il, et Emily acquiesça, repoussant les images de son esprit.

— Je reviens, dit-elle en sautant au bas du lit, ignorant le regard affamé qui la suivit alors qu'elle se dirigeait nue vers la salle de bain.

Lorsqu'elle en sortit quelques minutes plus tard, elle trouva Zaron vêtu d'un ensemble insolite : un pull sans manche ivoire et un short blanc ample qui lui arrivait aux genoux. La simplicité des vêtements soulignait sa carrure puissante, le tissu à l'aspect doux drapant ses muscles et lui mettant l'eau à la bouche. Il était si séduisant, la couleur pâle de l'ensemble soulignant la teinte bronzée de sa peau, et Emily prit une profonde inspiration alors qu'il s'approchait d'elle, ses lèvres étirées en un sourire sensuel.

— Je porte une tenue Krinar, expliqua-t-il, alors qu'elle continuait de le fixer. Tiens, j'en ai une pour toi aussi.

Il lui tendit une robe pêche clair, avec de minces bretelles et un décolleté profond dans le dos. Emily l'enfila, s'émerveillant de la façon qu'elle tombait. Le matériau léger, rappelant le molleton, était semblable aux robes qu'il lui avait données avant, mais le style était différent. Le corsage de la robe cachait autant qu'il révélait, accentuant la forme de ses seins, sans dévoiler ses mamelons, et le bas de la robe flottait joliment autour de ses jambes, s'arrêtant quelques centimètres au-dessus de ses genoux.

— Elle est magnifique, dit-elle lorsque Zaron lança un ordre en Krinar, changeant l'une des parois en un miroir reflétant l'image d'Emily. Merci.

— C'est un plaisir.

Il se plaça derrière elle, déposant ses mains sur ses épaules, et un frisson parcourut son corps au contact de ses paumes chaudes sur sa peau nue. Le reflet dans le miroir soulignait leurs différences. Debout derrière elle, Zaron avait une bonne tête de plus qu'elle et était indubitablement mâle, ses épaules bien musclées deux fois plus larges que sa silhouette élancée. Même si Emily ne s'était jamais considérée comme petite, elle semblait minuscule près de lui, sa peau pâle et sa chevelure blonde faisant paraître sa coloration sombre encore plus exotique.

Pour la première fois, elle réalisa qu'elle serait une étrangère au sein du peuple de Zaron. Non, pas une étrangère… une extraterrestre, membre d'une espèce totalement différente.

Ses entrailles se serrant anxieusement, Emily se tourna pour faire face à son amant.

— Zaron…

Sa voix était incertaine.

— Où vivrons-nous ?

— Pendant la prochaine année, ici, près de Lenkarda, dit-il, en lui souriant. Ensuite, lorsque je n'aurai plus besoin de surveiller le processus de colonisation, nous pourrons décider de l'emplacement de notre prochaine demeure ensemble. Nous pouvons décider de rester ici ou de nous rendre sur Krina. Ou nous pouvons vivre dans l'une des villes humaines si tu le souhaites, même si je préfère de beaucoup les deux autres options.

— Tu vivrais à New York avec moi ? demanda Emily, surprise.

Vu l'attitude hostile et effrayée du public face aux K, l'idée que Zaron l'accompagne à Manhattan ne l'avait jamais effleurée.

— Si les choses se calment, oui. Sinon, ce serait risqué pour toi.

— Pour moi ?

Emily fronça les sourcils.

— Je ne crois pas que ces agents s'approcheraient à nouveau de moi. Je m'inquiétais plus pour toi, avec l'agitation dans les rues et…

— Oh, je peux prendre soin de moi, dit-il, en rejetant l'idée d'un geste de la main. Et non, je ne crois pas que ton gouvernement s'en prendrait à nouveau à toi, mais je ne peux pas garantir la même chose d'un groupe de résistance humaine.

— Oh.

Elle n'avait pas considéré cet aspect de la situation, mais Zaron avait raison. Si quiconque découvrait la relation d'Emily et de Zaron, elle deviendrait une cible des ennemis des K. Ils la classeraient une traîtresse, et ils n'auraient pas nécessairement tort, se dit-elle avec culpabilité.

Elle *couchait* avec l'ennemi, un ennemi qui lui offrirait un cadeau inimaginable en retour.

— Ne t'inquiète pas, dit Zaron, interprétant faussement son effarement.

Levant une main, il caressa doucement sa joue.

— Personne ne te fera du mal, mon ange. Je te le promets.

— Je sais.

Emily recouvrit sa main de la sienne, pressant sa paume contre sa joue. Son cœur se réchauffa sous l'amour apparent qui brillait dans son regard.

— Je le sais, Zaron.

Son sourire réapparut, plus éclatant que jamais.

— Bien. Maintenant, allons manger… et trouvons ton chat.

Ils trouvèrent George étendu sur l'un des canapés flottants du salon. Il semblait très satisfait et lorsqu'Emily questionna Zaron sur la moulée pour son chat, il lui répondit que sa demeure avait ordre de veiller à ce que le félin soit nourri régulièrement et qu'il ait accès à un coin pour ses besoins.

— Quel genre de coin pour ses besoins ? demanda Emily, amusée lorsque Zaron lui expliqua que la demeure avait créé un coin spécial où le chat pouvait faire ses besoins.

Emily insista pour le voir, alors Zaron la mena vers une pièce qu'elle n'avait jamais vue auparavant, dont le plancher était composé entièrement de sable.

— Zaron, c'est énorme, s'écria-t-elle en regardant autour d'elle avec stupeur. Ta demeure a créé cette pièce juste pour George ?

Zaron acquiesça.

— Je veux que George aussi soit heureux ici, dit-il avec gravité.

Il se pencha pour prendre le chat qui les avait suivis jusqu'à la pièce.

— Plus tard aujourd'hui, je l'amènerai chasser des souris et des oiseaux. Son espèce en a besoin.

Emily resta bouche bée.

— Tu vas amener mon chat chasser ? Dans la jungle ?

— Oui, mais ne t'inquiète pas.

Zaron serra le chat contre son torse, ignorant les tentatives de celui-ci de sauter au bas de ses bras.

— Je suis assez rapide pour éviter qu'il s'enfuie ou qu'il se blesse. Je sais que ton chat est une créature domestiquée.

Et ce fut tout. Alors qu'il prenait son petit-déjeuner, Zaron garda George sur ses genoux, laissant le chat s'habituer à lui. Après quelques miaulements furieux et une tentative déjouée de le griffer, le chat se calma, laissant Zaron le caresser et le gratter derrière les oreilles. Lorsqu'ils eurent terminé leur repas, George ronronnait sans retenue.

Il semblait que même les chats n'étaient pas immunisés contre la tendresse énergique de son amant.

Après le repas, ils sortirent se promener, sans le chat, puisqu'Emily n'était sans conteste *pas* assez rapide pour le rattraper s'il s'enfuyait, et elle aborda l'autre problème qui lui pesait depuis ce matin.

— Zaron… puis-je dire à mes amis où je suis et avec qui ? demanda-t-elle alors qu'ils croisaient un guanacaste en route vers le lac. Amber s'inquiétera si elle ne peut pas me joindre et les autres se poseront probablement des questions sur mon absence après un moment.

Zaron lui jeta un coup d'œil.

— Tu peux leur dire que tu es au Costa Rica avec moi. Mais tu devras passer sous silence les nanocytes et tout ce que tu verras ou entendras à partir de maintenant.

Emily déglutit.

— Je comprends.

Sa vie dévierait drastiquement de celles de ses amis ; c'était déjà le cas, en fait. Grâce à Zaron, elle avait survécu à sa chute au bas du pont, mais son ancienne vie s'était éteinte sur ces rochers. Même avant qu'il ne revienne pour elle, elle avait été différente, irréversiblement changée par l'expérience de rencontrer et de tomber amoureuse d'un homme si extraordinaire qu'elle n'aurait jamais pu imaginer qu'il existait.

Pas étonnant qu'elle se soit sentie comme une morte-vivante pendant ces sept semaines à New York. Elle avait tenté de ressusciter l'ancienne Emily, plutôt que d'accepter la personne qu'elle était devenue.

Ils marchèrent dans un silence agréable jusqu'au lac. La journée était chaude et humide, et lorsqu'ils arrivèrent à l'eau claire, ils y plongèrent tous deux avec joie, nageant plus d'une heure avant qu'Emily ne se fatigue.

— Serais-je plus forte avec les nanocytes ? demanda-t-elle, s'accrochant aux épaules de Zaron alors qu'il nageait vers la berge, la tirant sur son dos depuis le milieu du lac sans aucun signe de fatigue. Serais-je capable de tenir la cadence près de toi ?

— Non, malheureusement pas, dit-il, s'arrêtant et l'attirant devant lui.

Ses jambes puissantes battaient sous l'eau, les gardant tous deux à la surface.

— Tu ne vieilliras pas et ne tomberas pas malade, mais tu resteras humaine, avec tout ce que ça implique. Mais, comme les nanocytes répareront rapidement tout dommage à tes cellules, peu importe combien infime, tu te rétabliras plus rapidement de tout exercice intense et aura une plus grande endurance. Alors si tu t'entraînes beaucoup, tu pourrais devenir aussi forte et en forme que les meilleurs athlètes humains, en beaucoup moins de temps.

— Oh, génial.

Juste d'y penser, Emily sentit son cœur battre plus vite d'exaltation.

— J'ai hâte.

— Tu n'auras pas à patienter bien longtemps, dit Zaron, un sourire chaleureux en place. Tu recevras les nanocytes ce soir.

Puis, l'attirant vers lui, il l'embrassa avec une telle passion qu'elle fut surprise que l'eau autour d'eux ne se mette pas à bouillir.

CHAPITRE 40

— *P*rête ? demanda Zaron, serrant la main d'Emily.

Il pouvait voir la peur dans son regard, mais elle leva le menton et sourit vivement.

— Oui.

— Bien.

Zaron serra sa main en un geste rassurant, puis se tourna vers Ellet.

— Tout est prêt ?

L'experte en biologie humaine acquiesça.

— J'ai procédé aux simulations et tout est prêt. Emily, je vais t'endormir, d'accord ?

— D'accord.

Le sourire d'Emily perdit de son intensité, sa main se tendant dans celle de Zaron.

— Ce ne sera pas long, n'est-ce pas ?

— Non, ne t'en fais pas.

Ellet s'approcha d'elle avec un petit appareil semblable au jansha.

— Ce sera comme un rêve.

— D'accord, je suis prête, dit Emily.

Ellet appuya l'appareil contre son cou. Instantanément, la main d'Emily se détendit dans celle de Zaron, ses yeux se fermant alors qu'elle tombait dans un sommeil artificiel.

— Tout est normal, dit Ellet, remplaçant l'appareil pour un outil de dispersion de nanocytes plus sophistiqué.

Zaron comprit que son inquiétude devait paraître. Il savait que la procédure était sûre, les humains la subissaient depuis des milliers d'années, mais il était tout de même troublé de voir Emily ainsi : inconsciente et si vulnérable.

Cela lui rappelait les premiers jours à sa demeure, lorsqu'elle se remettait de sa chute.

Bien sûr, ils n'étaient pas chez lui. Ils étaient dans le nouveau laboratoire d'Ellet, à Lenkarda, un endroit équipé des dernières technologies médicales des Krinars. Même l'appareil le plus de base ici était infiniment plus avancé que tout ce qui se trouvait chez Zaron.

Ce fait aurait dû le tranquilliser, mais son anxiété ne se dissipa pas, le rongeant comme un parasite. Le risque que quelque chose tourne mal pendant la procédure était le même que le risque que le monde s'arrête demain, mais ça n'apaisait pas son inquiétude irrationnelle. Si quelque chose arrivait à Emily… Non. Il ne pouvait pas penser ainsi.

Il ne pouvait pas laisser la peur dicter le cours de leur relation à nouveau.

— Tu l'aimes, n'est-ce pas ? demanda Ellet, tout en continuant la procédure.

Zaron détourna ses yeux d'Emily assez longtemps pour jeter un œil à la femme Krinar et hocha la tête sèchement.

— Évidemment, dit-il, sa voix tendue. Pourquoi sinon serais-je ici ?

Ellet sourit, ses yeux noisette emplis d'un tendre encouragement.

— Tout ira bien. Tu verras, dit-elle et il sut qu'elle ne parlait pas seulement de la procédure.

— Je sais.

Reportant son attention vers Emily, Zaron effleura sa paume de son pouce.

— Je le sais.

Et il le savait. Perdre Emily serait toujours son pire cauchemar, mais il ne le laisserait jamais les séparer.

Leur temps ensemble était beaucoup trop précieux pour ça.

La main d'Emily frémit dans la sienne, sortant Zaron de ses pensées, et il réalisa qu'elle s'éveillait déjà.

— Tout va bien, dit Ellet, lorsqu'il la regarda avec inquiétude. Les nanocytes sont en place et fonctionnent bien. Tiens, laisse-moi te montrer.

Elle attrapa un petit couteau, avec l'intention de couper Emily pour prouver son point, mais Zaron agrippa son bras avant qu'elle ne puisse s'approcher d'Emily.

— Non, dit-il sèchement.

Il savait qu'il était follement protecteur, mais il ne pouvait supporter l'idée qu'Emily soit blessée d'une quelconque façon.

Personne ne lui ferait du mal tant qu'il serait là.

Ellet sembla surprise, mais se reprit rapidement.

— Bien sûr, comme tu veux.

Se dégageant de sa prise, elle déposa la lame sur la table flottante.

— Elle n'aurait rien senti, elle est encore engourdie, mais si tu ne le veux pas, alors je ne ferai rien.

— C'est ça.

Les muscles de Zaron étaient tendus.

— Je ne le veux pas.

— Zaron ?

La voix d'Emily était douce et endormie, mais elle eut l'effet d'un coup de foudre sur lui. Son attention se reporta instantanément sur elle, sa main resserrant sa prise sur sa petite paume.

— Je suis là, mon ange, dit-il, observant ses yeux s'ouvrir. Comment te sens-tu ?

— Euh…

Semblant désorientée, elle tenta de s'asseoir et Zaron l'aida, entourant son dos d'un bras. Sa longue chevelure effleura son visage, les mèches soyeuses et parfumées, et il inspira profondément, inhalant son parfum délicat avant de se reculer pour croiser son regard.

— Je ne me sens pas différente, dit Emily, clignant des yeux de confusion.

Zaron sourit, un soulagement joyeux l'emplissant.

La procédure s'était bien passée. Son ange serait en santé pour les siècles et les millénaires à venir.

— Tu n'es pas censée te sentir différente, dit Ellet, alors que Zaron soulevait Emily dans ses bras. Du moins, pas tout de suite. Avec le temps, tu remarqueras certains changements. Tu n'auras plus de rhume, par exemple, et si tu te blesses, tu guériras plus vite.

— Merci, Ellet, dit Zaron, regrettant son agressivité envers elle. Je l'apprécie beaucoup.

— Ça me fait plaisir, dit-elle avec un sourire chaleureux.

Zaron sortit, serrant Emily contre son torse.

George les accueillit avec un miaulement puissant lorsqu'ils arrivèrent à la maison et Zaron déposa doucement Emily sur le sol, la laissant marcher d'elle-même. Elle ne semblait plus étourdie, mais elle était un peu silencieuse, et il sut qu'elle se remettait encore de la procédure.

Il la laissa caresser George quelques minutes, puis il ne put plus attendre.

— Viens, dit-il, en lui prenant le bras et en l'entraînant dans la chambre.

— Encore ? demanda-t-elle, les yeux ronds. Nous avons couché ensemble avant le dîner.

— Je sais, dit Zaron, en lui retirant sa robe.

Son corps se durcit à la vue de ses courbes dénudées, mais le sexe n'était pas au menu, du moins pas maintenant. Retirant ses propres vêtements, il souleva Emily et la déposa sur le lit, puis s'étendit près d'elle, l'attirant dans son étreinte.

Comprenant ce qu'il voulait, elle se nicha contre lui, déposant la tête sur son épaule et une jambe sur ses cuisses. Ses seins étaient doux et pleins contre lui, son corps s'ajustant contre le sien comme si elle avait été créée pour lui. Ignorant le désir s'emparant de son corps, Zaron l'étreignit avec force et profita de la perfection étourdissante d'être simplement près d'elle… de l'aimer. Le bonheur, fragile mais réel, était à leur portée et il n'était plus effrayé de l'atteindre. La douleur d'avoir perdu Larita ne serait jamais complètement guérie, son ancienne compagne aurait toujours une place dans son cœur, mais aimer Emily rendait la souffrance supportable.

Aimer Emily lui redonnait une raison de vivre.

— Je t'aime, Zaron, murmura-t-elle, soulevant la tête pour le regarder, et il sourit, sachant qu'elle avait suivi le cours de ses pensées.

— Je t'aime aussi, mon ange, dit-il doucement, fixant son regard brillant. Tu es mienne, maintenant et pour l'éternité.

ÉPILOGUE
Dix Mois Plus Tard

— Tout va bien ? demanda Zaron, son regard sombre s'attardant sur ses traits, et Emily acquiesça, malgré son cœur qui battait la chamade.

George miaula dans ses bras, alors elle se pencha pour le déposer au sol. Le chat sauta aussitôt sur une planche flottante, son nouveau meuble préféré, et se mit à se lécher la patte, ne montrant aucun signe de la nervosité que ressentait Emily.

L'année dernière avait été totalement irréelle, mais l'aventure dans laquelle elle s'embarquait maintenant surpassait ses rêves les plus fous. Dans moins de deux minutes, le vaisseau Krinar quitterait l'orbite de la Terre, emportant Emily, Zaron, George et des centaines de scientifiques Krinars vers Krina.

Dans moins de deux minutes, Emily et son chat seraient en route vers leur nouvelle demeure dans une autre galaxie.

Zaron leur avait pris une pièce privée près de la coque du vaisseau, afin qu'Emily puisse avoir la plus belle vue, avait-il expliqué. De l'extérieur, le vaisseau de forme allongée ne semblait pas particulièrement futuriste, mais à l'intérieur, c'était comme la demeure de Zaron, survitaminée. Tout était léger et aéré, rempli de meubles flottants, de plantes exotiques et de technologie intelligente. Mieux encore, les parois extérieures étaient transparentes de l'intérieur, offrant à Emily une vue de la Terre, comme un astronaute.

Se retournant, elle observa la jolie petite balle bleue qui était le berceau de l'humanité.

— Tu m'as dit que nous nous déplacerons à une vitesse plus faible tout d'abord, n'est-ce pas ? dit-elle, en arrachant son regard de la vue époustouflante pour regarder Zaron. Nous ne passerons pas tout de suite à une vitesse de distorsion ?

— Exact, confirma-t-il, ses lèvres sensuelles s'étirant en un sourire. Nous nous éloignerons pendant plusieurs jours de la Terre. Nous éviterons ainsi toute perturbation lorsque nous distordrons l'espace-temps.

— C'est noté. Rien de plus qu'une petite distorsion de l'espace-temps. Rien d'épatant, dit Emily, tentant de ne pas paraître aussi anxieuse qu'elle se sentait. Aussi simple qu'une promenade.

— Ce le sera, promit Zaron, en replaçant une mèche de cheveux derrière son oreille. Tu t'adapteras au voyage spatial comme tu t'es adaptée à tout le reste.

Ses paroles et la chaleur de son regard la calmèrent un peu. Zaron avait raison : Emily s'était acclimatée à sa nouvelle vie auprès de lui avec une facilité surprenante. Loin de s'ennuyer de New York et de sa carrière en finances, elle s'était épanouie au Costa Rica. En un mois, elle était devenue aussi à l'aise avec les applications Krinars de base qu'avec la technologie humaine. Avec l'aide d'un implant langagier neurologique, qu'elle avait reçu une semaine après les nanocytes, elle avait passé les dix derniers mois à apprendre tout ce qu'elle pouvait sur les sciences et la société des Krinars.

Sa base de connaissances s'était développée si rapidement qu'elle considérait sérieusement la possibilité de réaliser son rêve d'enfance et de devenir une scientifique.

Elle s'était attendue à ce que Zaron rie d'une telle idée, mais il avait été enchanté et s'était mis immédiatement en tête de lui apprendre tout ce qu'il savait sur les différentes espèces de la faune et de la flore de Krina. Sa passion était telle qu'Emily pensait maintenant devenir biologiste comme lui.

— Tu n'as pas à prendre de décision maintenant, lui avait répondu Zaron lorsqu'elle lui avait fait part de cette idée. En fait, tu n'as pas du tout à choisir. Beaucoup d'entre nous touchent à plus d'un domaine et tu le peux aussi. C'est ton choix. Je sais que peu importe ce que tu choisiras, tu y excelleras.

C'était ce genre d'encouragement et d'appui inébranlable de Zaron qui avait donné le courage à Emily d'accepter de partir pour Krina avec lui. Zaron s'était vu offrir un nouveau poste de recherche là-bas, et il était impatient de se rapprocher de sa famille et de combler le fossé entre eux, une idée qu'Emily approuvait grandement. Elle avait été troublée que Zaron ait des parents qui l'aimaient et qu'il se tienne à distance d'eux. Elle l'avait encouragé à se rapprocher d'eux, même si elle s'inquiétait de leur possible désapprobation devant leur relation. Toutefois, Zaron les avait vus le mois dernier par réalité virtuelle, leur parlant d'elle, et il lui avait affirmé par la suite que personne n'avait de problème avec le fait qu'elle soit humaine. Ils étaient tous impatients de la connaître, avait-il dit, et Emily était maintenant emballée de les rencontrer. Elle était tout de même un peu nerveuse de quitter la Terre.

Qu'Amber l'ait traitée de folle n'aidait pas.

— Tu vis déjà à côté d'une colonie d'extraterrestres… *avec* un extraterrestre, avait-elle sifflé lorsqu'Emily l'avait rencontrée à New York le mois dernier. Et maintenant tu penses partir pour Krina ? Qu'est-ce que tu vas bien pouvoir y faire ? Tu ne parles même pas leur langue !

Emily ne pouvait avouer à Amber que, grâce à l'implant langagier, elle *parlait* Krinar, alors elle était restée silencieuse et Amber avait continué, débitant une foule de prévisions désastreuses pour la vie d'Emily sur Krina. Emily avait pris ses mises en garde avec un certain recul ; comme la plupart des gens à la suite de la Grande Panique, Amber craignait tant les Krinars qu'elle avait même refusé de rencontrer Zaron. Malheureusement, Emily ne pouvait pas complètement écarter les inquiétudes de son amie, non plus.

L'attitude des Krinars envers les humains n'était pas toute aussi ouverte que celle de Zaron ; c'était la raison de son inquiétude au sujet de la famille de Zaron. Même à Lenkarda, où la plupart des habitants avaient passé du temps auprès d'humains, Emily avait rencontré plus d'un K qui la voyait comme un croisement entre l'animal et la possession sexuelle de Zaron.

Si elle n'avait pas été convaincue de l'amour et du respect de Zaron à son égard, elle n'aurait pas accepté de se rendre sur Krina.

— Mon ange…

Zaron encadra son visage de ses mains, et l'intensité de son regard chassa l'anxiété qui s'était à nouveau emparée d'elle.

— Tu n'as pas à t'en faire. Je suis avec toi et je ne laisserai rien t'arriver, d'accord ?

— D'accord, murmura Emily, rassurée par ses paroles.

Zaron entoura ses épaules de son bras, l'attirant à ses côtés alors qu'une douce sonnerie retentissait, annonçant le départ du vaisseau.

Hypnotisée, Emily regarda à travers la paroi transparente alors que le vaisseau se mettait en marche, les éloignant de la Terre. La jolie balle bleue qui était sa planète rapetissait chaque seconde, mais le voyage ne lui faisait plus peur. Peu importe ce que l'avenir lui réservait, elle y ferait face avec l'homme qui l'étreignait avec une telle tendresse possessive, le Krinar qui lui avait sauvé la vie et avait capturé son cœur.

Elle était auprès de Zaron et rien d'autre n'avait d'importance.

Fin

EN AVANT-PREMIÈRE

Merci de votre lecture. Si vous souhaitez laisser un commentaire, ce serait très apprécié.

Bien que l'histoire d'Emily et de Zaron soit terminée, il existe d'autres livres établis dans cet univers, y compris une trilogie complète avec Mia et Korum. Vous pouvez également lire *En coup de vent*, une courte nouvelle sur la rencontre d'Arus et de Delia en Grèce antique, et *Le Club X*, une courte histoire érotique racontant la rencontre d'une journaliste avec un K.

J'écris également des livres contemporains sombres et sexy. Si vous n'avez pas encore lu l'histoire de Nora et Julian, je vous encourage à essayer la trilogie *L'Enlèvement*. Il y a également une série de romance sombre en parallèle, avec Lucas et Yulia, *Capture-Moi*.

Si vous souhaitez être informé lors de la sortie du prochain livre, veuillez vous abonner à ma liste de diffusion

des nouvelles parutions à
http://annazaires.com/series/francais/.

Tournez maintenant la page pour un aperçu de *Liaisons Intimes*, *L'Enlèvement* et *Capture-Moi*.

EXTRAIT DE *LIAISONS INTIMES*

Remarque : *Liaisons Intimes* est le premier volume de ma série de science-fiction érotique, les Chroniques Krinar. Sans être aussi sombre que *Twist Me, Liaisons Intimes* contient des éléments qui plairont aux amateurs d'érotisme noir.

Un romance au charme sombre et audacieux qui séduira les amateurs de liaisons dangereusement érotiques...

Dans un futur proche, la Terre est désormais sous l'emprise des Krinars, une espèce sophistiquée venue d'une autre galaxie. Ils restent un mystère pour nous, et nous sommes totalement à leur merci.

Mia Stalis est une jeune étudiante New Yorkaise, plutôt innocente et timide. Elle mène une vie parfaitement normale. Comme la plupart des êtres humains elle n'a jamais eu de contact avec les envahisseurs, jusqu'au jour où une simple promenade dans Central Park va changer sa vie à jamais. Mia a été remarquée par Korum et elle doit maintenant se confronter à un puissant Krinar, doté de dangereux moyens de séduction, qui veut la posséder corps et âme — et qui ne reculera devant rien pour devenir son maître.

Jusqu'où peut-on aller pour retrouver sa liberté ? Quels sacrifices peut-on consentir pour aider ses semblables ? Quels choix nous reste-t-il quand on s'éprend de son ennemi ?

L'air était vif et pur tandis que Mia descendait d'un pas rapide un sentier sinueux de Central Park. Partout, on voyait l'approche du printemps, les arbres encore nus avaient de minuscules boutons et les nounous étaient sorties en masse pour profiter de cette première journée de beau temps avec les enfants turbulents qui leur étaient confiés.

Bizarrement, tout avait changé depuis quelques années et pourtant tout était identique. Si dix ans plus tôt on avait demandé à Mia à quoi ressemblerait la vie après une invasion d'extra-terrestres, ce n'est pas du tout ce qu'elle aurait imaginé. Les films 'Independance Day' ou 'La Guerre des Mondes' étaient à des lieux de montrer ce qui se passe réellement quand une civilisation plus sophistiquée prend le dessus. Il n'y avait eu ni combat ni résistance du gouvernement parce qu'*ils* les avaient rendus impossibles. Rétrospectivement, il sautait aux yeux que ces films étaient idiots. Les engins nucléaires, les satellites et les avions de combat étaient aussi primitifs que des pierres et des bouts de bois. Mia aperçut un banc vide près du lac et s'y dirigea avec plaisir, ses épaules se ressentaient du poids de son sac à dos où elle avait mis son volumineux ordinateur portable — elle l'avait depuis 12 ans — ainsi que ses livres, imprimés sur papier comme autrefois. Elle avait beau avoir 20 ans, parfois elle se sentait déjà vieille, et comme dépassée par un monde nouveau sans cesse en évolution, un monde de tablettes fines comme du papier à cigarette et de montres qui servaient de téléphones portables. Depuis le jour K, le rythme des progrès technologiques ne s'était pas ralenti ; en fait de nombreux nouveaux gadgets avaient été influencés par ceux des Krinars. Non pas que les Krinars partageaient allègrement leur précieux savoir technologique ; de leur point de vue, leur petite expérience devait se poursuivre sans la moindre interruption.

Mia ouvrit la fermeture éclair de son sac et en sortit son vieux Mac. Il était lourd et lent, mais il fonctionnait encore et Mia, comme tous les étudiants désargentés, ne pouvait rien s'offrir de mieux. Une fois en ligne elle ouvrit une page vierge sur Word et se prépara à rédiger sa dissertation de sociologie, une véritable torture.

Après 10 minutes sans avoir écrit un seul mot elle s'arrêta. De qui se moquait-elle ? Si elle voulait vraiment s'y mettre, il ne fallait pas venir au parc ; évidemment c'était tentant de se donner l'illusion de pouvoir profiter du grand air et travailler, mais elle n'avait jamais été capable de faire les deux en même temps. Pour ce genre d'effort intellectuel, une vieille bibliothèque poussiéreuse lui convenait bien mieux.

En son for intérieur Mia se reprocha d'être aussi paresseuse, soupira et commença à regarder autour d'elle au lieu d'essayer de travailler. Elle ne se lassait jamais de regarder les gens à New York.

La scène lui était familière, comme elle s'y attendait il y avait le clochard de service sur un banc voisin (Dieu merci ce n'était pas le banc le plus proche parce qu'il avait l'air de sentir le fauve) et deux nounous bavardaient en espagnol en promenant tranquillement leurs landaus. Un peu plus loin, une jeune fille faisait du jogging, ses reeboks roses offrant un joli contraste avec son survêtement bleu. Mia suivit la joggeuse des yeux avant qu'elle ne disparaisse. Elle admirait sa condition physique. Elle avait un emploi du temps tellement chargé qu'elle n'avait pas beaucoup de temps pour faire du sport et elle se disait qu'elle n'aurait pas pu suivre cette jeune fille à ce rythme pendant plus d'un kilomètre.

À sa droite, elle voyait le Pont Bow au-dessus du lac. Un homme était penché sur le parapet et regardait l'eau. Son visage était tourné de l'autre côté si bien qu'elle ne pouvait voir qu'une partie de son profil. Et pourtant il y avait quelque chose en lui qui attira l'attention de Mia.

Elle n'arrivait pas à savoir de quoi il s'agissait. Il était vraiment grand et semblait costaud sous l'imperméable élégant qu'il portait, mais ce n'était pas ce qui l'intriguait. Les hommes grands, beaux et bien habillés ne manquent pas à New York, la ville regorge de top-modèles. Non, il y avait autre chose. Peut-être son attitude, parfaitement immobile, ne faisant aucun geste inutile. Ses cheveux bruns brillaient dans la vive lumière ensoleillée de l'après-midi, sa frange se soulevait légèrement dans la brise douce du printemps.

Et puis il était seul.

— Eh bien ! voilà, pensa Mia. D'habitude, il y avait toujours du monde sur ce joli pont, mais là, il était seul ; pour une raison qui lui échappait, tous semblaient l'éviter. En fait, à part elle et le clochard qui sentait sans doute mauvais, tous les bancs au bord de l'eau, d'habitude si recherchés, étaient vides.

Comme s'il avait senti qu'elle le regardait, l'homme qui faisait l'objet de son attention tourna lentement la tête et la regarda droit dans les yeux. Avant d'avoir compris ce qui se passait elle sentit son sang se glacer, elle était pétrifiée et incapable de détourner son regard de ce prédateur qui semblait maintenant, lui aussi, la regarder avec intérêt.

Respire, Mia, respire !

Une voix enfouie en elle, une petite voix raisonnable n'arrêtait pas de le lui répéter. Et cette même part d'elle-même, bizarrement objective, remarquait la symétrie du visage de cet homme, sa peau bronzée tendue sur ses pommettes saillantes et sa mâchoire solide. Elle avait vu des Ks en photo et sur des vidéos, ni les unes ni les autres ne leur rendaient vraiment justice. La créature qui ne se tenait guère qu'à une dizaine de mètres d'elle était tout simplement extraordinaire.

Alors qu'elle continuait de le regarder fixement, toujours pétrifiée, il se redressa et fit quelques pas dans sa direction. Ou plutôt, il bondit vers elle, lui sembla-t-il, ressemblant à un félin qui s'approche légèrement d'une gazelle. Ce faisant, il ne la quittait pas des yeux. Quand il se rapprocha, elle distingua de petits éclats jaunes dans ses yeux d'or pâle ainsi que ses longs cils épais.

Elle s'aperçut avec un mélange d'horreur et d'incrédulité qu'il s'était assis sur le banc à quelques centimètres d'elle et qu'il lui souriait en montrant ses dents blanches. Pas de crocs, lui dit la part de son cerveau qui fonctionnait encore, rien qui puisse y ressembler. Encore un mythe à leur sujet, tout comme leur soi-disant horreur du soleil.

— Comment vous appelez-vous ? La question avait presque été posée comme un ronronnement. Cette créature avait la voix basse et douce, pratiquement sans le moindre accent. Ses narines se soulevaient légèrement comme s'il sentait son parfum.

— Heu... Mia avala sa salive avec nervosité. M-Mia.

— Mia, répéta-t-il lentement, semblant prendre plaisir à dire son nom. Mia comment ?

— Mia Stalis. Merde alors, pourquoi voulait-il savoir son nom ? Et pourquoi était-il là, en train de lui parler ? Et qui plus est, que faisait-il à Central Park, si loin de l'un des Centres K ? *Respire, Mia, respire !*

— Détendez-vous donc Mia Stalis !

Il sourit de toutes ses dents, et une fossette apparut sur sa joue gauche. Une fossette ? Les K avaient donc des fossettes ?

— Vous n'avez donc encore jamais rencontré l'un d'entre nous ?

— Non, jamais Mia poussa un grand soupir et s'aperçut qu'elle avait retenu son souffle. Malgré tout son trouble, sa voix ne tremblait pas trop et elle en fut fière. Devrait-elle l'interroger, souhaitait-elle savoir ? Elle prit son courage à deux mains.

— Et que… — une fois de plus elle avala sa salive — que voulez-vous de moi ?

— Juste parler, pour le moment. Il plissait légèrement ses yeux dorés, elle avait l'impression qu'il était sur le point de se moquer d'elle. Bizarrement, elle en fut assez agacée pour sentir sa peur s'atténuer. S'il y avait une chose à laquelle Mia était très sensible, c'était la moquerie. Mia était de petite taille, très mince, mal à l'aise avec les autres comme toutes les jeunes filles qui ont dû supporter le désagrément d'avoir eu un appareil dentaire, des cheveux frisés et des lunettes pendant leur adolescence. C'était un véritable cauchemar de faire sans cesse l'objet des moqueries des uns et des autres. Elle releva la tête avec agressivité.

— Alors d'accord, comment *vous* appelez-vous ?

— Moi, c'est Korum.

— Korum tout court ?

— Contrairement à vous, nous n'avons pas vraiment de nom de famille. Le mien est tellement long que vous n'arriveriez pas à le prononcer si je vous le disais.

Voilà qui était intéressant. En l'entendant, elle se souvenait avoir lu quelque chose à ce sujet dans le *New York Times*. Jusqu'ici, tout allait bien. Ses jambes ne tremblaient plus, sa respiration s'était calmée. Elle arriverait peut-être à s'en sortir saine et sauve ? Elle se sentait relativement en sécurité en parlant avec lui, bien qu'il ait continué de la dévisager fixement de ses yeux jaunâtres qui la mettaient mal à l'aise.

— Et que faites-vous ici, Korum ?

— Je viens de vous le dire, un brin de causette avec vous, Mia. Il y avait encore un soupçon de moquerie dans sa voix.

Mia se sentit frustrée, elle poussa un nouveau soupir.

— Ou plutôt que faites-vous ici à Central Park ? Et que faites-vous à New York ?

Il sourit une nouvelle fois en penchant la tête légèrement de côté.

— Disons que j'espérais rencontrer une jolie jeune fille aux cheveux bouclés.

Bon, ça suffisait maintenant. Il était clair qu'il se moquait d'elle. Maintenant qu'elle avait un peu repris ses esprits, elle s'aperçut qu'ils étaient là, au beau milieu de Central Park, et devant des millions de témoins. Elle jeta un coup d'œil discret autour d'elle pour en avoir le cœur net. Eh oui, elle avait raison, bien que les gens s'écartent du banc où elle se trouvait avec cet extra-terrestre, plus loin sur le chemin les plus courageux les regardaient fixement. Il y avait même un couple qui les filmait, sans prendre trop de risque, avec la caméra qu'ils avaient au poignet. Si le K devenait trop entreprenant avec elle, en un clin d'œil les images seraient sur YouTube, il le savait bien. Mais comment savoir s'il s'en moquait ou pas ?

Cependant étant donné qu'elle n'avait jamais vu de vidéos où des étudiantes se faisaient agresser par des Ks au beau milieu de Central Park, elle était relativement en sécurité ; Mia prit son ordinateur portable avec précaution et le remit dans son sac à dos.

— Laissez-moi vous aider, Mia.

Avant même qu'elle ne puisse réagir, elle le sentit s'emparer de tout le poids de l'ordinateur, il le prit des mains de Mia devenues inertes et elle sentit alors qu'il lui touchait le bout des doigts. Ce contact provoqua en elle comme une légère décharge électrique et un frémissement nerveux la suivit aussitôt.

Il attrapa son sac à dos et y mit l'ordinateur portable, chacun de ses gestes était précis, doux et d'une grande souplesse.

— Eh bien ! voilà, tout va bien mieux maintenant.

Mon Dieu, il venait de la toucher. Peut-être avait-elle tort de penser qu'on était en sécurité dans les lieux publics. De nouveau, elle sentit sa respiration s'accélérer et son cœur battre la chamade.

— Il faut que j'y aille maintenant, au revoir !

Elle se demanderait toujours comment elle avait réussi à parler sans s'étrangler de terreur. Elle saisit les sangles de son sac à dos qu'il venait de poser par terre et se leva d'un bond, en remarquant au passage qu'elle avait retrouvé l'usage de ses jambes.

— Au revoir, Mia. Et à bientôt !

En partant, elle entendit sa voix légèrement moqueuse qui portait loin — l'air du printemps était si pur —, elle avait tellement hâte d'être loin de lui qu'elle courait presque.

Si vous souhaitez en savoir plus, veuillez consulter le site internet d'Anna http://annazaires.com/series/francais/.

EXTRAIT DE
TWIST ME – L'ENLÈVEMENT

Note de l'auteur : Ce roman d'un érotisme sombre traite de sujets qui risquent de heurter certains lecteurs. Vous voilà prévenus !

Kidnappée. Séquestrée sur une île privée.

Je n'aurais jamais cru que cela puisse m'arriver. Je n'ai jamais imaginé qu'une rencontre fortuite la veille de mon dix-huitième anniversaire pourrait ainsi changer ma vie.

Désormais, je lui appartiens. J'appartiens à Julian. Un homme aussi impitoyable que beau. Un homme dont les caresses me consument. Un homme dont la tendresse me fait plus de mal que sa cruauté.

Mon ravisseur est une énigme. Je ne sais ni qui il est ni pourquoi il m'a enlevée. Il y a des ténèbres en lui, des ténèbres qui me font peur tout en m'attirant.

Je m'appelle Nora Leston, et voici mon histoire.

AVERTISSEMENT : Ce roman n'est pas un roman traditionnel. Il traite de sujets troublants comme le consentement discutable et le syndrome de Stockholm et les scènes de sexe y sont explicites. Ce roman est destiné à des lecteurs âgés de plus de dix-huit ans. L'auteur n'approuve ni ne tolère le comportement de ses personnages.

C'est le soir maintenant. Chaque minute qui passe accroit mon anxiété à la pensée de revoir mon ravisseur.

Le roman que je lis ne m'intéresse plus. Je l'ai posé et je tourne en rond dans la pièce.

Je porte les vêtements que Beth m'a donnés tout à l'heure. Ce n'est pas ce que j'aurais choisi de porter, mais c'est toujours mieux qu'un peignoir de bain. Un panty sexy en dentelle blanche et un soutien-gorge assorti, voilà mes sous-vêtements. Et une jolie robe d'été bleu qui se boutonne sur le devant. Étrangement, tout est exactement à ma taille. Est-ce qu'il m'a espionnée pendant un certain temps ? Et tout appris de moi, y compris la taille de mes vêtements ?

Cette pensée me rend malade.

J'essaie de ne pas penser à ce qui va arriver, mais c'est impossible. Je ne sais pas pourquoi je suis convaincue qu'il va venir me voir ce soir. Peut-être a-t-il tout un harem dissimulé dans cette île et qu'il rend visite à une femme différente chaque jour de la semaine comme le faisaient les sultans.

Et pourtant je sais qu'il va bientôt arriver. La nuit dernière n'a fait qu'aiguiser son appétit. Je sais qu'il n'en a pas fini avec moi. Loin de là.

Finalement, la porte s'ouvre.

Il entre en maître des lieux. Ce qui est précisément le cas.

De nouveau, je suis frappée par sa beauté virile. Avec un visage comme le sien, il aurait pu être modèle ou acteur de cinéma. S'il y avait un peu de justice dans ce monde, il aurait été petit ou il aurait d'autres imperfections en contrepartie de ce visage.

Mais non. Il est grand et musclé, parfaitement proportionné. En me souvenant de ce que j'ai ressenti quand il était en moi, mon excitation se réveille bien malgré moi.

De nouveau, il porte un jean et un tee-shirt. Gris cette fois-ci. Il semble préférer s'habiller simplement et il a raison. Il n'a pas besoin que ses vêtements le mettent en valeur.

Il me sourit. Un sourire d'ange déchu, à la fois sombre et séducteur.

— Bonsoir, Nora.

Je ne sais que lui dire, alors je laisse échapper la première chose qui me vient à l'esprit.

— Combien de temps allez-vous me garder ici ?

Il penche légèrement la tête sur le côté.

— Ici, dans cette pièce ? Ou sur cette île ?

— Les deux.

— Beth te fera visiter demain, elle t'emmènera nager si tu veux, dit-il en s'approchant de moi. Tu ne seras pas enfermée, sauf si tu fais une bêtise.

— Quel genre de bêtise ? ai-je demandé, le cœur battant en le voyant s'arrêter près de moi et lever la main pour me caresser les cheveux.

— Essayer de faire du mal à Beth ou de te faire du mal. Sa voix est douce, son regard hypnotique quand il baisse les yeux sur moi. Étrangement, sa manière de me caresser les cheveux m'aide à me détendre.

Je cligne des yeux pour tenter de rompre le charme.

— Et sur cette île ? Combien de temps allez-vous m'y garder ?

Sa main caresse mon visage, se pose sur ma joue. En m'apercevant que je me frotte contre sa main comme un chat que l'on caresse, je me raidis immédiatement.

Ses lèvres dessinent un sourire entendu. Ce salaud sait l'effet qu'il a sur moi.

— Longtemps, j'espère, dit-il.

Sans savoir pourquoi, ça ne m'étonne pas. Il n'aurait pas pris la peine de m'amener jusqu'ici pour me baiser deux ou trois fois. Je suis terrifiée, mais pas surprise.

Je prends mon courage à deux mains et pose la question qui s'ensuit logiquement.

— Pourquoi m'avoir kidnappée ?

Il cesse de sourire. Il ne répond pas et se contente de me regarder, ses yeux bleus restent mystérieux.

Je commence à trembler.

— Vous allez me tuer ?

— Non, Nora, je ne vais pas te tuer.

Sa réponse me rassure, mais évidemment c'est peut-être un mensonge.

— Allez-vous me vendre ? J'ai du mal à le dire. Comme prostituée, ou alors quelque chose de ce genre ?

— Non, dit-il d'une voix douce. Jamais de la vie. Tu es à moi et rien qu'à moi.

Je suis un peu plus calme, mais il reste encore quelque chose que j'ai besoin de savoir.

— Allez-vous me faire du mal ?

Il ne répond pas immédiatement. Une lueur obscure traverse son regard.

— Probablement, dit-il à voix basse.

Alors il s'est penché sur moi et m'a embrassée, ses lèvres sur les miennes étaient douces, douces et ardentes.

Pendant un instant, je suis restée figée, inerte. Je croyais ce qu'il disait. Je savais qu'il disait la vérité en disant qu'il allait me faire du mal. Il y a quelque chose chez lui qui me terrifie, qui m'a terrifiée depuis le début.

Il ne ressemble pas aux garçons avec lesquels je suis sortie. Il est capable de tout.

Et je suis entièrement à sa merci.

Je pense essayer de lui résister de nouveau. Ce serait normal dans ma situation. Ce serait courageux.

Et pourtant je ne le fais pas.

Je sens les ténèbres en lui. Il y a quelque chose de mauvais en lui. Sa beauté extérieure dissimule quelque chose de monstrueux.

Je ne peux pas lui permettre de donner libre cours au mal. Je ne sais pas ce qui arriverait si je le faisais.

Alors je m'immobilise dans ses bras et je le laisse m'embrasser.

Et quand il me soulève et me porte sur le lit, je n'essaie nullement de lui résister.

Au contraire, je ferme les yeux et m'abandonne à mes sensations.

Pour plus d'informations, veuillez consulter ma page web : http://annazaires.com/series/francais/.

EXTRAIT DE *CAPTURE-MOI*

Note de l'auteur: *Capture-Moi* est le premier volume du sombre roman d'amour de Yulia et de Lucas. L'extrait que vous allez lire est écrit du point de vue de Yulia. La scène a lieu à Moscou où Lucas et Julian se sont rendus pour rencontrer de hauts fonctionnaires russes.

Elle a eu peur de lui au premier coup d'œil.

Yulia Tzakova a l'habitude des hommes dangereux. Elle a grandi avec eux. Et elle a survécu. Mais quand elle rencontre Lucas Kent, elle comprend que cet ancien soldat risque d'être le plus dangereux de tous.

Une nuit a suffi. C'était l'occasion de se rattraper après avoir raté sa mission et d'obtenir des renseignements sur le patron de Kent, un trafiquant d'armes. Quand son avion est abattu ce devrait être la fin de l'histoire.

Alors qu'elle ne vient que de commencer.

Il la désire au premier coup d'œil.

Lucas Kent a toujours aimé les blondes aux longues jambes et Yulia Tzakova est de toute beauté. L'interprète russe a eu beau essayer de séduire son patron elle arrive dans le lit de Lucas et il fera tout pour l'y retrouver.

Puis son avion est abattu et il apprend la vérité.

Elle l'a trahi.

Elle doit payer.

Il entre dans mon appartement dès que la porte s'ouvre. Ni hésitation ni salutation, il se contente d'entrer.

Prise au dépourvu, je recule d'un pas, tout à coup l'entrée me semble si petite qu'elle en est oppressante. J'avais oublié à quel point il est grand, à quel point ses épaules sont larges. Je suis grande pour une femme, du moins suffisamment pour passer pour un mannequin si un contrat le demande, mais il me domine d'une tête. Avec le gros anorak qu'il porte, il prend presque toute la place dans l'entrée.

Toujours sans dire un mot il ferme la porte derrière lui et s'avance vers moi. Instinctivement, je recule, j'ai l'impression d'être une proie traquée.

— Bonsoir, Yulia, murmure-t-il en s'arrêtant quand nous arrivons dans la pièce principale. Son regard pâle fixe mon visage. Je ne m'attendais pas à vous voir comme ça.

J'avale ma salive, mon pouls s'accélère.

— Je viens juste de prendre un bain. Je veux paraitre calme et sûre de moi, mais il me déconcerte complètement. Je n'attendais personne.

— Effectivement, je m'en rends compte. Un léger sourire apparaît sur ses lèvres et en adoucit la dureté. Et pourtant vous m'avez laissé entrer. Pourquoi ?

— Parce que je ne voulais pas continuer à parler avec la porte fermée. Je respire pour retrouver mon calme. Puis-je vous offrir du thé ? C'est idiot de dire ça étant donnée la raison de sa présence ici, mais j'ai besoin de quelques instants pour reprendre une certaine contenance.

Il hausse les sourcils.

— Du thé ? Non merci.

— Alors voulez-vous me donner votre veste ? Je n'arrive pas à cesser de jouer la carte de l'hospitalité, la courtoisie me permet de cacher mon anxiété. Elle semble très chaude.

Ses yeux glacials ont un éclair d'amusement.

— Bien sûr. Il enlève son anorak et me le tend. Il n'a plus qu'un pull noir et un jean sombre glissé dans des bottes d'hiver noires. Son jean est moulant et révèle des cuisses musclées et des mollets puissants, et à sa ceinture je vois un revolver dans son étui.

En le voyant, ma respiration s'affole et je dois faire un véritable effort pour empêcher mes mains de trembler en prenant sa veste pour la mettre dans ma minuscule penderie. Il n'est pas surprenant qu'il soit armé, c'est le contraire qui le serait, mais son arme me rappelle brutalement qui est Lucas Kent.

Ce qu'il fait.

J'essaie de me dire que ce n'est pas grave pour calmer mes nerfs à vif. J'ai l'habitude des hommes dangereux. J'ai été élevée parmi eux. Cet homme est comme eux. Je coucherai avec lui, j'obtiendrai les informations que je pourrai et puis il disparaîtra de ma vie.

Voilà, c'est ça. Plus vite, ça sera fait, plus vite ça sera fini.

En fermant la porte de la penderie, j'affiche un sourire d'emprunt et me retourne pour lui faire face, enfin prête pour jouer le rôle de la séductrice sûre d'elle.

Sauf qu'il est déjà près de moi, il a traversé la pièce sans un bruit.

De nouveau, mon pouls s'affole, la contenance que je viens de retrouver me fait défaut une fois de plus. Il est si près que je peux voir les stries grises de ses yeux bleu pâle, si près qu'il peut me toucher.

Et une seconde plus tard, il me touche.

En levant la main, il caresse ma joue.

Je le fixe, la réaction de mon propre corps me trouble. Ma peau s'embrase, mes tétons se durcissent, ma respiration s'accélère. Il n'est pas logique de désirer cet inconnu dur et impitoyable. Son patron est plus beau que lui, plus frappant, et pourtant, c'est Kent qui provoque mon désir. Et il n'a encore touché que mon visage. Ce devrait être sans importance et pourtant c'est intime.

Intime et très déconcertant.

De nouveau, j'avale ma salive.

— M. Kent, Lucas, vous êtes sûr que je ne peux pas vous offrir quelque chose à boire ? Peut-être, un café ou… ma phrase s'interrompt et la surprise me faire perdre le souffle, quand il attrape la ceinture de mon peignoir et tire dessus, aussi nonchalamment que s'il ouvrait un paquet.

— Non. Il regarde tomber le peignoir qui révèle mon corps nu. Pas de café.

———

Si vous souhaitez en savoir plus, veuillez consulter le site internet d'Anna http://annazaires.com/series/francais/.

À PROPOS DE L'AUTEUR

Anna Zaires a découvert son amour des livres à l'âge de cinq ans, quand sa grand-mère lui a appris à lire. Elle a écrit son tout premier livre bientôt après. Depuis elle a toujours vécu en partie dans un monde de fantaisie dont les seules limites sont celles de son imagination. Elle habite actuellement en Floride et vit heureuse avec son mari Dima Zales, qui écrit des romans de science-fiction et des romans fantastiques, et avec qui elle travaille en étroite collaboration pour chacune de leurs œuvres.

Pour en savoir davantage, rendez-vous sur
http://annazaires.com/series/francais/.